创新型素质教育精品教材

文学欣赏与实践

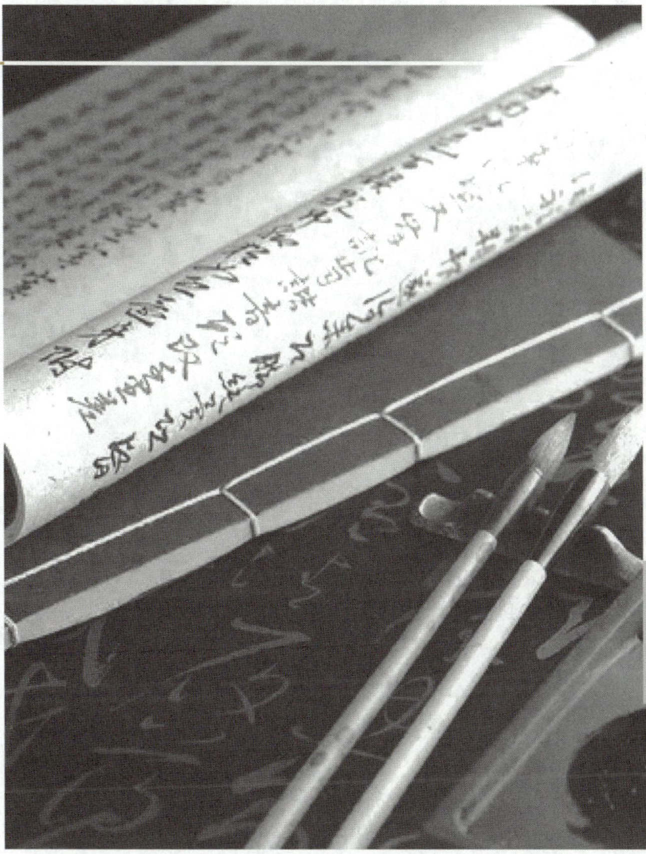

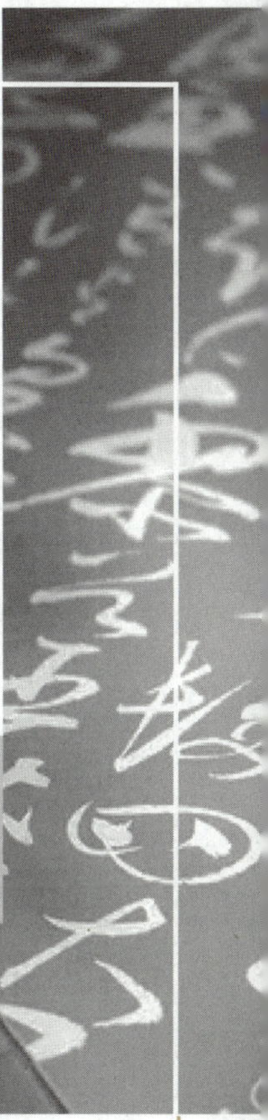

李丽 赵中堂 著

新华出版社

图书在版编目（CIP）数据

文学欣赏与实践 / 李丽，赵中堂著. -- 北京：新华出版社，2022.12（2025.8重印）
　ISBN 978-7-5166-6678-4

　Ⅰ. ①文… Ⅱ. ①李… ②赵… Ⅲ. ①文学欣赏 Ⅳ. ①I06

中国版本图书馆CIP数据核字(2022)第248635号

文学欣赏与实践

著　　者：李　丽　赵中堂	
责任编辑：林郁郁	封面设计：北京金企鹅

出版发行：新华出版社
地　　址：北京石景山区京原路8号　　邮　编：100040
网　　址：http://www.xinhuapub.com
经　　销：新华书店、新华出版社天猫旗舰店、京东旗舰店及各大网店
购书热线：010-62111051　　中国新闻书店购书热线：010-63072012
照　　排：北京金企鹅
印　　刷：三河市悦鑫印务有限公司
成品尺寸：185 mm × 260 mm
印　　张：13.75　　字　数：343千字
版　　次：2022年12月第一版　　印　次：2025年8月第二次印刷
书　　号：ISBN 978-7-5166-6678-4
定　　价：49.80元

图书如有印装问题请与出版社联系调换：010-63073969

前 言

PREFACE

在几千年的沧桑岁月里,我们的祖先创造了博大精深的中华优秀传统文化,蕴育了中华民族的宝贵精神品格,并把中华民族紧紧团结在一起。昂扬向上的民族精神、共同坚守的理想信念和正面向上的价值观,始终如宽阔的河流滋润着中华民族的精神家园。充分挖掘中华优秀传统文化的内涵,汲取文学营养,对于引导学生树立文化自信,传承中华传统文化具有重要的实践意义。文学是民族精神的火炬,是学生奋力前行的灯火,文学的力量将鼓舞学生焕发巨大的热情投身实现中国梦的伟大实践。

为了更好地传承中华优秀传统文化、民族精神和文学力量,以及帮助学生更好地学习和深入理解文学欣赏课程内容,实现课程教学目标,本课程教学团队整理相关文献,结合教学实践,认真编写了本教材。总体而言,本教材具有以下几个方面的特色。

1. 立德树人,铸魂育人

党的二十大报告指出:"育人的根本在于立德。"本教材有机融入党的二十大精神,以培养学生的人文素质为目标,将百折不挠的爱国精神、"祖国利益高于一切"的历史责任感、中华优秀传统文化、中国丰富的文化资源等有机地融入正文内容与各个模块中,将知识、技能的学习和素质教育完美融合在一起。

例如,课文广泛选取爱国主题的诗歌、散文、小说、戏剧等,将思想教育渗透于整个教学过程,让学生了解英雄人物大无畏的气概;文中设置"大师巨匠"等模块,让学生进一步了解我国对人类文明做出的卓越贡献,使学生提高人生感悟力,增强文化自信。

2. 凝聚合力,协同育人

本教材吸收了众多优秀教师及相关专家的意见,精选了大量经典文学作品,在引导学生对经典文学作品进行整体把握的同时,能够使其结合自身的生活经验和阅读经历深刻感知作品,加深对作品的理解,养成健康、高尚的审美情趣。

3. 精心打造"第二课堂"

本教材切实践行"以学生为主体,以教师为主导,以能力为根本"的教育理念,以

"思想政治成长、综合素质提升、实践能力拓展"为主线，深入挖掘文学欣赏课程的实践内容，设计了丰富的"第二课堂"活动，加入了"成长实践专题活动"章节，设置"专题一　热爱祖国，弘扬爱国精神""专题二　学无止境，坚定文化自信""专题三　认识对联，学习优秀传统文化""专题四　匠心筑梦，树立崇高职业理想"等专题，促使学生学以致用，知行合一。

4. 活页理念，全新升级

本教材切实融入活页式理念，按照"必需、够用、兼顾发展"的原则组织内容，每个项目均包含赏心乐事、知识共享、赏诗阅文、实践活动、闯关答题、学习成果评价六大模块。

- **赏心乐事**：利用生活实例引出本项目的主题，如"睡前刷手机，不如读书""用诗词解说奥运会""数字化阅读与网络小说""科学家获丰子恺散文奖"等，激发学生的学习兴趣。
- **知识共享**：介绍文学基础知识，让学生边学边分享。
- **赏诗阅文**：以一种全新的视角对经典作品进行全面介绍。每篇作品的讲解都包括"作品渊源""文以载道""融会贯通""学以致用"四个部分，让学生化被动为主动，通过对经典作品的阅读赏析，掌握赏析技巧，拓宽文化视野。
- **实践活动**：采用量身定制阅读计划、举办诗词大会、开展戏剧表演等形式，开展综合性探究活动，使学生切实提升自主学习能力、创新能力、职业迁移能力等。
- **闯关答题**：旨在帮助学生巩固所学知识，夯实知识基础。
- **学习成果评价**：包含知识、能力、素质三个评价维度，使学生获得自身学习情况的反馈信息，进而有针对性地改进和提升。

5. 特色鲜明，好学好懂

本教材充分考虑了学生的文学基础和学习特点，在讲述时力求做到深入浅出，通俗易懂。学生学习"融会贯通""学以致用"等模块中的内容，同时观看配套的微课视频，可以快速地了解每篇作品的语言风格和思想内涵，轻松地掌握作品精髓。

6. 资源升级，平台支撑

本书配有丰富的数字资源，将教材、在线课堂与教学资源相融合，构建了线上线下结合的教学模式。学生可以借助智能手机或其他移动设备扫描二维码获取相关视频，也可登录文旌综合教育平台"文旌课堂"（www.wenjingketang.com）查看与下载本书配套资源，如答案、优质课件、教案、课程标准等。

此外，本书还提供了在线题库，支持"教学作业，一键发布"，教师只需通过微信或"文旌课堂"App扫描扉页二维码，即可迅速选题、一键发布作业、智能批改作业，以及查看学生的作业分析报告，提高教学效率、提升教学体验。学生可在线完成作业，巩固所学知识，提高学习效率。

本教材由李丽、赵中堂著，朱慧明、李斯、仇发家、王明惠担任副主编。在编写过程中，我们参考了教育界同仁的一些研究文章与成果，在此表示衷心感谢。

特别说明：

（1）本书在编写过程中，参考了大量的资料并引用了部分文章和图片等。这些引用的资料大部分已获授权，但由于部分资料来自网络，我们未能确认出处，也暂时无法联系到原作者。对此，我们深表歉意，并欢迎原作者随时与我们联系，我们将按规定支付酬劳。

（2）本书没有注明资料来源的案例均为编者根据真实事件自编。

目　录
CONTENTS

项目一　寻踪觅影——文学欣赏 /1

　【赏心乐事】　睡前刷手机，不如读书 /2
　【知识共享】/3
　　一、文学的定义和特点 /3
　　二、文体的定义和分类 /3
　　三、文学欣赏的定义和方法 /4
　　四、文学欣赏的过程 /6
　【实践活动】　量身定制阅读计划 /7
　【闯关答题】/9
　【学习成果评价】/10

项目二　经典不朽——诗歌欣赏 /11

　【赏心乐事】　用诗词解说奥运会 /12
　【知识共享】/13
　　一、什么是诗歌 /13
　　二、诗歌的分类 /14
　　三、诗歌的艺术特征 /15
　　四、诗歌欣赏技巧 /19
　【赏诗阅文】/22
　　模块一　欣赏中国古典诗歌 /22
　　　一、古典诗歌发展历程 /22
　　　二、返璞归真诗 /28
　　　三、家国情怀诗 /31
　　　四、理想励志诗 /36
　　　五、哲理理趣诗 /41
　　　六、惜时劝学诗 /45

七、咏物抒情诗 /48
　　八、地域风景诗 /53
模块二　欣赏中国现当代诗歌 /55
　　一、中国现当代诗歌发展历程 /55
　　二、《我的记忆》（戴望舒）/56
　　三、《七律·长征》（毛泽东）/58
　　四、《就义诗》（夏明翰）/59
　　五、《致橡树》（舒婷）/60
模块三　欣赏外国诗歌 /62
　　一、外国诗歌发展历程 /62
　　二、《假如生活欺骗了你》［俄］（普希金）/63
　　三、《好吧，我们不再一起漫游》［英］（拜伦）/64
【实践活动】　举办诗词大会 /65
【闯关答题】/67
【学习成果评价】/69

项目三　引人入胜——小说欣赏 /71

【赏心乐事】　数字化阅读与网络小说 /72
【知识共享】/73
　　一、什么是小说 /73
　　二、小说的分类 /74
　　三、小说欣赏技巧 /74
【赏诗阅文】/76
模块一　欣赏中国古典小说 /76
　　一、中国古典小说的发展历程 /76
　　二、英雄传奇小说《水浒传》——景阳冈武松打虎 /79
　　三、古代世情小说《红楼梦》——宝黛读西厢 /82
模块二　欣赏中国现当代小说 /86
　　一、中国现当代小说的发展历程 /86
　　二、《孔乙己》（鲁迅）/88
　　三、《平凡的世界》（节选）（路遥）/92
模块三　欣赏外国小说 /98
　　一、外国小说的发展历程 /98
　　二、外国小说的特点 /99
　　三、《项链》（莫泊桑）/100
　　四、《老人与海》（海明威）/106
【实践活动】　中国科幻小说走向世界 /109

【闯关答题】/110
【学习成果评价】/112

项目四 匠心独运——散文欣赏 /113

【赏心乐事】 科学家获丰子恺散文奖 /114
【知识共享】/115
  一、散文的定义和特点 /115
  二、散文的分类 /115
  三、散文欣赏技巧 /116
【赏诗阅文】/117
  模块一 欣赏中国古典散文 /117
    一、中国古典散文的发展历程 /117
    二、《孟子》（节选）/118
    三、《报任安书》（司马迁）/123
    四、《少年中国说》（梁启超）/129
  模块二 欣赏中国现当代散文 /135
    一、中国现当代散文的发展历程 /135
    二、《论气节》（朱自清）/136
    三、《飞向太空的航程》（贾永、曹智、白瑞雪）/140
  模块三 欣赏外国散文 /143
    一、外国散文的发展历程 /143
    二、《敬畏生命》（阿尔贝特·施韦泽）/144
    三、《谈读书》（弗朗西斯·培根）/147
【实践活动】 散文，写出生活万千气象 /148
【闯关答题】/150
【学习成果评价】/152

项目五 戏如人生——戏剧欣赏 /153

【赏心乐事】 趣味模仿活动 /154
【知识共享】/155
  一、戏剧的定义 /155
  二、戏剧的分类 /155
  三、戏剧欣赏技巧 /155
【赏诗阅文】/157
  模块一 欣赏中国古典戏剧 /157
    一、中国古典戏剧的发展历程 /157
    二、古典悲剧《窦娥冤》第三折 /158

三、古典爱情剧《西厢记》——长亭送别 /162

　模块二　欣赏中国现当代戏剧 /165

　　一、中国现当代戏剧的发展历程 /165

　　二、《茶馆》（第一幕）（老舍）/167

　　三、《暗恋桃花源》（节选）（赖声川）/176

　模块三　欣赏外国戏剧 /180

　　一、外国戏剧的发展历程 /180

　　二、《哈姆雷特》（节选）［英］（莎士比亚）/181

【实践活动】　传播优秀戏剧文化 /185

【闯关答题】/187

【学习成果评价】/188

项目六　成长实践专题活动 /189

　专题一　热爱祖国，弘扬爱国精神 /190

　专题二　学无止境，坚定文化自信 /193

　专题三　认识对联，学习优秀传统文化 /196

　专题四　匠心筑梦，树立崇高职业理想 /199

参考文献 /210

项目一 寻踪觅影——文学欣赏

学习目标

完成一项学习目标后，请在对应的方框中打钩。

知识目标	☐	了解文学的定义和特点，以及文体的定义和分类
	☐	熟悉文学欣赏的定义和方法
	☐	积极思考，快速把握文学欣赏的过程
技能目标	☐	能够结合自己的生活经验和阅读经历欣赏文学作品
	☐	能够梳理文学、文体、文学欣赏之间的逻辑关系
素质目标	☐	说说自己印象最深刻的文学作品
	☐	感受文学对成长的意义

【赏心乐事】

睡前刷手机，不如读书

如今，睡前刷手机已经成为许多人入睡前的固定流程，但随之而来的健康问题也越来越受到关注。相关调查显示，61.2%的受访者只有在实在太累时才会愿意放弃睡前刷手机。睡前这段时间应该如何利用才能有利身心？64.2%的受访者认为，阅读能让内心平静下来。

睡前可以读流行读物，放松心情，忘却烦恼；也可以读经典，反复体会，消化吸收。有些人不太喜欢读文学经典，因为它不像流行读物那样鲜活"好读"。但从文化积累与精神建构的角度考虑，我们还是应该多读一些经典作品。

经典作品是经过历史选择的人类文化精华，阅读经典作品将会受益终生。明白了这一点，我们就对经典作品有了一份尊崇、一份耐心。我们沉浸地阅读经典作品，不自觉地被那深厚的意蕴和睿智的表达所吸引，能从中感受到精神上的愉悦，还能感受到向上、向善的巨大力量。

思考题：

（1）你睡前会刷手机还是读书？
（2）你喜欢读流行读物还是经典作品？

✎ 笔记

【知识共享】

一、文学的定义和特点

文学是一种以语言文字为工具来创造艺术形象，反映客观现实，表现内心情感，以及再现一定时期和一定地域的社会生活的一种艺术形式。

文学的特点表现在以下几个方面。

- **艺术形象是间接的**。文学以语言文字来塑造艺术形象，与绘画、音乐、舞蹈等艺术形式不同，它塑造的艺术形象是看不到、听不到、触摸不到的。
- **艺术形象是立体的**。文学中的艺术形象往往是相互联系的，所以读者通过想象欣赏到的艺术形象、领会到的意境往往是立体的。例如，长篇小说中塑造的艺术形象可以全方位地反映生活图景。
- **表现方式是自由的**。文学不受时间和空间的限制。在时间上，文学可以写过去、现在和将来，上下几千年，转瞬即逝；在空间上，文学可以换场景，变角度，相隔几万里，顷刻展现。总之，文学能够使人物的成长、事件的发展、社会和时代的变迁得到全方位的展现，并且表现方式极为灵活自由。
- **语言具有艺术性**。文学语言的艺术性表现在三个方面：一是可以准确、生动、鲜明地塑造形象；二是可以强烈、浓厚地传达作者的情感；三是优美动听，富有音乐性。

二、文体的定义和分类

文章是指采用一定结构形式组织起来的，能够反映一定社会生活，表现一定主题，独立成篇的文字。文章的体裁称为文体，是在长期的写作实践中自然形成的。我国古代不同历史时期常常衍生一种占据主导地位的文体，如汉赋、唐诗、宋词、元曲、明清小说等。文体的分类方法有很多，概括起来主要有以下几种。

（一）按形式分类

我国古代根据语言声律形式将文体分为韵文和散文。韵文是指押韵的文体，如诗歌；散文是指不押韵的文体，如史传、诸子散文等。

（二）按功能分类

不同的文体在社会生活中发挥不同的作用。曹魏时，人们根据文体所具有的功能将文体分为奏、议、书、论、铭、诔、诗、赋八类；现代人则根据文体所具有的功能把文体分为文学类、新闻类、公文类等。

（三）按表达方式分类

古代文体就有论辩与记叙之分。新文化运动后，白话文兴起，产生了依据表达方式划分文体的分类方法。最初出现的是三分法，即将文体分为记叙文、议论文和说明文；后来出现了五分法，即将文体分为记叙文、描写文、抒情文、议论文和说明文。

（四）按结构样式分类

随着社会的发展和文学创作的繁荣，文体的结构样式越来越丰富。按结构样式的不同，可以把文体分为实用文体和审美文体两大类。

1. 实用文体

实用文体是为实际工作和社会生活服务的文体，分为一般文体和应用文体。其中，一般文体包括记叙文、说明文和议论文；应用文体包括工作应用文（如计划、总结、规章制度、调查报告、毕业设计、致辞、简报等）、经济应用文（如经济分析和预测报告、可行性研究报告、经济合同、商业广告、经济诉讼书、项目建议书、审计报告等）、科技应用文（如科技论文、科技报告、科技说明文、技术文件等）、日常应用文和行政公文等。

2. 审美文体

审美文体是指具有审美特征和艺术特征的文学创作类文体，包括诗歌、散文（杂文）、小说、戏剧（影视文学）、纪实文学（传记文学）等。

需要指出的是，无论从哪个角度划分文体，都是相对的划分，而非绝对的划分。例如，公文是从功能角度划分出的一种文体，但从表达方式看，有的公文是说明文，有的公文是记叙文。

三、文学欣赏的定义和方法

扫一扫
如何欣赏文学

文学欣赏既是一种包含感情的审美活动，又是一种依靠想象与联想所进行的艺术再创造活动。在文学欣赏中，一方面，作品塑造的艺术形象会把读者带到一个特定的、具体的艺术境界，激发起读者思想感情的波涛；另一方面，读者又会根据自己的思想感情和生活经验，理解或解释作品中的艺术形象，有时甚至会以自己的经验来丰富和补充作品中艺术形象的内涵。

在文艺学界，文学欣赏又称"文学鉴赏"，即对文学进行鉴别赏析。文学史上那些经典的文学作品，之所以能够流传至今，往往离不开优秀读者的阅读和赏析。例如，苏轼对陶渊明诗歌的评价，金圣叹对《西厢记》的评点，马克斯·勃罗德对卡夫卡小说的推崇等，都极大地提升了这些作品的声誉，扩大了作品的影响。

> **提示**
>
> 文学欣赏不同于文学阅读。文学阅读是指通过阅读文学作品获得粗浅的感受和理解的过程，凡有识字能力和阅读爱好的人都能够阅读文学作品。而文学欣赏则是读者为了满足审美需要，在理解文学作品的基础上，通过想象、联想、体会、思考等方式探索文学作品的可读性和趣味性的一种精神活动。

文学欣赏是以审美活动为主导的综合活动，读者只有通过注意、期待、感知、想象、领悟、移情、回味等方式使文学作品中的艺术形象互相关联，互相渗透，才能领会文学作品的审美价值和其他价值。读者在欣赏文学作品时可采用以下几种方法。

（一）以审美为主导，综合分析价值

文学欣赏活动是以实现审美价值为核心，同时融合了其他价值的综合活动。融汇的其他价值包括认识价值、政治价值、教育价值等，这些价值同审美价值紧紧结合在一起，密不可分。读者欣赏文学作品时，应综合分析文学作品的价值，分析得越深刻，收获就越大。

（二）整体把握文学作品，评判文学作品优劣

文学作品由互相联系的各个部分组成，是一个整体。读者在欣赏文学作品的时候，要从整体上把握文学作品，不能把文学作品中的某些场面、情节、细节孤立起来进行鉴赏，或仅据此去评判文学作品的优劣。

（三）调动联想和想象，获得审美享受

文学作品在描写艺术形象时常采用虚实相间、留白等艺术手法。那些虚的、留白的地方就需要读者在阅读的过程中通过想象去填补，从而获得审美享受。

（四）主观感情入其内，客观分析出其外

作者进行文学创作时，需要投入感情。读者欣赏文学作品时也需要投入感情，进入角色，与文学作品描绘的艺术形象融为一体，想人物之所想，急人物之所急。只有这样，才能真正理解文学作品并感受其魅力，从而获得审美享受。

（五）用心体验，领悟言外之意

文学作品的意义是相当复杂的，很多文学作品都有言外之意、题外之旨。因此，对文学作品的鉴赏和理解不能仅停留在表面意义上，读者应保持好奇心，用心去体会，用脑去思考，从而领悟作者的弦外之音。

四、文学欣赏的过程

（一）准备阶段

文学欣赏的准备阶段主要包括文化储备和心理准备。

1. 文化储备

读者步入欣赏领域之前，对文学作品有着充分的选择自由。选择哪类文学作品，取决于读者的审美情趣、审美能力、文学素养、文化积淀等。读者一方面依据文化储备选择和欣赏文学作品，另一方面通过文学欣赏增加文化储备。

扫一扫

文学的审美属性

2. 心理期待

读者步入欣赏领域之前，从心理上对文学作品抱有一定的期待和要求，包括文体期待、意象期待和意蕴期待等。其中，文体期待是指读者对文体样式的期待；意象期待是指读者对文学作品中的艺术形象的期待；意蕴期待是指读者对文学作品所包含的情感、意义的期待。心理期待决定着读者的阅读选择、阅读重点及阅读效果。

（二）发生阶段

文学欣赏的发生阶段是指读者通过语言媒介感知文学作品中的艺术形象的阶段。如果说文学创作是创造艺术形象的过程，那文学欣赏的发生阶段就是再现艺术形象的过程。

（三）发展阶段

文学欣赏的发展阶段是指读者运用联想、想象、情感反应等方式对文学作品的意蕴进行深入探索的过程。

1. 联想与想象

文学欣赏本质上是以感悟、体验为主的审美活动。文学作品中包含多种不同的意象，读者通过联想和想象，将意象组合在一起或对意象进行加工改造，便会产生新的意境。同样地，借助想象和联想，读者可以进一步读懂文学作品的深层含义，领略文学作品的魅力。

2. 情感反应

情感反应主要指情感共鸣和情感净化。人的情感是相通的，不同经历、不同阶层、不同时代的不同读者都可能从某一角度与作者的情感产生共鸣。具体表现为欣赏文学作品时，读者与作者情感相通，思想融合，读者跟作者同忧同喜。情感净化是情感共鸣的高级形式，是指读者通过文学欣赏活动得到精神上的愉悦和升华，获得清除杂念、净化心灵、提升人格等特殊的审美感受。

（四）最后阶段

文学欣赏活动是感性认识与理性认识的统一，读者的主观性不同，对文学作品的感受自然也不同。但在文学欣赏的最后阶段，读者都会从感性认识上升到理性认识，主要表现为两个方面：一是分析文学作品的语言、人物、情节和主旨等，品味文学作品的魅力；二是提炼个人感悟，将对文学作品的理解投影到现实生活中。

量身定制阅读计划

古人云:"自古圣贤之言学也,咸以躬行实践为先,识见言论次之。"这句话的意思是说,古代圣贤们论述治学道理时,都主张把亲身实践放在第一位,把著书立说放在第二位。欣赏文学同样如此,我们始终要坚持求知、求真的实践精神,真正做到"学以致用"。请同学们根据自身情况制订阅读计划,沉浸地欣赏文学作品。

1. 获取网络信息

利用互联网搜索并查阅新华网、人民网等权威媒体发布的书单,以及茅盾文学奖、老舍文学奖、鲁迅文学奖的历年获奖名单,记录在表1-1中;对照表1-1,看自己阅读过其中哪些作品,评价自己的阅读情况。

表1-1 权威媒体发布的书单

序号	新华网20××年度书单	人民网20××年度书单	20××年度茅盾文学奖获奖名单	20××年度老舍文学奖获奖名单	20××年度鲁迅文学奖获奖名单
1					
2					
3					
4					
5					
6					
7					
8					
9					
10					
……					

2. 制订阅读计划

针对自身情况制订20××年×月阅读计划,填入表1-2中。

表1-2 20××年×月阅读计划

阅读日期	阅读内容	作者	文章主旨	最喜欢的词句	自己的体会

3. 实施阅读计划

实施阅读计划,将实施过程中遇到的问题及解决办法记录在表1-3中。

表1-3 实施过程记录表

序号	实施步骤	问题及解决办法	得与失

【闯关答题】

1. 单项选择题

   (1) 文学的特点不包括（　　）。

   A. 艺术形象是间接的
   B. 艺术形象是立体的
   C. 表现方式是自由的
   D. 艺术形象是直接的

   (2) 根据语言声律形式的不同，文体可分为（　　）。

   A. 韵文和散文
   B. 奏、议、书、论、铭、诔、诗、赋
   C. 记叙文、议论文和说明文
   D. 实用文体和审美文体

   (3) 文学欣赏是以（　　）为主导的综合活动。

   A. 思考活动　　　　　　B. 表达活动
   C. 审美活动　　　　　　D. 分享活动

   (4) 文学欣赏的方法不包括（　　）。

   A. 综合分析价值
   B. 根据任一方面评判作品优劣
   C. 调动联想和想象
   D. 用心体验

   (5) 关于文学欣赏的过程，下列表述不正确的是（　　）。

   A. 读者在欣赏之前，从心理上对文学作品抱有一定的期待和要求
   B. 读者借助想象和联想，可以进一步读懂文学作品的深层含义
   C. 欣赏文学作品时，读者与作者情感相通，思想融会
   D. 文学欣赏可以只有感性认识，也可以只有理性认识

2. 填空题

   (1) 文学欣赏本质上是以_____、_____为主的审美活动。

   (2) 文学欣赏的过程包括_____、_____、_____、_____。

3. 简答题

   (1) 什么是文学？怎么看待文学的特点？

   (2) 什么是文体？怎么运用文体分类方式？

   (3) 什么是文学欣赏？怎么运用文学欣赏方法？怎么分析文学欣赏过程？

【学习成果评价】

表1-4 学习成果评价表

班级			组号		日期	
姓名			学号		指导教师	
学习成果			广泛阅读文学作品，提升文学素养			
评价维度	一级指标	二级指标	评价标准	分值	评分 自评	师评
知识 30%	重难点知识	了解文学的定义和特点	说出自己对文学的理解	6		
			阐述文学的特点	6		
		熟悉文体的定义和分类	说出文体的定义	6		
			评价不同的文体分类方式	6		
		重点把握文学欣赏的方法和过程	选定一篇文学作品，结合自己的生活经验和阅读经历进行欣赏，阐述自己用到的欣赏方法和欣赏的过程	6		
能力 40%	自主学习能力	梳理能力	梳理文学、文体、文学欣赏之间的逻辑关系	5		
		领悟能力	说说自己印象最深刻的文学作品，感受文学对成长的意义	5		
	创新能力	创新思维	列举文学在生活中的应用场景	5		
			用文学作品中的名句表达自己的感受	5		
		创新成果	用新颖的方式介绍文学作品	5		
			创作一幅文学名句剪贴报	5		
	职业迁移能力	小组合作能力	与同学一起完成文学作品分享活动	5		
		沟通交流能力	上课积极发言	5		
素质 30%	职业素质	改进意识	勤于思考，善于总结	10		
		团队精神	尊师爱友，团结奋进	10		
		文化自信	自觉弘扬优秀的传统文化	10		
合计				100		
总评	自评（30%）+ 师评（70%）=			教师（签名）：		

项目二
经典不朽——诗歌欣赏

文学欣赏与实践

学习目标

完成一项学习目标后，请在对应的方框中打钩。

知识目标	☐	了解诗歌的定义、分类和艺术特征
	☐	熟悉诗歌的欣赏技巧
	☐	积极思考，快速把握诗歌的基调和思想内容
技能目标	☐	选定一篇古典诗歌进行欣赏，感受诗歌中的艺术形象，把握诗歌的内涵
	☐	选定一篇现当代诗歌进行欣赏，结合自己的生活经验和阅读经历感受诗歌主旨，加深对诗歌的理解
素质目标	☐	认识我们引以为豪的精神财富，增强文化自信
	☐	感知诗人的家国情怀，树立远大理想，培养爱国情操

【赏心乐事】

用诗词解说奥运会

雏凤清于老凤声——陈芋汐和张家齐女子10米台跳水夺冠

2021年7月27日，在东京奥运会赛场，17岁小将张家齐和16岁小将陈芋汐顶住压力，以领先对手52.98分的优势锁定冠军，央视解说员称赞道："雏凤清于老凤声。"这句诗出自李商隐写给外甥韩偓的《韩冬郎即席为诗相送》，原句为"桐花万里丹山路，雏凤清于老凤声"，意为"万里长的丹山路上，桐花盛开，花丛中传来雏凤的鸣声，比老凤的鸣声更为清亮动听"。

少年负壮气，奋烈自有时——孙颖莎获乒乓球女子单打银牌

孙颖莎在东京奥运会乒乓球女单半决赛中以4-0战胜日本选手伊藤美诚，之后，在决赛中不敌陈梦，获得女单银牌。央视解说员以"少年负壮气，奋烈自有时"对她进行鼓励。

这句诗出自李白的《少年行二首·其一》：

> 击筑饮美酒，剑歌易水湄。
> 经过燕太子，结托并州儿。
> 少年负壮气，奋烈自有时。
> 因击鲁勾践，争博勿相欺。

李白把荆轲身上所焕发出来的豪情壮志注入自己的精神世界，凝结成一种激扬奋发的豪情与坚定的人生信念。这种精神与最终获得银牌的孙颖莎，可谓浑然天成。

老骥伏枥志在千里，旭日东升未来可期——庞伟和姜冉馨夺得 10 米气手枪混合团体冠军

2021 年 7 月 27 日，在东京奥运会赛场，中国选手庞伟、姜冉馨，夺得东京奥运会 10 米气手枪混合团体冠军。这对组合足足有 14 岁的年龄差，央视解说员动情地介绍他们："一个老骥伏枥志在千里，一个旭日东升未来可期。"

庞伟连续参加过北京奥运会、伦敦奥运会、里约奥运会，又回到东京奥运会的赛场，而"00 后"姜冉馨则是首次登上奥运会赛场。"老骥伏枥"是成语，出自曹操的《龟虽寿》："老骥伏枥，志在千里；烈士暮年，壮心不已。"比喻有志向的人虽然年老，仍有雄心壮志。"旭日东升"也是成语，指的是早上太阳从东方升起，形容朝气蓬勃的景象。老将风采依旧，新人未来可期，这两句诗用在这对组合身上十分贴切。

（资料来源：澎湃网，有改动）

> **思考题：**
> （1）用诗词解说奥运会产生了什么样的传播效果？
> （2）你会用诗词评价体育运动、体育比赛或者体育运动员吗？

笔记

【知识共享】

一、什么是诗歌

诗歌是文学发展史上最古老、最基本的文学样式，是一种抒情言志的文学体裁。《毛诗大序》中说："诗者，志之所之也。在心为志，发言为诗。"严羽的《沧浪诗话》中说："诗者，吟咏情性也。"中国古代将不合乐的文学作品称为诗，合乐的文学作品称为歌，如今人们则将两者统称为诗歌。

诗歌是高度集中地概括和反映社会生活的一种文学体裁。它饱含着诗人的思想感情与丰富的想象，语言凝练而形象，具有鲜明的节奏、和谐的音韵，富于音乐美。诗歌语句一般分行排列，注重结构形式的美。

二、诗歌的分类

（一）古代诗歌的分类

古典诗歌的分类方法有按形式划分和按题材划分两种。

1. 按形式划分

按形式划分，古典诗歌可分为古体诗、近体诗、词和曲。

- **古体诗**：古体诗不讲究对仗，韵律比较自由，其发展轨迹为《诗经》—楚辞—汉赋—汉乐府诗—建安诗歌—魏晋南北朝民歌—陶诗等文人五言诗—唐代古风、新乐府。

- **近体诗**：指从唐代开始出现的，在句数、字数、平仄、用韵方面有严格规定的律诗和绝句。律诗每首八句，每句五个字或七个字，分别被称为五律或七律；绝句每首四句，每句五个字或七个字，分别被称为五绝或七绝。

- **词**：又称"诗余""乐府""长短句"等，是一种特殊的诗，本质上是一种歌词。词的创作是依曲定体，所以词的格式（又称"词调"，包括长短、分段、句式、韵律等格式）主要取决于曲子的旋律和节拍。而词牌则是词调调名，一首词可以没有题目，但不能没有词牌。

- **曲**：即散曲。传统的词和词曲发展到宋金时期，吸收了一些民间流行曲词尤其是少数民族乐曲，并与之融合，形成了一种新的诗歌形式，元人称之为"乐府"或"今乐府"。

2. 按题材划分

按题材划分，古典诗歌可分为写景抒情诗、咏物言志诗、即事感怀诗、怀古咏史诗和边塞征战诗等。

- **写景抒情诗**：指歌咏山水名胜、描写自然景色的抒情诗歌。创作写景抒情诗时，诗人一般寓情于景，通过描绘自然风景抒发自己喜悦或忧愁的心情，以及对亲人的想念、对现实的不满等。

- **咏物言志诗**：指描摹物体的外形、特点、神韵及品格等，以寄托感情，表达诗人的精神、品质或理想的诗。

- **即事感怀诗**：指诗人就某件事发表议论或抒发感慨的诗。常见的诗歌内容包括送别、怀亲、思乡、念友等。

- **怀古咏史诗**：指诗人以历史典故为题材来表明自己的看法，或借古讽今，或抒发对沧桑变化的感慨的诗。

- **边塞征战诗**：指描写边塞风光和戍边将士的军旅生活，抒发忧国忧民、心怀天下等家国情怀的诗。

（二）现代诗歌的分类

现代诗歌的分类方法包括按表达方式划分、按音韵格律和结构形式划分两种。

1. 按表达方式划分

按表达方式划分，现代诗歌可分为叙事诗和抒情诗。

- **叙事诗**：指有比较完整的故事情节和人物形象的诗，包括史诗、故事诗、诗体小说等。
- **抒情诗**：指通过直接抒发诗人的思想感情来反映社会生活的诗，通常没有完整的故事情节和人物形象，包括情歌、颂歌、哀歌、挽歌、牧歌和讽刺诗等。

2. 按音韵格律和结构形式划分

按音韵格律和结构形式划分，现代诗歌可分为格律诗、自由诗、散文诗和民歌。

- **格律诗**：指形式有一定规格，音韵有一定规律的诗。其要求篇有定句，句有定字，讲究对仗、平仄、押韵，类似于古典诗歌中的五言、七言的绝句和律诗。
- **自由诗**：指语言不讲究格律，段数、行数、字数也没有严格规定的诗。自由诗的字数可随诗意的变化而变化，韵律灵活，主要依靠段落、句子、短语的参差变化来形成诗歌的韵律和节奏。
- **散文诗**：介于散文和诗歌之间的一种诗体。其篇幅短小，语言精练，多用象征、暗示等表达技巧，具有诗的意境和激情，又像散文一样不分行，不押韵。
- **民歌**：指劳动人民口头创作的诗歌，是一种集体智慧的结晶，具有浓郁的地方特色，包括山歌、童谣、秧歌、信天游、道情、渔歌、夯歌、拉纤号子等。

三、诗歌的艺术特征

（一）以情入境——情感之美

诗歌通过撷取社会生活中的感情浪花来揭示和反映社会现实。因此，抒情是诗歌最本质的特征。在诗歌发展史上，凡是脍炙人口、长久流传的优秀诗歌，无不饱含着真挚而热烈的感情。例如，辛弃疾的《清平乐·村居》：

茅檐低小，溪上青青草。醉里吴音相媚好，白发谁家翁媪。

大儿锄豆溪东，中儿正织鸡笼。最喜小儿亡赖，溪头卧剥莲蓬。

这首词字里行间洋溢着诗人对农村生活的喜爱之情，表达了一种恬淡、闲适、满足、愉快的生活态度。

（二）以象入境——意境之美

意象是被诗人赋予感情寄托的具体形象，而意境是由众多意象组合起来形成的一种由境生情、情景交融的艺术境界。借助意象和意境的衬托来表达感情，是诗歌中最常见的抒情方法。例如，马致远的《天净沙·秋思》：

枯藤老树昏鸦，小桥流水人家，古道西风瘦马。夕阳西下，断肠人在天涯。

这首词描绘了"枯藤""小桥""夕阳"等多种意象，组成了一种苍凉、淡薄的意境，表达了天边游子孤寂痛楚的心情。

意象能构成怎样的意境与意象的组合方式有关。意象的组合方式主要有以下几种。

1. 并列组合

并列组合是指将几组意象罗列出来。例如，杜牧在《江南春》中写"水村山郭酒旗风"，就是罗列了"水村""山郭""酒""旗""风"几种意象，描绘了江南春天特有的风情。

2. 对比组合

对比组合是指选取两组或两组以上的意象，互相对照和映衬。例如，高适在《燕歌行》中写"战士军前半生死，美人帐下犹歌舞"，前半句描写拼杀的血腥场面，后半句描写醉生梦死的歌舞场面，形成强烈的对比。

3. 通感式意象

通感式意象是指把听觉意象、视觉意象、嗅觉意象、味觉意象、触觉意象等联系起来，使之相互转化。例如，舒婷在《路遇》中写"自行车的铃声悬浮在空间""铃声把碎碎的花香抛在悸动的长街"，前一句将听觉意象铃声转化为视觉意象悬浮，后一句将听觉、嗅觉与心理感觉进行融合和转换，形成一种非常奇妙的境界，即"铃声能浮，铃声抛花香"，使读者不禁为诗人的丰富想象而拍案叫绝。

（三）以乐和诗——音韵之美

优秀的诗歌十分讲究音乐性，席勒甚至认为，"诗里的音乐在我的心中鸣响，常常超过其内容的鲜明表象"。我国古代第一部诗歌总集《诗经》中的每一篇都可以用于和乐歌唱，《诗经》中风、雅、颂的划分也是依据音乐种类的不同。诗歌的音韵之美主要体现在节奏和押韵两个方面。

1. 节奏

中国古典诗歌的节奏是由汉语的特点决定的。汉语一个字为一个音节，一句诗中的音节一般是两两组合在一起形成"顿"（又称"音组""音步"）。节奏类型通常为四言二顿、五言三顿、七言四顿。例如，张敬忠的《边词》：

五原/春色/旧来/迟，二月/垂杨/未挂/丝。

即今/河畔/冰开/日，正是/长安/花落/时。

现代诗歌的节奏因词句构成的变化而变化，"顿"按语义的停顿来划分，但要求每"顿"的字数分布呈现一定的规律，且构成的节奏和谐。例如，郭沫若的《天上的街市》第一、二句：

远远的/街灯/明了，

好像/闪着/无数的/明星。

音节的组合不仅能形成"顿"，还能形成"逗"。古典诗歌中的古体诗、近体诗每句必须有一个"逗"，这个"逗"把诗句分成两部分，其音节分配规律如下：四言二二、五言二三、七言四三。例如，李白的《玉阶怨》：

玉阶//生白露，夜久//侵罗袜。

却下//水晶帘，玲珑//望秋月。

2. 押韵

押韵是把同韵（即韵母相同或相近）的字有规律地配置在诗歌的句尾，各句押韵的字叫作韵脚或韵字。押韵的作用是使诗歌韵律和谐优美，吟诵起来顺口悦耳，便于记忆和流传。

1）古体诗的押韵方式

古体诗的押韵方式比较自由，可以隔句押韵，也可以句句押韵；可以用平声（即汉语拼音中的一、二声）押韵，也可以用仄声（即汉语拼音中的三、四声）押韵；可以一韵到底，也可以换韵。

2）近体诗的押韵方式

近体诗的押韵方式比较严格，讲究一韵到底，且只押平声韵。近体诗的押韵方式为偶句押韵。律诗是第二、四、六、八句押韵，绝句是第二、四句押韵。例如，杜牧的《寄扬州韩绰判官》：

青山隐隐水迢迢，秋尽江南草未凋。
二十四桥明月夜，玉人何处教吹箫。

这首诗第一、二、四句押韵。

再如，王维的《红豆》：

红豆生南国，春来发几枝。
愿君多采撷，此物最相思。

这首诗首句并不入韵，第二、四句押韵。

3）现代诗歌的押韵方式

现代诗歌中的自由诗、散文诗和民歌不要求押韵，但要做到平仄和谐，读起来不拗口，听起来不刺耳。

（四）以行入诗——形式之美

诗歌分行排列，形式优美。大部分古典诗歌每句字数相同，整齐划一；现代诗歌则每句字数不定，一般来说，诗人会使每行的字数稍有增减，使诗行既整齐又富于变化，充满参差错落之美，让人赏心悦目。

现代诗歌的行列方式主要包括以下四种：第一种是以闻一多《死水》为代表的九字四顿的"整饬行列"；第二种是以郭沫若《天上的街市》为代表的或长或短的"参差行列"；第三种是以贺敬之《放声歌唱》为代表的"递进行列"；第四种是以戴望舒《雨巷》为代表的"回环行列"。具体如下：

死 水

闻一多

这是一沟绝望的死水，
清风吹不起半点漪沦。
不如多扔些破铜烂铁，
爽性泼你的剩菜残羹。

……

天上的街市

郭沫若

远远的街灯明了,
好像是闪着无数的明星。
天上的明星现了,
好像是点着无数的街灯。
我想那缥缈的空中,
定然有美丽的街市。
街市上陈列的一些物品,
定然是世上没有的珍奇。
……

放声歌唱

贺敬之

无边的大海波涛汹涌……
啊,无边的
大海
波涛
汹涌——
生活的浪花在滚滚沸腾……
啊,生活的
浪花
在滚滚
沸腾!
……

雨　巷

戴望舒

撑着油纸伞,独自
彷徨在悠长,悠长
又寂寥的雨巷,
我希望逢着
一个丁香一样的
结着愁怨的姑娘。
她是有
丁香一样的颜色,
丁香一样的芬芳,

丁香一样的忧愁，
在雨中哀怨，
哀怨又彷徨；
……

四、诗歌欣赏技巧

诗歌欣赏技巧包括了解诗歌背景、熟悉诗歌语言、把握诗歌的意象和意境、把握诗歌的风格特色、总结诗歌的表达技巧等。

（一）了解诗歌背景

早在2000多年前，孟子就说过"颂其诗，读其书，不知其人，可乎？是以论其世也"，意思是吟咏诗人所作的诗歌，读文人所写的书，不知道他们的为人，可以吗？当然要研究他们所处的时代。从了解诗歌的背景资料入手，是诗歌欣赏的普遍规律。

诗歌背景包括诗人背景和写作背景两个方面。其中，诗人背景主要指诗人的生活经历、个性，以及诗人所处的文化环境和时代特色等，这些都会在诗歌中留下印记，甚至构成诗歌的特定内涵。写作背景主要指诗歌创作的起因、经过，以及诗歌所涉及的人物、事件和典故等。这些背景资料可以帮助读者准确地理解诗歌的含义。

以欣赏王维的《息夫人》为例：

莫以今时宠，能忘旧日恩。
看花满眼泪，不共楚王言。

这首诗的作者是王维，唐朝诗人，官至尚书右丞，故也称王右丞。这首诗的写作背景如下：

宁王李宪见饼师（卖饼者）之妻明艳动人，就强娶为妾。第二年，宁王问"犹忆饼师否？"其妾点头。宁王召饼师进府，其妾面对故人，泪流满面。当时有十几个文人在宁王府做客，宁王让他们赋诗，于是王维作了这首《息夫人》。宁王被诗意感动，让其妾回到了饼师身边。

如果不了解诗歌背景，很容易把这首诗理解为仅仅是赞颂春秋时期息国国君夫人，这就错过了此诗更深层次的内涵。

（二）熟悉诗歌语言

诗歌语言是一种凝练、形象的艺术语言，只有悉心揣摩，才能体会其中的意蕴和趣味。诗歌语言具有多义性，即一个词含有两重以上的含义，且有的含义明确，有的含义不明确。诗歌语言的多义性使诗歌语义不固定，极大地丰富了诗歌内容。诗歌语言多义性主要表现为双关和情韵义。

1. 双关

双关是指在一定的语言环境中，利用词的多义和同音等属性，使语句具有双重意义，言在此而意在彼。例如，贺知章的《咏柳》：

> 碧玉妆成一树高，万条垂下绿丝绦。
> 不知细叶谁裁出，二月春风似剪刀。

诗歌中的"碧玉"有两层含义：一是说新枝上的嫩叶宛如碧玉修饰而成，突出嫩叶的光洁、润泽；二是以树喻人，乐府诗中有"碧玉小家女"的诗句，所以"碧玉"也是"小户人家的美貌女孩"的代称。那么，诗歌的首句也可以理解为那株袅娜多姿的翠柳宛如凝妆而出的美丽女孩。显然第二种含义更加清新生动，富有诗意。

2. 情韵义

诗歌中有一些形式简练、含义丰富、长期习用的词。这些词来源于古代诗文、神话传说、历史故事等，由于历史的沉淀，被赋予了特定的意韵，即情韵义。

例如，"南浦"一词在诗中常见，"浦"的本义是小河汇入大河的地方，"南浦"的字面意义无非是"南边的浦口"。屈原《楚辞·九歌·河伯》中有"子交手兮东行，送美人兮南浦"，于是"南浦"就成了送别之地的代称，使得这个词蕴含了一种凄凉、惨淡的离愁别绪。类似"南浦"的词有很多，如"板桥""绿窗""凭栏"等。

在欣赏含有"南浦"这个词的诗句时，要注意这个词的情韵义。

> 春草碧色，春水绿波。送君南浦，伤如之何！
>
> ——江淹《别赋》
>
> 南浦凄凄别，西风袅袅秋。一看肠一断，好去莫回头。
>
> ——白居易《南浦别》
>
> 宝钗分，桃叶渡，烟柳暗南浦。
>
> ——辛弃疾《祝英台近》

（三）把握诗歌的意象和意境

诗歌的基本元素是指诗歌的意象和意境，这是理解诗歌的钥匙，也是把握诗人思想情感的依据。只有把握了诗歌的意象，领悟意象所蕴含的深意，以及其所体现的情调、境界，才能真正理解诗人的情感和诗歌的主旨。

意象在诗歌中的存在形式可分为两种：一种是意象的直接描绘；一种是包括叙述、抒情、议论在内的意象化表现。例如，温庭筠的《商山早行》：

> 晨起动征铎，客行悲故乡。
> 鸡声茅店月，人迹板桥霜。
> 槲叶落山路，枳花明驿墙。
> 因思杜陵梦，凫雁满回塘。

第一联描述的情景为"在清晨的车马铃声中，诗人离开客栈上路远行，心中泛起思乡的愁苦"，这一联没有清晰完整的意象描写，属于意象化表现。第二联和第三联都是意象的直接描绘，这两联饱含浓郁的感情体验，能引发读者的想象，形成一定的画面感。第四联的前半部分属于意象化表现，后半部分则是意象的直接描绘。

把握诗歌意境的正确思路是"由意象而意境"。通过读者的生活体验来复现诗中意象，再由此生发想象，领悟意象之中、之外的情境意蕴。例如，上述诗中第二联只是简单地描绘了小桥上的寒霜被踏出了脚印，对鸡鸣、茅店、月亮的描写也是点到为止，然而这些意象在读者想象力的作用下，构成了一幅清晰的图画，使读者感受到早行旅人的孤独清冷和一缕淡淡的哀愁。

（四）把握诗歌的风格特色

诗歌的风格特色是指诗人通过作品的内容和形式所呈现的创作个性，是作品的精神风貌。常见的风格类型如下。

- **含蓄委婉**：指诗歌语言节制、曲折、隐蔽、简约，留给读者较多的启发、暗示和想象空间的艺术风格。古人所谓"不著一字，尽得风流""言有尽而意无穷"，正道出了含蓄风格的特点。例如，李商隐的《夜雨寄北》：

> 君问归期未有期，巴山夜雨涨秋池。
> 何当共剪西窗烛，却话巴山夜雨时。

这首诗表面上写的是妻子的心理活动，实际上却是表达诗人对远方妻子的思念，结尾描述了团聚情景，酝酿出一种曲终音绕的悠长韵味。

- **直率**：指直白地表达激荡的感情的艺术风格。例如，杜甫的《闻官军收河南河北》：

> 剑外忽传收蓟北，初闻涕泪满衣裳。
> 却看妻子愁何在，漫卷诗书喜欲狂。
> 白日放歌须纵酒，青春作伴好还乡。
> 即从巴峡穿巫峡，便下襄阳向洛阳。

诗人惊讶、狂喜的情态倾泻而出，在诗句中奔涌冲荡，毫无遮拦。

- **自然平淡**：指不加修饰、随心所欲地表达真情实感的艺术风格。例如，陶渊明的诗多自然平淡，朴素无华，他写出了许多直白如话的句子，如"今日天气佳""日暮天无云""采菊东篱下"等；还写出了许多用词简单但饱含深意的句子，如"心远地自偏""欲辩已忘言""落地为兄弟，何必骨肉亲"等。

- **绮丽**：指辞藻华丽、意境别致、富含真情的艺术风格。例如，白居易的诗句"乱花渐欲迷人眼，浅草才能没马蹄"中没有提到色彩，却表现了一种春意盎然的意境，可称清丽；苏东坡的诗句"春衫犹是，小蛮针线，曾湿西湖雨"，将美景、艳情融合，更显绮丽；李白的诗句"边月随弓影，胡霜拂剑花"，既绮丽，又洋溢着英爽、豪迈之气。总之，绮丽重神不重貌，只有以真情厚蕴充实于美景妙语之中，才算得上绮丽。

- **沉郁**：指抑扬顿挫地表达深厚的思想、激越的情感的艺术风格。例如，杜甫的《登高》：

> 风急天高猿啸哀，渚清沙白鸟飞回。
> 无边落木萧萧下，不尽长江滚滚来。
> 万里悲秋常作客，百年多病独登台。
> 艰难苦恨繁霜鬓，潦倒新停浊酒杯。

这首诗前两联以丰富的意象描绘萧索、苍凉的秋色，营造出一种弥漫感伤的抒情环境，后两联尽显抑扬顿挫，跌宕起伏。全诗的情感线索为诗人常年漂泊，本易伤感，又在秋风中强拖病体，凭高远眺，想到家难、国难更添悲慨，自己已经步入风烛残年，却还忧心忡忡，甚至连借酒浇愁也做不到了。这首诗描述的孤独、忧郁、悲伤、绝望的心理在层层递转中加深，最终又全部推进读者的心里。

- 雄奇：指感情激荡，气势雄浑，彰显阳刚之美的艺术风格。例如，李白的诗句"西当太白有鸟道，可以横绝峨眉巅。地崩山摧壮士死，然后天梯石栈相钩连。上有六龙回日之高标，下有冲波逆折之回川"，他用"只有鸟可以飞过""太阳所乘的六龙神车都要原路返回"等奇特想象渲染了山势之高、蜀道之险。
- 豪放：豪放和雄奇常常并称，两者的区别在于雄奇侧重想象之奇，豪放侧重气势之豪。例如，苏东坡的诗句"大江东去，浪淘尽，千古风流人物"，有一种开阔的历史感，气势豪放，慷慨壮阔。

（五）总结诗歌的表达技巧

表达技巧是指一些特定的表达方式，它涉及从立意到炼字再到炼句的全部创作过程，以及作品的思想内容、艺术特色、风格面貌等。总结诗歌的表达技巧，有助于将诗歌欣赏从感性认识提升到理性认识的层次。

诗歌的表达技巧十分丰富，如前述李商隐《夜雨寄北》就是"从对面写来"，这种写法提升了诗歌的艺术水平；又如，李白《早发白帝城》的前两句描写了飞驶的行船，表达了内心的欢畅，第三句却以"两岸猿声啼不住"来衬垫蓄势，使第四句具有更强大的气势和更强烈的情感冲击力。

【赏诗阅文】

模块一　欣赏中国古典诗歌

一、古典诗歌发展历程

中国古典诗歌的发展大致经历了先秦时期、两汉时期、魏晋南北朝时期、唐宋时期、元明清时期等。

（一）先秦时期

1.《诗经》

诗歌的源头是歌谣。上古时代没有文字，只有在口头上传唱的歌谣。大约到了周朝，周王为了制礼作乐，派遣官员到各地搜集歌谣，王侯公卿为了祭祖、宴客等，也作诗或献诗，这些歌

扫一扫

诗经的发展历程

谣和诗在公元前6世纪左右被编订成了《诗》。《诗》收集了自西周初至春秋中叶约500年间的作品,共305篇,所以又称《诗三百》,汉代以后被尊为经典,遂有了《诗经》之称。

《诗经》中的作品按照音乐性可分为风、雅、颂三类。风是当时各诸侯国所辖地区的民歌,地方色彩浓郁;雅是周王朝直接统治地区的音乐,又因产生的时代和乐调的不同,分为大雅和小雅;颂是专门用于宗庙祭祀的音乐,其又分为周颂、鲁颂和商颂。《诗经》是我国第一部诗歌总集,是我国文学的光辉起点,在思想和艺术上达到了新的高度,在我国乃至世界文化史上都享有极高的地位。

《诗经》中常用"赋""比""兴"的表达技巧,"赋"是直陈其事,"比"即打比方,"兴"是感物起兴。《诗经》中多数篇章都具有鲜明的时代感,内容涵盖社会生活的方方面面,也涉及劳动人民的思想感情。例如,《硕鼠》《伐檀》揭露了统治者的腐朽;《伯兮》《君子于役》表达了对徭役兵役的憎恨;《静女》《蒹葭》歌颂了男女之间真挚的爱情;《氓》则描述了妇女的不幸遭遇。

美哉,诗经

张吉义

有一种美,无须修饰,
那是从心里流出来的长歌。
河畔滩头,关关雎(jū)鸠的鸣唱声里,
我们听见了"窈窕淑女,君子好逑"的爱情箴言。

山野林地,坎坎伐檀声中,
我们看见了一群袒露的脊背上,迸发出的
"不稼不穑,胡取禾三百亿兮"的悲愤。
呜呜风声,旌旗呼啸处,我们听见了
出征将士"岂曰无衣,与子同袍"的怒吼。
纯粹得就像远古的天空,
无邪得就像源头的活水,
这,就是诗经。

有一种美,不会凋谢。
那是盛开在一个民族血脉上的鲜花。
三千多年前,在一个古老的国度里,
那些没有留下姓氏的先民,
将生活、爱情、劳动揉进琴瑟,
让散布在山间田野里的飞歌流韵,

蔓延成一条生生不息的歌的长河。
这，就是诗经。

历史的风，吹落了无数的皇冠，
吹散了无尽的繁华，
却吹不断那一串串带响的竹简，
以及竹简上留下无数指纹的风景。
三千年，涛声云灭，
不变的，还是那跳动着生命活力的人性之美。
桃之夭夭，灼灼其华，
执子之手，与子偕老。
这是无与伦比的东方之美！
在人类所有关于美的描绘中，
诗经是最美的容貌。

来吧，让我们沿着诗三百的诗行，
去踏青，去漂流，去追寻，
去拾起尘封记忆中永远的歌。
哦，美哉，诗经！

（改编自张吉义《美哉，诗经》，原载于王静主编《美丽中国》，中国广播影视出版社 2017 年 4 月出版）

2. 楚辞

战国后期，南方诸侯国楚国在独特的地方文化基础上发展出了一种地方色彩浓郁的新诗体，称为楚辞。楚辞的奠基人和代表作家是屈原。屈原的作品感情浓烈，文辞华美，代表作品有《离骚》《九歌》《九章》《天问》等。其中，《离骚》是我国古代文学史上最宏伟、最壮丽的长篇抒情诗，诗中洋溢着激情，充满着神奇瑰丽的想象，富有浓厚的浪漫主义色彩。屈原的后继者有宋玉、唐勒、景差等人。

《诗经》和《楚辞》在文学史上并称"风骚"，分别开创了我国古典诗歌现实主义和浪漫主义的先河。

（二）两汉时期

到了汉代，诗歌的成就主要体现在汉乐府诗和汉末文人所作五言诗上。

1. 汉乐府诗

早在西汉武帝时期，政府就设立了官方采诗机构，名为乐府。汉乐府诗传世的共有 100 多首，它们出自劳动人民之口，大多数诗作是叙事诗，即所谓的"感于哀乐，缘事而发"。

汉乐府诗语言朴素，韵律优美，继承并发展了周代民歌现实主义的优良传统，广泛又深刻地反映了当时的社会生活。例如，《战城南》《十五从军征》描写了战争给人民带来的苦难；《孔雀东南飞》揭露了封建礼教、封建家长制的罪恶；《上邪》《有所思》分别表达了对爱情的忠贞和与负心人分手的决绝；《东门行》《妇病行》《孤儿行》表达了对劳动人民悲惨遭遇的同情。

2. 五言诗

随着汉乐府诗的流行，文人开始仿作五言诗，到汉代末期便呈现五言诗兴盛的局面。由于汉代末期许多五言诗的作者姓名不可考，自晋代以后这些诗就被称为"古诗"，其中有十九首被南朝梁萧统编入《文选》（即《古诗十九首》），代表了当时五言诗创作的最高成就。《古诗十九首》有着大体统一的主题和风格，其艺术特色为委婉含蓄、自然质朴、用词精练，前人有"篇不可句摘，句不可字求"的赞誉，大评论家刘勰曾称它为"五言之冠冕"。

（三）魏晋南北朝时期

1. 建安风骨

汉末动乱的社会和人民活跃的思想，促使建安诗坛大放异彩。以曹操父子（曹操、曹丕、曹植）和"建安七子"（孔融、陈琳、王粲、徐干、阮瑀、应玚、刘桢）为代表的诗人继承汉乐府诗的现实主义传统，将目光投向社会动乱的现实，在诗中抒发建功立业的抱负，形成了"慷慨任气"的时代风格，这就是后世称道的"建安风骨"。

在这一时期，久已沉寂的四言诗出现中兴现象，五言诗的创作更是繁荣，终于使这一诗体成为我国古典诗歌的主要形式之一。曹操父子中成就最高的是曹植。曹植的诗富于气势和力量，描写细致，辞藻华丽，善用比喻，具有"骨气奇高、词采华茂"的艺术风格，代表作是《赠白马王彪》。"建安七子"中成就最高的是王粲，其诗作风格为骏爽刚健、慷慨悲凉，代表作《七哀诗》是汉末战乱社会的现实写照。

2. 陶诗

古典诗歌发展至两晋时期，上承建安风骨，下启南朝民歌，呈现出一种过渡的状态。西晋与东晋的诗坛各有特点。西晋诗坛以陆机、潘岳、左思为代表，所作诗歌讲究形式，描写繁复，辞采华丽，诗风繁缛。东晋诗坛被玄风笼罩，但东晋末年的诗人陶渊明，开创了描写田园生活的风气，成为魏晋古朴诗风的集大成者。他的诗被称为"陶诗"，内容以描写田园风光为主，风格平淡自然，醇厚有味，富有意境。

3. 南北朝民歌

南朝民歌多是乐府为朝廷所采录，按地域分为吴声和西曲，内容以描写爱情相思或离愁别恨为主，形式通常为五言四句，一般采用双关、比喻的表达技巧，语言清新亮丽，风格委婉含蓄。在南朝乐府民歌中成就最高的是《西洲曲》。

北朝民歌是在民族大融合过程中用汉语记录下来的各族民歌。其内容丰富，语言质朴，风格豪放。在北朝民歌中最著名的是《木兰诗》和《敕勒歌》。《木兰诗》反映的是战争给人民带来的痛苦，同时塑造了替父从军的女英雄形象；《敕勒歌》描写的是北方辽阔壮丽的自然景色。

（四）唐宋时期

1. 唐代

唐代诗歌蔚为大观，诗家辈出，名篇浩瀚，代表了唐代文学的最高成就。总体来说，唐诗的发展经历了初唐、盛唐、中唐和晚唐四个阶段。

《送杜少府之任蜀州》欣赏

初唐时期比较著名的诗人包括"初唐四杰"——王勃、杨炯、卢照邻、骆宾王，以及之后的陈子昂，他们上承汉魏风骨，力扫齐梁颓废诗风，使诗歌开始从宫廷走向社会，由幻想转向现实。

盛唐时期出现了两大诗派，一是以王维、孟浩然、储光羲等人为代表的山水田园诗派，其诗作大多描写自然风光、田园生活，且将绘景状物与分析禅趣相结合；二是以高适、岑参、王昌龄等人为代表的边塞诗派，其诗作大多描绘雄奇的边塞风光和艰苦的军旅生活。之后，李白和杜甫崛起于诗坛，两人分别被称为"诗仙"和"诗圣"。李白的诗大多感情奔放炽烈，风格豪放飘逸，显示了他独特的情感色调和艺术个性，其代表作有《将进酒》《行路难》等。杜甫的诗多沉郁顿挫，反映了唐朝由盛转衰的境况，其代表作有"三吏""三别"等。

"安史之乱"之后，进入中唐时期，这一时期诗人众多。其中，刘长卿、韦应物的山水诗是山水田园诗派的延续；卢纶、李益的边塞诗是边塞诗派的延续。白居易、元稹、张籍、王建等提倡杜甫的现实主义诗歌，他们提出"文章合为时而著，歌诗合为事而作"，开展了新乐府运动。此外，还有以韩愈、孟郊、贾岛、刘禹锡、柳宗元和李贺等为代表的崇尚险怪的一派。值得一提的是，李贺在诗歌的形象、意境上不走前人之路，开辟了奇崛幽峭、浓丽凄清的浪漫主义新天地。

晚唐时期的诗歌感伤意味浓厚，代表诗人是杜牧和李商隐。杜牧的诗多伤春伤别或咏史怀古，风格骏爽高绝，他的代表作有《江南春》《山行》《泊秦淮》《过华清宫》等。李商隐的诗多写爱情，且用典精巧，对仗工整，他的代表作有《马嵬》《锦瑟》《无题》《贾生》《夜雨寄北》《嫦娥》等。

词人李煜

唐末的温庭筠是第一个以词著称的文人。他的词辞藻华丽，多写妇女的离别相思之情，被后人归为"花间派"。南唐后主李煜在词的发展史上占有较高的历史地位，他的代表作有《虞美人》《浪淘沙》等。

唐诗之美

刘禹锡放出他的堂前燕，

一飞就是上千年。

夜半钟声传至今，
现代人能否登上诗人的客船？

李白送友，杜甫逢君，
迎来送往成为你我心中的绝唱。
牧童一指，杜牧先生让野村出了名，
浩然风雨声，发酵了世人多少美梦？

啊，我们都是中国人，
中国人称唐人，
唐诗就是我们的魂。

让我们吟诵，让我们高唱，
举头望明月，低头思故乡。
举头望月，方知我们是一家人，
低头思乡，才知我们拥有共同的根。

2. 宋代

在唐诗高峰之后，宋代诗人别出蹊径，以文为诗，往平淡的诗歌方向发展。概言之，唐诗主情，宋诗主理。其中，黄庭坚诗风奇特拗崛，范成大的诗以"田园杂兴"诗居多，杨万里的诗多写景说理。

除了诗，宋代文坛最引人瞩目的是词的发展和兴盛。宋词完成了词的体制的建设，表达方式日益成熟，在词的过片（词多由上下两片组成，过片指从上一片过到下一片）、句读、字声等方面建立了严格的规范。

宋代初期的词人晏殊、欧阳修等都有出色的作品，但依然没有脱离花间派的影响。而后柳永开始创作长调慢词，他的词语言通俗，内容平实，在当时传唱极盛，当时人评价为"凡有井水饮处，即能歌柳词"，他的代表作有《雨霖铃》《八声甘州》等。

李清照、秦观是婉约派的代表人物。李清照的词多描写少女、少妇的生活，富有生活情趣，如"兴尽晚回舟，误入藕花深处。争渡，争渡，惊起一滩鸥鹭"；她也写闺中寂寞和离情别绪，如"此情无计可消除，才下眉头，却上心头"。秦观的词带有浓厚的感伤哀怨，如"驿寄梅花，鱼传尺素，砌成此恨无重数"。集婉约派之大成的是周邦彦，他的作品标志着宋词艺术的深化和成熟，其代表作有《过秦楼》《满庭芳》《兰陵王》《六丑》等。

与婉约派相对的是豪放派，代表人物是苏轼和辛弃疾。他们的词内容广泛，涉及怀古、记游、说理等多个方面，使词从花前月下走向了更广阔的社会生活，发展成独立的抒情艺术。苏轼的代表作有《江城子·密州出猎》《定风波》等。辛弃疾的词多写军营战事，其代表作有《破阵子》《永遇乐·京口北固亭怀古》等。

南宋后期的词人以姜夔最为著名。他沿袭了周邦彦的道路，注意修辞和声律，多记游咏物，感慨个人身世，抒发离别相思等，如"阅人多矣，谁得似长亭树？树若有情时，不会得青青如此！日暮，望高城不见，只见乱山无数。韦郎去也，怎忘得，玉环分付。第一是早早归来，怕红萼无人为主。算空有并刀，难剪离愁千缕"。

 华彩流光

鹤冲天·宋词之美

绵绵宋词，道不完愁思。苏轼登楼叹，江水逝。放翁泪示儿，才女清照戚戚，辛翁呼剑气。斜阳小径，更添哀怨几丝。

才子柳永，自诩白衣卿相。豪放婉约风，俱跌宕。品罢诸贤心绪，茶一杯，细思量。多情易感伤，穿越千古，仍是情深绵长……

（五）元明清时期

和唐诗、宋词一样，元代也出现了登坛树帜、独领风骚的文学样式——散曲。元代初期，散曲刚从民间的通俗俚语进入诗坛，有鲜明的通俗化、口语化的特点，以及狂放爽朗、质朴自然的情致。这一时期散曲家的代表有关汉卿、马致远、王实甫、白朴等。关汉卿的小令活泼深切，痛快淋漓。马致远的作品题材多样，意境高远，形象鲜明，音韵和谐，其被誉为"曲状元"。元代中期，散曲成为诗坛的主要体裁，这一时期的散曲家有郑光祖、睢景臣、乔吉、张可久等。元代末期的散曲家讲究格律辞藻，艺术上刻意求工，崇尚婉约细腻、典雅秀丽的艺术风格，代表人物有张养浩、徐再思等。

明代作家的文学成就主要表现在小说方面，清代诗词流派众多，但难有超出前人之处。唯一突出的是清代末期的诗人龚自珍，他着眼于现实政治和社会形势，抒发感慨，纵横议论，使诗成为批判现实社会的工具。后来的黄遵宪、康有为、梁启超等新诗派代表人物，更是将诗歌直接作为资产阶级改良运动的宣传载体。

综上所述，中国古典诗歌的生命力极其旺盛长久，在几千年的历史进程中为中华民族先后培植出先秦诗骚、乐府诗、魏晋南北朝文人诗、唐诗、宋词、元曲等多种文学样式。中国古典诗歌以独特而持久的艺术魅力吸引读者去欣赏和品味，滋养了一代又一代人。

二、返璞归真诗

蒹葭 《诗经》

作品渊源

《蒹葭》是产生于秦地（秦军驻扎之地，今甘肃天水）的一首民歌。关于这首诗的内容，历来存在意见分歧，有人说"伊人"是心上人，有人说"伊人"是"贤才"，还有人

说"伊人"是一种理想、一种尽善尽美的人生境界。

蒹葭苍苍[1]，白露为霜。
所谓伊人[2]，在水一方。
溯洄[3]从之，道阻[4]且长；
溯游[5]从之，宛[6]在水中央。

蒹葭萋萋[7]，白露未晞[8]。
所谓伊人，在水之湄[9]。
溯洄从之，道阻且跻[10]；
溯游从之，宛在水中坻[11]。

蒹葭采采，白露未已[12]，
所谓伊人，在水之涘[13]。
溯洄从之，道阻且右[14]；
溯游从之，宛在水中沚[15]。

《蒹葭》朗诵

（选自《中华经典名著全本全注全译丛书·诗经·秦风》，中华书局，2015）

注 释

[1] 蒹葭（jiān jiā）："蒹"，指没有长穗的芦苇。"葭"，指初生的芦苇。蒹葭合起来表示一般意义的芦苇。苍苍：茂盛葱翠的样子。[2] 伊人：那人，一般指女性。[3] 溯洄：逆流向上。[4] 阻：险阻、崎岖。[5] 溯游：在水上浮行。[6] 宛：好像、仿佛。[7] 萋萋：同上章"苍苍"和下章"采采"，三者为互文见义，意思是茂盛的样子。[8] 晞（xī）：干。[9] 湄：水草交接处，即岸边。[10] 跻（jī）：攀登、上升。[11] 坻（chí）：水中沙洲。[12] 未已：指露水尚未被阳光蒸发掉。[13] 涘（sì）：水边。[14] 右：形容道路曲折迂回。[15] 沚（zhǐ）：水中小沙滩。

融会贯通

《蒹葭》之所以成为千古绝唱，在于它创造了情与景互相生发、渗透并融合无间的奇妙的诗歌意境，符合我们对诗歌的基本审美要求。

从形式上看，《蒹葭》采用了重章叠句的形式，反复咏叹，层层推进，步步深化，达到了反复抒情的目的。从表达方式上看，诗的每章开头都采用了比兴的手法，通过对眼前实景的描写与赞叹，使空灵缥缈的意境弥漫全篇。

诗人抓住深秋独有的特征，不惜用浓墨重彩反复描绘并渲染深秋的空寂悲凉，以抒写诗人怅然若失又热烈企慕心上人的心境。诗中"宛"字的妙用，使诗的意境显得空灵朦胧，引人遐想。在当时那样的社会条件下，能写出这样的千古绝唱，实在让人惊叹。

学以致用

人生本来就是一个过程,生存的价值和意义就存在于过程之中,追求的价值和意义也存在于过程之中。在生活中,你是否产生过求之难得又弃之难舍的企盼、追寻、渴求、向往之感?与同学交流探讨,加深对《蒹葭》这首诗的理解。

《静女》朗诵赏析

作品渊源

《静女》是产生于邶国(今河南汤阴境内)的一首民歌。

静女[1]其姝[2],俟[3]我于城隅[4]。
爱[5]而不见[6],搔首踟蹰[7]。
静女其娈[8],贻[9]我彤管[10]。
彤管有炜[11],说怿[12]女[13]美。
自牧[14]归荑[15],洵[16]美且异[17]。
匪女[18]之为美,美人之贻。

(选自《中华经典名著全本全注全译丛书·诗经·邶风》,中华书局,2015)

注 释

[1]静女:文雅的姑娘。[2]姝(shū):美丽。[3]俟(sì):等待、等候。[4]城隅(yú):城角隐蔽处。[5]爱:通"薆(ài)",隐藏、遮掩。[6]见:通"现",出现。[7]踟(chí)蹰(chú):徘徊,形容心里迟疑、要走不走的样子。[8]娈(luán):美好。[9]贻(yí):赠送。[10]彤(tóng)管:红管草。[11]炜(wěi):鲜明的样子。[12]说(yuè)怿(yì):喜爱。说,通"悦",和"怿"一样,都是喜爱的意思。[13]女(rǔ):通"汝",你。[14]牧:野外放牧的地方。[15]归(kuì)荑(tí):赠送荑草。归,通"馈",赠送。荑,初生的茅草。[16]洵(xún):的确、确实。[17]异:奇异。[18]匪(fēi)女(rǔ):不是你(这里指荑草)。匪,同"非"。

融会贯通

这首诗以一个男子的口吻,倾诉他赴情人约会的心情。诗中刻画了他见到女子前后的不同心情,表现了他们甜蜜美好的爱情生活。全诗构思精巧,基调乐观健康,风格清新朴实,充满浓郁的生活气息和乡土情调。语言简练,人物形象及心理刻画生动。

学以致用

《诗经》中有许多爱情箴言,如"窈窕淑女,君子好逑""桃之夭夭,灼灼其华""执子之手,与子偕老",都带给人无限的遐想。爱情中有甜蜜,也有苦涩;有怦然心动,也有伤心欲绝。爱情是美好的,它是人生的重要组成部分,但并不是人生的全部。

对于大学生来说，接受爱情之前先要学会爱与被爱。一方面要知道自己喜欢什么，适合什么，要敢于表达心中所爱，并能承受求爱被拒所带来的烦恼和困扰；另一方面，当别人向自己表达爱时，要能准确把握信息，坦然做出抉择，或接受，或谢绝，抑或再观察，都应照顾对方的情绪。请以"爱情"为主题，组织一场演讲比赛。

三、家国情怀诗

国殇　屈原

作品渊源

屈原，战国末期楚国丹阳（今湖北秭归）人，中国最伟大的浪漫主义诗人之一。古时死于国事叫作殇国，因此国殇也用来表示追悼阵亡将士的祭歌。《国殇》是屈原代表作《九歌》组诗中的一首，是追悼楚国阵亡士卒的挽诗。

操吴戈兮被犀甲[1]，车错毂兮短兵接[2]。
旌蔽日兮敌若云[3]，矢交坠[4]兮士争先。
凌余阵兮躐余行[5]，左骖殪兮右刃伤[6]。
霾[7]两轮兮絷[8]四马，援玉枹兮击鸣鼓[9]。
天时怼兮威灵怒[10]，严杀尽兮弃原野[11]。
出不入兮往不反[12]，平原忽兮路超远[13]。
带长剑兮挟秦弓[14]，首身离[15]兮心不惩[16]。
诚既勇兮又以武[17]，终刚强兮不可凌。
身既死兮神以灵[18]，子魂魄兮为鬼雄[19]。

（选自《中华经典名著全本全注全译丛书·楚辞》，中华书局，2015）

注释

[1]操吴戈兮被（pī）犀甲：手里拿着锋利的吴戈（吴国的戈），身上披着犀牛皮制作的铠甲。被，同"披"。[2]车错毂（gǔ）兮短兵接：双方战车相遇交错时，用短兵器互相格斗。错，交错。毂，车轮的中心部分，有圆孔，可以插轴，这里泛指战车的轮轴。短兵，指刀、剑一类的短兵器。[3]旌（jīng）蔽日兮敌若云：旌旗遮蔽的日光，敌兵像云一样涌上来。极言敌军之多。[4]矢交坠：两军相射的箭纷纷坠落在阵地上。[5]凌余阵兮躐（liè）余行（háng）：敌人冲进了我们的战阵，践踏了我们的行列。凌，侵犯。躐，践踏。[6]左骖（cān）殪（yì）兮右刃伤：我们战车左边的骖马已经倒地而死，右边的骖马也被砍伤。殪，倒地而死。刃伤，被兵刃砍伤。[7]霾（mái）：同"埋"，遮掩，掩埋。古代作战，在激战将败时，埋轮缚马，表示坚守不退。[8]絷（zhí）：指用绳索绊住马足。[9]援玉枹（fú）兮击鸣鼓：手拿镶嵌着玉的鼓槌，击打着声音响亮的战鼓。先秦

作战，主将击鼓督战，以旗鼓指挥进退。援，拿或握。玉枹，镶嵌着玉的鼓槌。[10] 天时怼兮威灵怒：意思是连天神也被震怒了。天时，这里指上天。怼，怨恨。威灵，威严的神灵。[11] 严杀尽兮弃原野：将士们全部壮烈地战死，尸骨弃于原野。严杀，壮烈地战死。[12] 出不入兮往不反：战士们视死如归，出征以后就不打算生还。反，同"返"，返回。[13] 平原忽兮路超远：阵亡者尸弃原野，灵魂想返回故乡又做不到，因为路途遥远。忽，渺茫。超远，遥远。[14] 秦弓：秦国所制的弓。这种弓质地坚实，射程远。[15] 首身离：身首异处。[16] 心不惩（chéng）：壮心不改，勇气不减。惩，悔恨。[17] 诚既勇兮又以武：战士们确实既勇敢，又武艺高超。诚，诚然、确实。[18] 神以灵：指精神不死而永生。[19] 子魂魄兮为鬼雄：魂魄威武不屈，死了也是鬼中豪杰。

融会贯通

全诗生动地描写了战况的激烈和将士们奋勇争先的气概。诗人的情感真挚炽烈，诗歌的节奏鲜明急促，传达出一种凛然悲壮、坚毅刚强的美，在楚辞作品中独树一帜。

学以致用

李清照有句诗叫"生当作人杰，死亦为鬼雄"，其中的鬼雄就是化用"身既死兮神以灵，魂魄毅兮为鬼雄"，代表了一种英雄主义精神。你心目中的英雄是谁？他有什么样的品格？请以"英雄"为主题，组织一场小组讨论会。

塞下曲　李白

作品渊源

李白（701—762），字太白，号青莲居士，唐代伟大的浪漫主义诗人。其诗风豪放飘逸，想象丰富奇绝，语言流转自然，音律和谐多变。他善于从民歌、神话中汲取素材，构成其诗特有的瑰丽绚烂的色彩，是自屈原以来浪漫主义诗歌的新高峰。李白被称为"诗仙"，与杜甫并称"李杜"。

五月天山雪，无花只有寒。
笛中闻折柳[1]，春色未曾看。
晓战随金鼓，宵眠抱玉鞍。
愿将腰下剑，直为斩楼兰[2]。

注释

[1] 闻折柳：《折杨柳》为乐府横吹曲，多写行客的愁苦。在这里，诗人借"闻折柳"渲染苍凉寒苦的氛围。[2] 斩楼兰：据《汉书·傅介子传》记载，汉代地处西域的楼兰国经常杀死汉朝使节。傅介子出使西域，楼兰王贪他所献金帛，被他诱至帐中杀死，遂持王首而还。这里借傅介子慷慨复仇的故事表现诗人甘愿奔赴疆场杀敌的雄心壮志。

融会贯通

本诗慷慨豪迈,表达了诗人建功立业的政治抱负。诗人先以轻淡之笔徐徐道出自己内心的感受——"无花只有寒",接着设想自己来到边塞过着紧张的战斗生活,最后用"直"和"愿"直抒胸臆,语气强烈,具有夺人心魄的艺术感召力。

大师巨匠

李白长期在各地游历,对社会生活多有体验。李白不愿应试做官,希望依靠自身才华,通过他人举荐走向仕途,实现政治理想和抱负,但一直未得人赏识。他曾给当朝名士韩荆州写过一篇《与韩荆州书》,以此自荐,但未得回复。直到天宝元年(742),因道士吴筠推荐,李白被召至长安,供奉翰林,文章风采,名震天下。后来因不能见容于权贵,在京仅三年李白就弃官而去,继续四处游历。

李白的诗歌成就极高,历代文人对李白的诗歌成就做出了很高的评价:贺知章称赞他"谪仙人";杜甫称赞他"笔落惊风雨,诗成泣鬼神";魏颢评价他"白与古人争长,三字九言,鬼出神入";韩愈说"李杜文章在,光焰万丈长"。唐文宗御封李白的诗歌、裴旻的剑舞、张旭的草书为"三绝"。

学以致用

在中国传统观念中,爱祖国、爱民族历来被看作是"大节"。虽然在封建社会其与忠君思想联系在一起,具有一定的局限性,但其本质上是把"君"作为国家的代表,"忠君"的背后是一种深层的国家意识。"家—家乡—国家"是直接贯通的,我们总是把国家称作祖国,将其当作衣食之源、情感之源,对其具有强烈的依恋意识。请以"家—家乡—国家"为主题,组织诗歌朗诵会。

茅屋为秋风所破歌　杜甫

作品渊源

杜甫(712—770),字子美,河南巩县(今河南巩义)人,自号少陵野老,唐代伟大的现实主义诗人,与李白合称"李杜"。杜甫对中国古典诗歌的影响非常深远,被后人称为"诗圣",他的诗被称为"诗史"。杜甫创作了《春望》《北征》《新安吏》《石壕吏》《潼关吏》《新婚别》《无家别》《垂老别》等名作。

八月秋高风怒号[1],
卷我屋上三重茅[2]。
茅飞渡江洒江郊,
高者挂罥[3]长林梢,
下者飘转沉塘坳[4]。
南村群童欺我老无力,
忍能对面为盗贼[5],
公然抱茅入竹去[6]。
唇焦口燥呼不得[7],
归来倚杖自叹息。
俄顷[8]风定云墨色,
秋天漠漠向昏黑[9]。
布衾[10]多年冷似铁,
娇儿恶卧踏里裂[11]。
床头屋漏无干处[12],
雨脚如麻[13]未断绝。
自经丧乱[14]少睡眠,
长夜沾湿何由彻[15]?
安得广厦[16]千万间,
大庇[17]天下寒士俱欢颜,
风雨不动安如山!
呜呼!何时眼前突兀[18]见此屋,
吾庐独破受冻死亦足!

(选自《杜诗详注》,中华书局,1979)

注 释

[1]怒号:大声吼叫。[2]三重茅:几层茅草。[3]挂罥:悬挂、缠绕。[4]塘坳:低洼积水的地方(即池塘)。[5]忍能对面为盗贼:竟忍心这样当面做"贼"。[6]入竹去:进入竹林。[7]呼不得:喝止不住。[8]俄顷:不久、一会儿、顷刻之间。[9]秋天漠漠向昏黑:指秋季的天空阴沉迷蒙,渐渐黑了下来。[10]布衾:布质的被子。[11]娇儿恶卧踏里裂:孩子睡相不好,把被里都蹬坏了。[12]床头屋漏无干处:整个房子都没有干的地方了。"床头屋漏",泛指整个屋子。[13]雨脚如麻:形容雨点不间断,像下垂的麻线一样密集。[14]丧乱:战乱,指"安史之乱"。[15]何由彻:如何挨到天亮。[16]广厦:宽敞的大屋。[17]大庇:全部遮盖或掩护起来。庇,遮盖、掩护。[18]突兀:高耸的样子,这里用来形容广厦。

融会贯通

杜甫在这首诗中抒发了忧国忧民的情感，表现了自己推己及人、舍己为人的高尚风格，以及博大的胸襟和崇高的理想。

任何伟大诗人之所以伟大，都是因为他的痛苦和幸福深深植根于社会和历史的土壤里。杜甫在这首诗中描写了他本身的痛苦，但他不是孤立地、单纯地描写他本身的痛苦，而是通过描写他本身的痛苦来表现"天下寒士"的痛苦，来表现社会的苦难、时代的苦难，进而为"天下寒士"大声疾呼。

在狂风猛雨无情袭击的秋夜，诗人脑海里翻腾的不仅是"吾庐独破"，而且是"天下寒士"的茅屋俱破。杜甫这种炽热的忧国忧民的情感和迫切要求变革黑暗现实的崇高理想，千百年来一直震撼着读者的心灵，并产生着积极的作用。

学以致用

作为一名大学生，我们应该向杜甫学习，树立正确的世界观、人生观、价值观和是非观，培育家国情怀、社会担当和"祖国利益高于一切"的历史责任感，激发爱国主义热情，弘扬社会正能量，为中华民族的伟大复兴而奋斗。请以"立足当下，以实际行动爱国"为主题，组织演讲比赛。

出塞　王昌龄

作品渊源

王昌龄（？—756），字少伯，京兆长安（今陕西西安）人。盛唐著名边塞诗人。王昌龄与李白、高适、王维、王之涣、岑参等人有深厚的交情。王昌龄以作七言绝句见长，尤以登第之前赴西北边塞时所作边塞诗最为著名，有"诗家夫子王江宁"之誉，又被后人誉为"七绝圣手"。代表作有《从军行》《出塞》《闺怨》等。

秦时明月汉时关，万里长征人未还。
但使[1]龙城飞将[2]在，不教[3]胡马[4]度[5]阴山[6]。

注释

[1] 但使：只要。[2] 龙城飞将：一说指奇袭龙城的卫青，一说指汉飞将军李广。[3] 不教：不叫、不让。[4] 胡马：指侵扰内地的外族骑兵。[5] 度：越过。[6] 阴山：中国北部东西向山脉和重要地理分界线，位于内蒙古自治区中部及河北省最北部。

融会贯通

这首七言绝句的妙处在于篇幅虽小，容量却大。诗人以雄劲的笔触，对当时的边塞战争生活做了高度的艺术概括。诗人通过对时间和空间的巧妙把握，以及将写景、叙事、抒情与议论紧密结合,在四句诗里中注入了丰富、复杂的思想感情,使诗的意境雄浑深远,既触动人心,又耐人寻味。明人李攀龙曾将这首诗誉为"唐代七绝压卷之作",实不过分。

学以致用

"秦汉时的边关至今在月下依然如故,战争一直持续不断。已有多少士卒血洒沙场,至死未归;又有多少战士仍然戍守着边关,不能归来。"战争曾给人民带来了巨大的痛苦和灾难,和平来之不易。请以"牢记历史,珍惜和平"为主题,组织演讲比赛。

四、理想励志诗

短歌行 曹操

作品渊源

曹操(155—220),字孟德,三国时期政治家、军事家、诗人。东汉末年,在镇压黄巾起义军中,曹操逐步扩充军事力量。建安元年(196)他迎献帝至许都(今河南许昌),挟天子以令诸侯。在官渡之战中,他大破军阀袁绍。建安十三年(208),他进位为丞相,率军南下,在赤壁被孙权和刘备的联军击败。后被封为魏王。他的儿子曹丕称帝,追封他为武帝。

曹操本人精于兵法,有《孙子略解》《兵书接要》等著作传世;善作诗歌,在作品《蒿里行》《观沧海》中抒发了自己的政治抱负。他的诗气魄雄伟,慷慨悲凉,散文亦清峻简练。

《短歌行》朗诵赏析

> 对酒当歌[1],人生几何[2]!譬如朝露,去日苦多[3]。
> 慨当以慷[4],忧思难忘。何以解忧?唯有杜康[5]。
> 青青子衿,悠悠我心[6]。但为君故,沉吟[7]至今。
> 呦呦鹿鸣,食野之苹[8]。我有嘉宾,鼓[9]瑟吹笙。
> 明明如月,何时可掇[10]?忧从中来,不可断绝。
> 越陌度阡[11],枉用相存[12]。契阔谈䜩[13],心念旧恩。
> 月明星稀,乌鹊南飞。绕树三匝[14],何枝可依?
> 山不厌高,海不厌深[15]。周公吐哺,天下归心[16]。
>
> (选自《曹操集》,中华书局,1976)

注 释

[1] 对酒当歌:一边喝着酒,一边唱着歌。当,对着的意思。[2] 几何:多少。[3] 去日苦多:逝去的日子太多。有慨叹人生短暂之意。[4] 慨当以慷:指宴会上的歌声激昂慷慨。当以,这里"应当用"的意思。全句意思是,应当用激昂慷慨(的方式来唱歌)。[5] 杜康:相传是最早造酒的人,这里代指酒。[6] 青青子衿(jīn),悠悠我

心:出自《诗经·郑风·子衿》。原写姑娘思念情人,这里用来比喻渴望得到有才学的人。子,对对方的尊称。衿,古式的衣领。青衿,是周代读书人的服装,这里指代有学识的人。悠悠,长久的样子,形容思虑连绵不断。[7]沉吟:原指小声叨念和思索,这里指对贤人的思念和倾慕。[8]呦(yōu)呦鹿鸣,食野之苹:出自《诗经·小雅·鹿鸣》。呦呦,鹿叫的声音。苹,艾蒿。[9]鼓:弹。[10]何时可掇(duō):什么时候可以摘取呢?掇,拾取、摘取。[11]越陌度阡:穿过纵横交错的小路。陌,东西向小路。阡,南北向小路。[12]枉用相存:屈驾来访。枉,这里是"枉驾"的意思。用,以。存,问候、思念。[13]讌(yàn):通"宴",宴饮。[14]三匝(zā):三周。[15]山不厌高,海不厌深:高山不辞土石才见巍峨,大海不弃涓流才见壮阔。意思是希望尽可能多地接纳人才。[16]周公吐哺(bǔ),天下归心:我愿如周公一般礼贤下士,愿天下的英杰真心归顺。

融会贯通

本诗气格高远,感情丰富,饱含真诚的情感和悲凉的感慨,是诗人内心世界的真实写照。诗人用笔巧妙,直抒胸臆,咏叹了生命的短暂,体现了对人生的思考,同时,通过描绘觥筹交错之景抒发了心忧天下和渴慕人才之情,表现了一种积极进取的精神。

学以致用

曹操有诗云"老骥伏枥,志在千里;烈士暮年,壮心不已",旨在激励青年人,要有干一番事业的雄心壮志,即使身陷困境,也应以乐观的态度面对困境,敢于吃苦,敢于流汗,敢于接受挑战,从而跳出命运的漩涡,成就更好的自我。请以"勤者自助,达者自强"为主题,组织一场演讲比赛。

上李邕 李白

作品渊源

这首诗是李白青年时期的作品。李邕(678—747):字泰和,唐代书法家。李邕在开元七年至九年(719—721)前后,曾任渝州(今重庆市)刺史。李白游渝州谒见李邕时,不拘俗礼,且谈论间放言高论,使李邕很不悦。史称李邕"颇自矜"(《旧唐书·李邕传》),意思是为人自负,对年轻人态度矜持。李白对此不满,在临别时写了这首很不客气的《上李邕》一诗,以示回敬。

大鹏一日同风起,扶摇直上九万里。
假令风歇时下来,犹能簸却[1]沧溟[2]水。
世人见我恒殊调[3],闻余大言皆冷笑。
宣父[4]犹能畏后生,丈夫[5]未可轻年少。

注释

[1]簸却：激起。[2]沧溟：大海。[3]殊调：不同流俗的言行。[4]宣父：指孔子。唐太宗在贞观年间诏尊孔子为宣父。[5]丈夫：古代男子的通称，此指李邕。

融会贯通

前四句中李白以大鹏自比。大鹏是《庄子·逍遥游》中的神鸟，传说这只神鸟翅膀一拍就是三千里，扶摇直上可高达九万里。大鹏鸟是庄子哲学思想中自由的象征、理想的图腾。李白年轻时胸怀大志，非常自负，又深受道家哲学思想的影响，心中充满了浪漫的幻想和宏伟的抱负。在这前四句诗中，李白寥寥数笔，就勾画出一个力搏沧海的大鹏形象——也是李白自己的形象。

诗的后四句，是对李邕傲慢态度的回应。"世人"指当时的凡夫俗子，显然也包括李邕在内，因为此诗是直接写给李邕的，所以措辞较为婉转，表面上只是指斥"世人"。李白的宏大抱负，常常不被世人所理解，被当作"大言"来耻笑。李白显然没有料到，李邕这样的名人竟与凡夫俗子一般见识，于是就抬出圣人识拔后生的故事反唇相讥。末尾两句意为"孔老夫子尚且觉得后生可畏，你李邕难道比圣人还要高明？男子汉大丈夫千万不可轻视年轻人"，既是对李邕的揶揄和讽刺，也是对李邕轻慢态度的回敬，态度相当桀骜，显示出少年锐气。

学以致用

大鹏鸟是李白常常在诗歌中借以自况的意象，它既是自由的象征，又是惊世骇俗的理想和志趣的象征。开元十三年（725），青年李白出蜀游历，在江陵遇见名道士司马承祯，司马承祯称李白"有仙风道骨，可与神游八极之表"，李白当即作《大鹏赋》，自比为《庄子·逍遥游》中的大鹏鸟。

阅读李白的诗歌，发掘并列举诗中的浪漫意象，与同学沟通交流，说说这些诗歌对自己的启发。

别董大（其一）　高适

作品渊源

高适（约700—765），字达夫，渤海蓨县（今河北景县）人。唐代著名的边塞诗人，有《高常侍集》等传世。"高适少孤贫，爱交游，有游侠之风，并以建功立业自期。"开元二十年（732），他去蓟北，体验了边塞生活。天宝三年（744），他与李白、杜甫、岑参同游梁园（今河南商丘附近），建立了深厚的友谊。高适的诗笔力雄健，气势奔放，洋溢着盛唐时期所特有的奋发进取、蓬勃向上的时代精神。

董大指董庭兰，是当时著名的音乐家。崔珏有诗道："七条弦上五音寒，此艺知音自古难。唯有河南房次律，始终怜得董庭兰。"《别董大》是高适写给董庭兰的送别诗。盛唐时盛行胡乐，而七弦琴曲这类古乐没那么流行。这一时期高适也很不得志，到处游历，常处于困顿的境遇之中。但在这首送别诗中，高适却以开阔的胸襟、豪迈的语调，把临别赠言说得激昂慷慨，非常鼓舞人心。

千里黄云[1]白日曛[2]，
北风吹雁雪纷纷。
莫愁前路无知己，
天下谁人不识君[3]。

注 释

[1]黄云：天上的乌云。在阳光下，乌云是暗黄色，所以叫黄云。[2]曛：昏暗。
[3]君：你，这里指董大。

融会贯通

本诗前两句"千里黄云白日曛，北风吹雁雪纷纷"，用白描手法写眼前之景：北风呼啸，黄沙千里，遮天蔽日，到处都是灰蒙蒙的一片，云也变成了黄色，本来璀璨耀眼的阳光现在也黯然失色，如同落日余晖一般。大雪纷纷扬扬地飘落，群雁排着整齐的队形向南飞去。诗人在这荒寒、壮阔的环境中，送别这位身怀绝技却又无人赏识的音乐家。

后两句"莫愁前路无知己，天下谁人不识君"，是对朋友的劝慰："此去你不要担心遇不到知己，天下哪个不知道你董庭兰啊！"话说得多么响亮，多么有力，于慰藉中充满着信心和力量，激励朋友抖擞精神去奋斗、去拼搏。如果不是诗人内心的郁积喷薄而出，如何能把临别赠语说得如此体贴入微，如此坚定不移？又如何能用此般朴素无华之语言，铸造出这等冰清玉洁、醇厚动人的诗情！

学以致用

赠别诗篇的数量繁多，那些凄清缠绵、低回流连的作品固然感人至深，但另外一种慷慨悲歌、发自肺腑的诗作，更以其表现的真诚情谊和坚强信念，为灞桥柳色与渭城风雨涂上了一种豪放、健美的色彩。送别的话语不都是伤感的，也可以表达对朋友的鼓励和赏识，让朋友在离别时信心倍增。阅读多首赠别诗，体会不一样的送别、不一样的情怀，与同学沟通交流，说说这些诗词对自己的启发。

临江仙·滚滚长江东逝水　杨慎

作品渊源

杨慎（1488—1559），字用修，号升庵，新都（今四川新都）人，明代文学家。正德六年（1511）进士，授翰林院修撰，后流放滇南（今云南）。他的诗富于才情，有拟古倾向，言近旨远。著作达百余种，后人辑为《升庵集》。

杨慎在1524年因得罪权贵被发配到滇南充军。据传他戴着枷锁，被军士押解到湖北江陵时，正好见到一个渔夫和一个樵夫在江边喝酒，谈笑风生。杨慎突然很感慨，于是请军士找来纸笔，写下了这首《临江仙·滚滚长江东逝水》。

> 滚滚长江东逝水[1]，浪花淘尽[2]英雄。是非成败转头空。青山依旧在，几度夕阳红。
> 白发渔樵江渚[3]上，惯看秋月春风[4]。一壶浊酒[5]喜相逢。古今多少事，都付笑谈中。

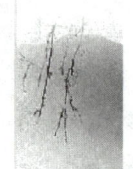

注 释

[1] 东逝水：指江水向东流逝而去，这里将时光比喻为江水。[2] 淘尽：荡涤一空。[3] 渚：原意为水中的小块陆地，此处意为江岸边。[4] 秋月春风：指良辰美景，也指美好的岁月。[5] 浊酒：用糯米、黄米等酿制的酒，较混浊。

融会贯通

这首词借叙述历史兴亡来抒发人生感慨，基调慷慨悲壮，读来荡气回肠。这首词营造出一种淡泊、宁静的心境，并且折射出高远的意境和深邃的人生哲理。在这凝固的历史画面上，白发的渔夫、悠然的樵汉意趣盎然地赏秋月春风。一个"惯"字让人感到莫名的孤独与苍凉，酒逢知己，又使这份孤独与苍凉有了一份慰藉。"浊酒"似乎表明主人与来客的友谊高淡平和，意不在酒。大江裹挟着浪花奔腾而去，英雄人物随着流逝的江水消失了。古今多少事，没有一件不在变与不变的相对运动中流逝。

学以致用

任凭江水淘尽世间事，化作滔滔一片潮流，但总会在奔腾中沉淀下些许的永恒。与人生的短暂和虚幻相对的，是超然世外的旷达和对人生价值的永恒追求。

每一代青年都有自己的际遇和机缘，都要在自己所处时代条件下谋划人生，创造历史。当代大学生正赶上实现中华民族伟大复兴的时代，只要胸怀最高理想，坚定理想信念，脚踏实地，从现在做起，从一点一滴做起，拼搏进取，就能在中华民族伟大复兴的事业中写下"到中流击水，浪遏飞舟"的人生诗篇。

请以"领悟人生真谛，创造人生价值"为主题，组织小组讨论会，学习用科学、高尚的人生观指引人生，保持自我身心的和谐，促进个人与他人、社会、自然的和谐。

五、哲理理趣诗

饮酒（其五）　陶渊明

作品渊源

陶渊明（约365—427），字元亮，号五柳先生，私谥靖节，东晋浔阳柴桑（今江西九江）人。东晋诗人、文学家、辞赋家、散文家。曾做过几年小官，后辞官回家，从此隐居。田园生活是陶渊明诗的主要题材，相关作品有《饮酒》《归园田居》《桃花源记》《五柳先生传》《归去来兮辞》等。

《饮酒》是陶渊明弃官归隐后陆续写成的一组五言古诗，多为酒后即兴所作。这组诗大多直抒胸臆，挥洒真情，借饮酒来抒情写志。这组诗共20首，本文选取的是第5首，讲述了诗人从大自然中悟出人生的意义，获得恬静的心境的故事。

《饮酒（其五）》朗诵

结庐[1]在人境，而无车马喧[2]。
问君[3]何能尔[4]？心远地自偏。
采菊东篱下，悠然[5]见[6]南山[7]。
山气日夕[8]佳，飞鸟相与[9]还[10]。
此中有真意，欲辨已忘言。

注　释

[1]结庐：建造房屋，这里是居住的意思。[2]车马喧：指世俗交往的喧扰。[3]君：指诗人自己。[4]何能尔：为什么能这样。尔，如此、这样。[5]悠然：自得的样子。[6]见：看见。[7]南山：泛指山峰，一说指庐山。[8]日夕：傍晚。[9]相与：相交、结伴。[10]还：归。

融会贯通

这首诗的意境可分为两层：前四句为第一层，写诗人摆脱世俗烦恼后的感受。后六句为第二层，写南山的美好景色和诗人从中获得的无限乐趣，表现了诗人对大自然的热爱，以及他淡泊明志、志趣高洁的人格。

这首诗颇具理趣。诗中"心远地自偏"一句，表明心与地之关系（即主观精神与客观环境之关系），即地之喧与偏取决于心之远与近。换句话说，隐士高人不必穴居岩处，远离人世，心不滞于名利自可免除尘俗之干扰。诗中"采菊东篱下，悠然见南山"一句，表明瞬间之感应可以带来无限愉悦。在偶一举首之间心与山悠然相会，自身仿佛与山融为一体。日夕之山气、相与之归鸟，诸般景物仿佛不在外界而在心中，这就是回归本真、回归自然的真谛。

学以致用

正是因为陶渊明身上超凡脱俗的品性和对人生有透彻明了的感悟,所以在他看来,大自然中寻常的景色也散发出自由、平淡、恬静的韵味,这种韵味也让读者在诗中找到了心灵的栖居地,得到精神上的极大满足。反观现代社会,又有多少人能有如此心境?现在的生活比以往任何时候都舒适,但似乎现在的人们却比以往任何时候更难维持平和的心境。假如心已被物欲的喧嚣所填充,又何谈拥有平和的心境呢?

生活原本是充满诗意的,诗意的生活可以带给我们纯真的品质、坚定的信念和精神的享受,诗意的生活更会让我们拥有一双发现美的眼睛、一个感受美的心灵和一种创造美的智慧。请以"生活中到处都有美的存在"为题,与同学沟通交流,说说自己的感悟。

放言五首(其三) 白居易

作品渊源

白居易(772—846),字乐天,号香山居士,祖籍山西太原,唐代伟大的现实主义诗人。白居易与元稹共同倡导新乐府运动,世称"元白",与刘禹锡并称"刘白"。

白居易官至翰林学士、左赞善大夫。公元846年,白居易在洛阳去世,葬于香山。他的诗歌题材广泛,形式多样,语言平易通俗,有《白氏长庆集》传世,代表诗作有《长恨歌》《卖炭翁》《琵琶行》等。

> 赠君一法决狐疑,不用钻龟与祝蓍[1]。
> 试玉要烧三日满[2],辨材须待七年期[3]。
> 周公恐惧流言日,王莽[4]谦恭未篡时。
> 向使当初身便死,一生真伪复谁知?

注 释

[1]钻龟与祝蓍:古代迷信活动,钻龟壳后,看其裂纹以卜吉凶;或拿蓍草的茎占卜。[2]试玉要烧三日满:指坚贞之士必能经受长期磨炼。作者自注:"真玉烧三日不热。"[3]辨材须待七年期:栋梁之材不是短时间就能看出来的。作者自注:"豫章木,生七年而后知。"[4]王莽:王莽在未篡汉以前曾伪装谦恭下士,后独揽朝政,杀平帝,篡位自立。

融会贯通

这是一首富有理趣的好诗,告诫我们看待事物不要过早下结论,否则容易被假象迷惑。

"赠君一法决狐疑",诗一开头就说要介绍一个"决狐疑"的方法,诗人态度还很郑重;接着从正面介绍了"试玉要烧三日满,辨材须待七年期"的方法,即要知道事物的真伪优劣,只有让时间去考验;然后掉转笔锋,再从反面说"周公恐惧流言日,王莽谦恭未篡时",周公在辅佐成王时,有人怀疑他有篡权的野心,王莽在未篡汉时假装谦恭,曾经迷惑了一些人。历史证明周公忠心耿耿,而王莽却是假装谦恭。如果过早地下结论,不经过时间的考验,就容易为一时表面现象所蒙蔽,不辨真伪,冤屈好人。

诗的意思极为明确,语言却非常委婉。从正面和反面抛出了试玉、辨材、周公、王莽等例子,这些例子既是论点,又是论据。诗人以具体事物表现普遍规律,以小见大,耐人寻味。

学以致用

所谓"透过现象看本质",当一个人掌握了正确的方法,认识达到了一定的高度,就能透过现象看到本质,就不会被事物的假象所迷惑。同理,经过时间的沉淀,辩证地看待事物,也能发现事物的规律。

有些大学生未知全貌就轻下结论,或者头脑发热,一时热衷于购买和频繁更换电子产品,一时又热衷于追星和频繁更换偶像。对于这种现象,你怎么看?请与同学交流讨论,说说自己的看法。

题西林壁[1]　苏轼

作品渊源

苏轼(1037—1101),字子瞻,号东坡居士,世称苏东坡,眉州眉山(今四川眉山)人。北宋文学家、书画家。

苏轼在诗、词、散文、书画等方面均取得了很高的成就:论作诗成就,与黄庭坚并称"苏黄",苏轼的诗题材广泛,风格清新、豪健,善用夸张比喻,独具风格;论作词成就,与辛弃疾并称"苏辛",苏轼的词开豪放一派;论散文成就,与欧阳修并称"欧苏",为"唐宋八大家"之一,苏轼的散文立意高远,语言平实;苏轼还擅长行书、楷书,与蔡襄、黄庭坚、米芾并称"宋四家";绘画方面,苏轼主张追求神似,认为"论画以形似,见与儿童邻",意思是仅以形似来评论画作,就像儿童依靠自身的生活经验与知识范围去评论画作。

横看[2]成岭侧成峰,远近高低各不同。
不识[3]庐山真面目,只缘身在此山中。

注释

[1] 题西林壁:写在西林寺的墙壁上。西林寺在庐山西麓。题,书写、题写。[2] 横看:从正面看。庐山是南北走向,横看就是从东面西面看。[3] 不识:不能认识,无法辨别。

融会贯通

本诗通过描写庐山变化多姿的面貌来借景说理，指出观察问题应客观全面，如果主观片面，就无法得出正确的结论。

开头两句"横看成岭侧成峰，远近高低各不同"写游山所见，概括而形象地写出了移步换景、千姿百态的庐山风景。结尾两句"不识庐山真面目，只缘身在此山中"是即景说理，谈游山的体会，启迪人们认识为人处世的道理。由于人们所处的地位不同，看问题的出发点不同，对客观事物的认识难免有一定的片面性；要认识事物的真相与全貌，必须摆脱成见。

学以致用

看不清庐山的本来面目，只因为身在庐山之中。同样地，看不清事物的本质，也是因为没有从多个视角理性地看待事物。有些大学生天天发愁，觉得学习、就业很难，甚至有人毕业后不想工作，一心想当"网红"。你如何理解这种想法？请与同学交流讨论，说说自己的看法。

杂兴 顾嗣协

作品渊源

顾嗣协（1663—1711），江苏长洲（今江苏苏州）人，字迁客，号依园，著有《依园诗集》。年少时喜欢与友人结诗社，与弟顾嗣立经常组织诗会。官至京卫武学教授，后出任广东新会知县，为官廉洁。

骏马能历险，力田不如牛。坚车能载重，渡河不如舟。
舍长以就短，智者难为谋。生材贵适用，慎勿多苛求。

融会贯通

这首诗语言朴素精炼，却饱含哲理。诗人用生活化的例子论证了唯物辩证法，指出事物都是一分为二的，物各有所用也各有其利，人各有所长也各有所短。事物的矛盾各有其特点，对具体的人和事要进行具体的分析，用其所长，避其所短。

学以致用

在实际生活中，我们要善于认识自己，要客观、公正、正确地认识和评价自己。在认识自己的过程中，既要看到自己的长处，又要看到自己的缺点和不足，做到扬长避短。请与同学交流讨论，列举自己的优点和缺点，说说在生活中怎么做到扬长避短，同时不过分苛求别人。

六、惜时劝学诗

劝[1]学　颜真卿

作品渊源

颜真卿（709—784），字清臣，京兆万年（今陕西西安）人。唐代著名政治家、书法家。颜真卿创立"颜体"楷书，与赵孟頫、柳公权、欧阳询并称"楷书四大家"，又与柳公权并称"颜柳"。

三更[2]灯火五更鸡[3]，正是男儿读书时。
黑发[4]不知勤学早，白首[5]方悔读书迟。

注　释

[1]劝：勉励。[2]三更：三更半夜，指夜间十一时至次日一时。[3]五更鸡：天快亮时，鸡啼叫。[4]黑发：年少时期，指少年。[5]白首：人老了，指老年。

融会贯通

本诗题目中的"劝"字起着统领全篇的作用，全诗深入浅出，自然流畅，富含哲理，意在勉励人们坚持学习，不断增长知识，发展才能。

"三更灯火五更鸡"是指勤奋的人在三更半夜时还在学习。三更时灯还亮着，熄灯躺下稍稍歇息，五更的鸡就叫了，这些勤奋的人又开始起床忙碌。男儿只有勤奋学习，长大后才能保家卫国，建功立业。第三、四句中"黑发""白首"采用借代的修辞方法，借指少年和老年。通过对比的手法，突出读书和学习要趁早，不要等后悔了才去学习。

学以致用

颜真卿既是诗人，又是书法家。《颜勤礼碑》是颜真卿书法成熟时期的代表作之一，碑中结字端庄，骨架开阔，笔法横细竖粗，方圆转折清晰。章法上外紧内松，行距、字距较窄，使得字体的视觉冲击力强烈，气势逼人，将大唐盛世的风采和气象展现得淋漓尽致。

欣赏《颜勤礼碑》，学习颜真卿的苦学精神。

颜勤礼碑（拓本）

赠别元十八协律六首（其五）（节选） 韩愈

作品渊源

韩愈（768—824），字退之，世称"韩昌黎"，河阳（今河南孟州）人。唐代杰出的文学家、思想家，著有《韩昌黎集》四十卷、《外集》十卷等。他是唐代古文运动的倡导者，苏轼称他"文起八代之衰"，明人推他为"唐宋八大家"之首，与柳宗元并称"韩柳"，有"文章巨公"和"百代文宗"之名。曾积极参加讨伐淮西叛藩吴元济的战争，任裴度的行军司马。思想上，韩愈崇奉儒学，力排佛老，同时宣扬天命论，认为"天"能赏善罚恶，人只能顺应和服从天命。他提出的"文道合一""气盛言宜""务去陈言""文从字顺"等散文写作理论，对后人有极强的指导意义。

读书患[1]不多，思义患不明[2]。
患足[3]已不学，既学患不行[4]。

注释

[1] 患：担心。[2] 明：明白。[3] 足：满足。[4] 行：实践。

融会贯通

本诗一首非常精练的劝学诗，用短短二十个字，讲述了很多读书的道理。

读书患不多——要多读。要珍惜青春，不虚度光阴，要多读书，学习做人的道理。

思义患不明——要深思。读书时不能匆忙翻阅，只求速度，不求理解；要沉浸其中，细细品味，反复揣摩，从而真正理解书中内容。

患足已不学——要虚心。所谓"学无止境"，每个人都要坚持读书，不断拓宽自己的知识面，汲取新的学习经验，从而取得新的学习成果。

既学患不行——要躬行。所谓"知行合一"，每个人都要学以致用，注重实践，把所学知识与实际相结合，把学习成果转化为解决实际问题的能力，从而不断提升自己的实践能力。

学以致用

大学生不仅要努力学习，而且要树立正确的学习理念，包括自主学习的理念、深入学习的理念、创新学习的理念、合作学习的理念和终身学习的理念。结合《赠别元十八协律六首（其五）节选》，梳理自己的学习理念和态度，与同学交流沟通，记录自己的体会与收获。

劝学 孟郊

作品渊源

孟郊（751—814），字东野，唐代诗人。湖州武康（今浙江德清）人。其诗歌作品以五言诗居多，著有《孟东野诗集》，代表作为《游子吟》。孟郊有"诗囚"之称，又与贾岛齐名，人称"郊寒岛瘦"，表示两人的诗歌风格为凄苦、哀婉。

> 击石乃有火，不击元[1]无烟。
> 人学始[2]知道[3]，不学非自然[4]。
> 万事须己运[5]，他得非我贤。
> 青春须早为，岂能长少年。

注释

[1]元：原本、本来。[2]始：方才。[3]道：事物的法则、规律。这里指各种知识。[4]非自然：知识不可能天然获得。[5]运：运用。

融会贯通

本诗用生活中常见的击石取火现象做比喻，指出燧石只有经过敲击，才能产生火星，不敲击连烟都没有，更别说火了。同样地，人只有通过学习，才能学到"道"，诗中所说的"道"包括做人之道和作诗之道。"万事须己运，他得非我贤"，强调无论做任何事，我们都必须付出努力，别人的创造和收获不会成为自己的成果。"青春须早为"，勉励世人抓住一生中最宝贵的时间，趁早努力，在学习上狠下功夫。

学以致用

劝学诗，顾名思义就是劝人读书、学习的诗。古往今来，很多诗人都写过脍炙人口的劝学诗，也有很多劝学名句流传至今。这些劝学诗的内容大致可分为立志、勤学、惜时、方法、体会、乐趣六类，可为我们提供强大的精神支持。阅读陶渊明、颜真卿、朱熹、陆九渊等人的劝学诗，从中挑选3首自己最喜欢的，与同学分享，说说这些诗带给自己的启发。

冬夜读书示[1]子聿（其三） 陆游

作品渊源

陆游（1125—1210），字务观，号放翁，越州山阴（今浙江绍兴）人，南宋文学家、史学家、诗人。陆游年少时很聪慧，但科考不顺；中年时获赐"进士出身"，后来投身军旅，保家卫国；晚年退居家乡。陆游一生笔耕不辍，现存诗9 000多首，内容极为丰富，代表作有《游山西村》《示儿》《夜泊水村》。他与王安石、苏轼、黄庭坚并称"宋代四大诗人",又与杨万里、范成大、尤袤合称"中兴四大家"。

子聿是陆游最小的儿子。陆游在冬日寒冷的夜晚沉醉书房,乐此不疲地啃读诗书。窗外北风呼啸,冷气逼人,陆游却浑然忘我。在静寂的夜里,他抑制不住心头踊跃奔腾的情感,毅然挥就了《冬夜读书示子聿》组诗,满怀深情地劝说儿子。这是其中的一首。

古人学问[2]无遗[3]力,少壮工夫老始成。
纸[4]上得来终觉浅,绝知[5]此事要躬行[6]。

注 释

[1]示:训示、指示。[2]学问:指读书学习。[3]遗:保留、存留。[4]纸:书本。[5]绝知:深入、透彻地理解。[6]躬行:亲身实践。

融会贯通

本诗前两句既赞扬了古人刻苦学习的精神,又表现了做学问的艰难。本诗从古人做学问入手娓娓道来,其中"无遗力"三个字,形容古人做学问勤奋用功、孜孜不倦的程度,既生动又形象。诗人语重心长地告诫儿子,趁着年少精力旺盛,奋力拼搏,莫让青春年华付诸东流。只有在少年时养成良好的学习习惯,竭尽全力地打好扎实的基础,将来才能成就一番事业。

本诗后两句强调了实践的重要性。诗人从书本知识和社会实践的关系着笔,强调实践的重要性,凸显其真知灼见。"要躬行"包含两层意思:一是在学习过程中要"躬行",力求做到"口到、手到、心到",二是获取知识后还要"躬行",通过亲身实践将书本知识化为己有,转为己用。诗人的意图非常明显,旨在激励儿子不要片面地满足于书本知识,而应在实践中夯实本领。

学以致用

从书本中得来的知识终归是浅薄的,要想彻底明白书本中的深刻道理,必须亲自实践。古人做学问尚且不遗余力,终生为之奋斗,作为大学生,更应从年轻时就开始用功。请结合自身情况,列出一日学习计划,学习内容应包括练字、读书、背诗等。与同学相互监督,共同完成计划,并养成每日学习的好习惯。

七、咏物抒情诗

赋得古原草送别 白居易

作品渊源

《赋得古原草送别》作于唐德宗贞元三年(787),白居易当时十几岁。此诗是应考习作，按科考规矩，凡限定的诗题，题目前必须加"赋得"二字。

> 离离[1]原上草，一岁一枯荣[2]。
> 野火烧不尽，春风吹又生。
> 远芳[3]侵[4]古道，晴翠[5]接荒城。
> 又送王孙[6]去，萋萋[7]满别情。

注 释

[1] 离离：青草茂盛的样子。[2] 一岁一枯荣：野草每年都会枯萎一次，茂盛一次。枯，枯萎。荣，茂盛。[3] 远芳：草香远播。芳：指野草浓郁的香气。[4] 侵：侵占、长满。[5] 晴翠：草原明丽翠绿。[6] 王孙：本指贵族后代，此处指远方的友人。[7] 萋萋：形容草木茂盛的样子。

融会贯通

全诗紧扣题目，先写古原草，后写送别，写古原草而不离别情，写送别而不离草色，把"咏物"和"送别"多层次、紧密地结合起来。前三句，以"原上草"为主语，一气呵成，脉络分明。中间的"野火烧不尽，春风吹又生"一联，对仗工整而气势流走，充分发挥了"流水对"的优点。最后一句以"又送"转入"别情"，又以"萋萋"照应首句的"离离"，回到"原上草"。

学以致用

古原草具有顽强的生命力，它是斩不尽、锄不绝的，只要残存一点根须，来年就能重新发芽，进而蔓延原野。我们应学习古原草顽强的生命力，不畏惧艰难险阻，积极进取。请以"野火烧不尽，春风吹又生"为主题，组织一场演讲比赛。

水龙吟[1]·次韵章质夫杨花词　苏轼

作品渊源

这首词是苏轼贬居黄州后的抒怀之作。章质夫是苏轼的同僚和好友，两人常以诗词互相赠答唱和。苏轼借用章质夫原作之韵，作词答和，借咏杨花抒写离愁。末句"细看来，不是杨花，点点是离人泪"为名句，千百年来被人们反复吟诵。

> 似花还似非花，也无人惜从教[2]坠。抛家傍路，思量却是，无情有思[3]。萦[4]损柔肠[5]，困酣[6]娇眼[7]，欲开还闭。梦随风万里，寻郎去处，又还被、莺呼起。
> 不恨此花飞尽，恨西园、落红[8]难缀[9]。晓来雨过，遗踪何在，一池萍碎。春色[10]三分，二分尘土，一分流水。细看来，不是杨花，点点是离人泪。

注释

[1] 水龙吟：词牌名。[2] 从教：任凭。[3] 无情有思：言杨花看似无情，却自有它的愁思。思，心绪、情思。[4] 萦：萦绕、牵念。[5] 柔肠：柳枝细长柔软，故以柔肠为喻。[6] 困酣：困倦之极。[7] 娇眼：美人娇媚的眼睛，比喻柳叶。古人诗赋中常称初生的柳叶为柳眼。[8] 落红：落花。[9] 缀：相连。[10] 春色：代指杨花。

融会贯通

苏轼的词以豪放著称，但其也有婉约之作，这首《水龙吟》即为其中之一。本词的译文如下：非常像花又好像不是花，无人怜惜，任凭凋零坠地。把它抛离在家乡路旁，细细思量，杨花仿佛无情，却又饱含深情。柔肠婉曲，娇眼迷离，想要开放却又紧紧闭上。梦魂随风把心上人寻觅，却又被黄莺无情叫起。不恨这种花飘飞落尽，只是愤恨西园满地落花。清晨雨后落花飘落何处？飘入池中化成一池浮萍。如果把春色姿容看作三分，其中的二分化作了尘土，一分坠入流水，了无踪影。细看来那全不是杨花啊，那是离人晶莹的眼泪。

"细看来，不是杨花，点点是离人泪"，既干净利索，又余味无穷。诗人由眼前的流水，联想到思妇的泪水；又用思妇的点点泪珠，衬托空中的纷纷杨花。可谓虚中有实，实中见虚，虚实相间，妙趣横生。这一情景交融的神来之笔，与上阕首句"似花还似非花"相呼应，画龙点睛地概括并烘托出全词的主旨，达到了余音袅袅的效果。

学以致用

李煜写过离愁，他说："剪不断，理还乱，是离愁，别是一般滋味在心头。"欧阳修写过离愁，他说："离愁渐远渐无穷，迢迢不断如春水。"龚自珍写过离愁，他说："浩荡离愁白日斜，吟鞭东指即天涯。"不同的诗人有不同的心境，对离愁的表达也不同，但他们都能用精美、巧妙、生动、有趣的语言塑造意象，精准地表达自己的感受，这就是功力。

请仿写一首诗词，表达你的心情，尽量做到押韵。例如：沙滩贝壳浪花，潮声笑语脚丫，秋风海鸟灯塔，大梅沙畔，弄潮儿在玩耍。

鹧鸪天·桂花 李清照

作品渊源

李清照（1084—约1155），号易安居士，齐州章丘（今山东章丘）人。南宋女词人，婉约派的代表人物。李清照出身于书香门第，早期生活优裕，其父李格非藏书甚富，她小时候就博览群书，打下了坚实的文学基础。出嫁后与夫赵明诚共同致力于书画金石的搜集和整理。后来发生战乱，她迁居南方，境遇孤苦。

由于受北宋末年党争的牵累，李清照在公公赵挺之死后，曾随丈夫居住乡里约一年之久。他们"攻读而忘名，自乐而远利"，双双沉醉于美好、和谐的艺术天地中。此词就是在这种背景下创作的。

暗淡轻黄体性柔，情疏迹远只香留。
何须浅碧深红色，自是花中第一流。
梅定妒，菊应羞，画栏开处冠中秋[1]。
骚人[2]可煞[3]无情思[4]，何事[5]当年不见收。

注释

[1] 画栏开处冠中秋：化用李贺《金铜仙人辞汉歌》的"画栏桂树悬秋香"之句意，谓桂花为中秋时节首屈一指的花木。[2] 骚人：楚人，指屈原。[3] 可煞：可是。[4] 情思：情意、情绪、心情。[5] 何事：为何。

融会贯通

咏物词一般以咏物抒情为主，绝少议论。李清照的这首咏桂词一反传统，以议论入词，又托物抒怀，别开生面。

本词的译文如下：淡黄色的桂花并不鲜艳，但体态轻盈。于幽静之处，不惹人注意，只留给人香味。不需要具有名花的红碧颜色，桂花色淡香浓，应属最好的。（和桂花相比）梅花一定妒忌，菊花自当羞惭。桂花是秋天里百花之首，天经地义。可憾屈原对桂花不太了解，太没有情思了。不然，他在《离骚》中赞美那么多花，为什么没有提到桂花呢？

李清照的这首咏物词，咏物而不滞于物，或以群花作比，或以梅菊陪衬，或评骘古人，从多层次的议论中，形象地展现了她那超尘脱俗的美学观点，以及对桂花由衷的赞美和崇敬。桂花貌不出众，色不诱人，但"暗淡轻黄""情疏迹远"，又馥香自芳，这正是词人品格的写照。这首词显示了词人卓尔不群的审美品位，值得用心品味。

学以致用

李清照身上有着许多标签，如婉约派代表人物、千古第一才女等。她的作品内容丰富，有闺思情愁，也有大丈夫气魄。查阅资料，了解李清照的生长环境、个性修养及所处时代，结合李清照的诗词分析她身上潇洒豪放的雅士气质、心忧天下的家国情怀、不屈与自信的坚强品格。

竹石　郑燮

作品渊源

郑燮（1693—1766），字克柔，号板桥，江苏兴化人，祖籍苏州，人称"康熙秀才、雍正十年（1732）举人、乾隆元年（1736）进士"。曾任山东范县县令、潍县县令，政绩显著，后客居扬州，以卖画为生，为"扬州八怪"的代表人物。郑板桥一生只画兰、竹、石，自称"四时不谢之兰，百节长青之竹，万古不败之石，千秋不变之人"。

咬定[1]青山不放松，
立根[2]原在破岩[3]中。
千磨万击[4]还坚劲[5]，
任[6]尔东西南北风。

注释

[1] 咬定：咬紧。[2] 立根：扎根。[3] 破岩：裂开的山岩，即岩石的缝隙。[4] 千磨万击：指无数的磨难和打击。[5] 坚劲：坚强有力。[6] 任：任凭，无论，不管。

融会贯通

这是一首借物喻人、托物言志的诗。诗中着力表现了翠竹顽强又执着的品质。这首诗也是一首题画诗，题于诗人自己所画的《竹石图》上。

诗的第一句"咬定青山不放松，立根原在破岩中"，把牢牢扎根于青山岩缝的翠竹形象展现在读者面前。一个"咬"字使竹人格化，不仅写出了翠竹紧紧附着青山的情景，更表现出了翠竹不畏艰辛、与大自然抗争、顽强生存的精神。在这句诗中，竹、石形成了一个整体，"无石，竹不挺，无竹，石不青"。这说明了一个简单的道理，即根基深，力量才强。

诗的第二句"千磨万击还坚劲，任尔东西南北风"，描写的不是静止的翠竹，而是随风晃动的翠竹。由于翠竹深深扎根于岩石之中，因而岿然不动，坚忍刚劲，什么样的风都对它无可奈何。诗人用"千磨万击"衬托出翠竹坚忍、无畏的品格，可以说全诗的意境至此顿然而出。

学以致用

"梅兰竹菊"被称为"四君子"，请分别找出与它们相关的艺术作品，如郑板桥画的竹子、李商隐写的《菊花》、陆游写的《卜算子·咏梅》等进行欣赏，体会"四君子"内在的精神美和相关作品表达的思想感情。与同学交流讨论，说说自己的心得体会。

八、地域风景诗

忆江南[1]（三首）　白居易

作品渊源

历史上在杭州当过刺史的不乏名人，不过，最有名的莫过于唐朝的白居易和宋朝的苏东坡了。他们不但留下了令人称道的政绩，还流传下来许多描写杭州及西湖美景的诗词文章。

其一

江南好，风景旧曾谙[2]。日出江花红胜火，春来江水绿如蓝。能不忆江南？

其二

江南忆，最忆是杭州；山寺月中寻桂子[3]，郡亭枕上看潮头[4]。何日更重游！

其三

江南忆，其次忆吴宫[5]；吴酒一杯春竹叶[6]，吴娃[7]双舞醉芙蓉。早晚复相逢！

注释

[1] 忆江南：词牌名。江南指长江下游的江浙一带。[2] 谙（ān）：熟悉。白居易年轻时曾三次到过江南。[3] 桂子：桂花。[4] 潮头：在钱塘江入海处，有两座山南北对峙如门，水被夹束，势极凶猛，为天下名胜。[5] 吴宫：指吴王夫差为西施所建的馆娃宫，在苏州西南灵岩山上。[6] 竹叶：酒名，即竹叶青，亦泛指美酒。[7] 吴娃：泛指吴地美女。

融会贯通

这三首词，每首自具首尾，有一定的独立性；各首又前后照应，脉络贯通，构成联章，显示出诗人高超的谋篇布局技巧。

在这三首词中，诗人从今时忆往日，从今地忆苏杭。今昔、南北、时间空间的跨度都很大。每一首的头两句，都抚今追昔，身在此处，神驰江南。每一首的中间两句，都以无限深情，追忆最难忘的江南往事。结句又回到今时，希冀那些美好的记忆有一天能够变成现实。

整组词不过寥寥数十字，却能吸引读者进入角色，想象诗人所经历的各种情境，体验诗人的精神活动，从而获得回味无穷的审美享受。

学以致用

很多诗人都是资深的旅行家,他们用诗词描绘了鲜活的游历图。以班级为单位,举办"诗词带我去旅行"活动。请同学们给诗词配图、配游记、配感悟、配视频等,并在班会上进行朗诵、分享,通过多种方式品味诗词的悠悠古韵,共赏祖国的壮美山河。

凉州词　王之涣

作品渊源

王之涣(688—742),字季凌,晋阳(今山西太原)人,盛唐时期著名诗人。为人豪放不羁,常击剑悲歌,其诗多被当时的乐工制曲歌唱,名动一时。他尤善五言诗,以描写边塞风光著称,代表作有《登鹳雀楼》《凉州词》等。

"凉州词"不是诗题,是盛唐时流行的一种曲调名,表示本诗是为凉州歌所配的唱词。开元年间(713—741),陇右节度使郭知运搜集了一批西域的曲谱,进献给唐玄宗。唐玄宗交给教坊翻成中原曲谱,并配上新的歌词演唱,以这些曲谱产生的地名为曲调名。后来许多诗人都喜欢这个曲调,为它填写新词,因此唐代许多诗人都写有《凉州词》。

黄河远上白云间,一片孤城万仞山。
羌笛何须[1]怨杨柳,春风不度[2]玉门关[3]。

注释

[1]何须:何必。[2]度:吹过。[3]玉门关:故址在今甘肃敦煌西北小方盘城,是古代通往西域的要塞。

融会贯通

这首诗描写了戍边战士的思乡情,写得苍凉慷慨。诗人虽极力渲染戍边战士不得还乡的怨情,但没有半点颓丧、消沉的情调,充分表现了诗人广阔的胸怀。

前两句从远眺的视角,描绘出一幅动人的图画。在辽阔的高原上,黄河奔腾而去,远远望去,好像流入了白云中。在高山、大河的环抱下,一座地处边塞的孤城巍然屹立。这两句诗描写了塞上孤城的雄伟气势,勾勒出这个边防重镇的地理形势,为后两句刻画戍边战士的心理提供了典型的自然环境。

在这种环境中忽然听到了羌笛声,所吹的曲调恰好是《折杨柳》,这就不能不勾起戍边战士的离愁。于是,诗人用积极的语调排解道,羌笛何必老是吹奏哀怨的《折杨柳》曲调呢?要知道,玉门关外本来就是春风吹不到的地方,哪有杨柳可折!"何须怨",并不是没有怨,也不是劝戍边战士不要怨,而是说怨也没用,不如积极乐观地面对现实。

> **学以致用**

王之涣说"春风不度玉门关",王维说"西出阳关无故人",玉门关和阳关古代都是通往西域的要塞,也是当时人心中的荒凉、遥远之地,如今却是风景优美的旅游胜地。除了玉门关和阳关外,敦煌还有莫高窟、月牙泉等著名景点。

历史的车轮滚滚向前,祖国的发展不可阻挡。没有对比,就看不到明显的变化;没有对比,就感受不到强烈的震撼。请同学们搜集敦煌著名景点的照片,感受祖国的快速发展和时代的日新月异。

模块二 欣赏中国现当代诗歌

一、中国现当代诗歌发展历程

现当代诗歌又称"新诗",是从1917年至当下这100多年来所出现的诗歌作品。现当代诗歌形式自由,诗行字数不固定,行数不限;内容丰富多彩,具有高度的概括性、鲜明的形象性、浓烈的抒情性及和谐的音乐性。

(一) 1917—1927年

1917—1927年是诗歌复苏时期,这一时期的诗歌流派主要有白话诗流派、新诗流派、早期新月派、早期象征派。

白话诗流派的代表人物有胡适、周作人、沈尹默、俞平伯、康白情等,他们主要是用白描手法摹写具体生活场景或自然景物,擅用比喻、象征、托物言情等表达手法,诗歌形式偏向散文,节奏感不强。

新诗流派的代表作有郭沫若的《女神》,湖畔诗人的爱情诗,冰心、宗白华的即兴小诗,冯至的格律体抒情诗等。其中,湖畔诗人是指汪静之、冯雪峰、潘漠华、应修人等,他们的诗大多歌颂大自然和纯真的爱情,语言清丽,形式活泼。冰心、宗白华的即兴小诗最长九句,最短一句,表现诗人刹那间的感受。冯至曾被鲁迅称为"中国最杰出的抒情诗人",他的抒情诗大多用意象抒情,风格婉约,形式上整齐且押韵,富有节奏。

早新月派是现代新诗史上一个重要的诗歌流派,由新月社衍生而来。早期新月派的代表诗人有闻一多、徐志摩、朱湘等。他们创作的格律体新诗,是在自由体新诗的基础上建立起来的没有统一格律要求的格律诗。他们注重艺术的纯美,诗歌主题大多围绕人生的经验、人性的美丽及对爱情的追求。例如,徐志摩著有诗集《志摩的诗》《翡冷翠的一夜》等,他的诗语言鲜明,色彩清丽,具有流动的质感,让人觉得世上一切都鲜明灵动;闻一多著有诗集《红烛》《死水》,他的诗融入了音乐的美、绘画的美、建筑的美。

早期象征派的代表人物是穆木天、李金发等,他们的诗多用象征和暗示的表达手法,追求诗歌的朦胧之美。

（二）1928—1937年

1928—1937年出现的诗歌流派主要有中国诗歌会流派、后期新月派、现代诗人流派。

中国诗歌会流派的代表人物有殷夫、蒲风，他们的创作特点如下：题材上反映工农大众的苦难、觉醒和斗争，艺术形式上多采用直接描摹现实的方式，抒情方式上多采用直抒胸臆的方式。

后期新月派诞生于徐志摩创办《新月》月刊之后，代表人物有徐志摩、陈梦家。徐志摩创作并在该月刊上发表了《我不知道风是在哪一个方向吹》，表达了寻梦者的迷惘和无奈；陈梦家创作并发表了《一朵夜花》，叹息梦幻的虚无、生命的渺小。

现代诗人流派诞生于《现代》杂志创刊之后，代表人物有何其芳、卞之琳、戴望舒。何其芳创作并在该杂志上发表了《预言》，诗歌风格华丽精致；卞之琳创作并发表了《数行集》《鱼目集》，将日常生活的观察转为哲理性的感悟，诗歌表达圆熟冷静；戴望舒创作并发表了《雨巷》，也因此被称为"雨巷诗人"。

（三）1938—1949年

1938—1949年最有影响力的诗派是七月诗派、九叶派。

七月诗派因刊物《七月》得名，这是一个现实主义诗歌流派，代表人物有艾青、田间。他们的诗歌饱含对祖国、对劳动者的深沉的爱，以及对光明、理想、美好生活的热烈追求。

九叶派又称"中国新诗派"，是20世纪40年代产生的以《中国新诗》等刊物为中心的诗人流派，代表人物有辛笛、穆旦、郑敏。他们表达对自然、社会、人生的沉思和顿悟，反对单纯的情感宣泄。

（四）1980年以来

20世纪80年代，因文学环境变得宽松，诗歌创作出现了新气象。该时期出现的主要诗派是朦胧诗派。朦胧诗派不单指某个诗人群体或某类诗作，更多地是指一种带有叛逆性、先锋性的创作潮流。朦胧诗派的作品因多用总体象征的表达手法，具有表达上的多义性和不确定性，而被称为朦胧诗。朦胧诗派的代表人物有北岛、舒婷、顾城、江河、杨炼等。

20世纪90年代出现的主要诗派是"新生代"，这是一个比较庞杂的诗人流派，代表人物有韩东、于坚等。他们注重日常生活中的审美，在艺术创作上反优雅，反意象，有意用原生态的口语作诗。

二、《我的记忆》（戴望舒）

作品渊源

戴望舒（1905—1950），字朝安，浙江杭州人，著有诗集《我的记忆》《望舒草》《望舒诗稿》《灾难的岁月》等。戴望舒的早期诗歌多写个人的人生体验，格调忧郁凄凉；后期诗歌多抒发对民族苦难的悲愤之情。

我的记忆是忠实于我的,
忠实甚于我最好的友人。

它生存在燃着的烟卷上,
它生存在绘着百合花的笔杆上,
它生存在破旧的粉盒上,
它生存在颓垣的木莓上,
它生存在喝了一半的酒瓶上,
在撕碎的往日的诗稿上,
在压干的花片上,
在凄暗的灯上,
在平静的水上,
在一切有灵魂没有灵魂的东西上,
它在到处生存着,
像我在这世界一样。

它是胆小的,
它怕着人们的喧嚣,
但在寂寥时,
它便对我来作密切的拜访。
它的声音是低微的,
但它的话却很长,很长,
很长,很琐碎,而且永远不肯休;
它的话是古旧的,
老讲着同样的故事,
它的音调是和谐的,
老唱着同样的曲子,
有时它还模仿着爱娇的少女的声音,
它的声音是没有气力的,
而且还挟着眼泪,夹着太息。

它的拜访是没有一定的,
在任何时间,在任何地点,
时常当我已上床,朦胧地想睡了;
或是选一个大清早,
人们会说它没有礼貌,

但是我们是老朋友。

它是琐琐地永远不肯休止的，
除非我凄凄地哭了，
或者沉沉地睡了，
但是我永远不讨厌它，
因为它是忠实于我的。

（选自《戴望舒诗选》，人民文学出版社，2018）

融会贯通

记忆是诗人追念往事的一种方式。诗人通过具体的描述和拟人化的手法，将抽象的记忆变成了有生命、有丰富的精神世界的老朋友。诗人在记忆中注入了自己的感情，又在对记忆的描述中尽量隐藏自己的感情，使这首诗有了广泛的意义，可以唤起无数读者情感上的共鸣。

学以致用

选择一个主题仿写一首诗，如"我的梦想""我的思考""我的信念"等，要求情感真挚，表达细腻。写完后与同学交流，并在班里朗诵。

三、《七律·长征》（毛泽东）

作品渊源

毛泽东（1893—1976），字润之，湖南湘潭人。毛泽东是伟大的马克思主义者，伟大的无产阶级革命家、战略家、理论家，是马克思主义中国化的伟大开拓者，是近代以来中国伟大的爱国者和民族英雄，是党的第一代中央领导集体的核心，是领导中国人民彻底改变自己命运和国家面貌的一代伟人。

这首诗作于红军战士越过岷山、长征即将胜利时。本诗生动、形象地表现出红军战士不怕艰苦、克服困难、勇往直前、大无畏的英雄气概。

红军不怕远征难，万水千山只等闲[1]。
五岭逶迤[2]腾细浪，乌蒙[3]磅礴走泥丸。
金沙[4]水拍云崖暖，大渡[5]桥横铁索寒。
更喜岷山[6]千里雪，三军过后尽开颜。

《七律·长征》朗诵

注 释

[1] 等闲：平常。[2] 逶迤（wēi yí）：形容道路、山脉、河流等弯弯曲曲、绵延不断的样子。[3] 乌蒙：山名，在贵州西部与云南东北部的交界处，乌蒙山北临金沙江，悬

崖峭壁，山势雄伟。[4]金沙：指金沙江。[5]大渡：指大渡河。[6]岷（mín）山：绵延于四川、甘肃两省的山脉。

融会贯通

诗人以高度凝练的诗句和生动形象的比喻，把两万五千里的万水千山串在一起，回顾了红军长征的艰难历程，歌颂了红军长征的伟大壮举。"更喜岷山千里雪，三军过后尽开颜"是全诗的点睛之笔，道出了诗人在长征途中心境从焦急忧虑到胜利喜悦的转换。

学以致用

在漫漫长征途中，红军将士同敌人进行了600余次战役战斗，跨越近百条江河，攀越40余座高山险峰，其中海拔4 000米以上的雪山就有20余座，穿越了被称为"死亡陷阱"的茫茫草地，用顽强意志征服了人类生存极限。红军将士上演了世界军事史上威武雄壮的战争活剧，创造了气吞山河的人间奇迹。

长征时期，毛泽东主要创作了《十六字令三首》《忆秦娥·娄山关》《七律·长征》《念奴娇·昆仑》《清平乐·六盘山》《六言诗·给彭德怀同志》等多首诗词。阅读这些诗词，学习长征精神。

四、《就义诗》（夏明翰）

作品渊源

夏明翰（1900—1928），字桂根，湖南衡阳人。1921年，夏明翰加入中国共产党。1928年初，夏明翰被调到湖北工作。由于被叛徒出卖，1928年3月，他不幸被捕，英勇就义。《就义诗》是夏明翰在就义前，当敌人问他有无遗言时，他挥笔写下的气壮山河的诗篇。

砍头不要紧，只要主义真。
杀了夏明翰，还有后来人。

（选自《革命烈士诗歌选读》，人民文学出版社，2018）

融会贯通

《就义诗》以朴实无华的语言和铿锵有力的节奏，表现了夏明翰的伟大人格和崇高信念。诗的前两句"砍头不要紧，只要主义真"，充分表现了一个共产党员为真理、为理想献身的英雄气概，他对人民、对革命的耿耿丹心，闪烁于字里行间。后两句"杀了夏明翰，还有后来人"，表现了夏明翰对革命前途的乐观态度和革命必胜的坚定信念。

学以致用

夏明翰在武汉被捕后，异常想念自己的亲人，于是，他写下三封诀别信。

他给母亲陈云凤写道：你用慈母的心抚育了我的童年，你用优秀古典诗词开拓了我的心田。爷爷骂我、关我，反动派又将我百般折磨。亲爱的妈妈，你和他们从来是格格不入的。你只教儿为民除害，为国除奸。在我和弟弟妹妹投身革命的关键时刻，你给了我们精神上的关心、物质上的支持。亲爱的妈妈，别难过，别呜咽，别让子规啼血蒙了眼，别用泪水送儿别人间。儿女不见妈妈两鬓白，但相信你会看到我们举过的红旗飘扬在祖国的蓝天！

他给妻子郑家钧写道：同志们曾说世上唯有家钧好，今日里才觉你是巾帼贤。我一生无愁无泪无私念，你切莫悲悲凄凄泪涟涟。张眼望，这人世，几家夫妻偕老有百年。抛头颅、洒热血，明翰早已视等闲。各取所需终有日，革命事业代代传。红珠留着相思念，赤云孤苦望成全，坚持革命继吾志，誓将真理传人寰！

他给姐姐夏明玮写道：大姐为我坐监牢，外甥为我受株连，我们没有罪，我们要斗争，人该怎么做，路该怎么走，要有正确的答案。我一生无遗憾，认定了共产主义这个为人类翻身解放造幸福的真理，就刀山敢上，火海敢闯，甘愿抛头颅，洒热血。

夏明翰通过这三封家书言爱，明志，盼黎明。结合《就义诗》和这三封家书，学习革命先烈的爱国主义精神，珍惜革命先烈用鲜血换来的幸福生活。

五、《致橡树》（舒婷）

作品渊源

舒婷（1952—），原名龚佩瑜，福建泉州人，著有诗集《双桅船》《会唱歌的鸢尾花》《始祖鸟》，散文集《心烟》等。2016年12月，舒婷当选中国作家协会第九届全国委员会委员。

《致橡树》写于20世纪70年代，舒婷认识到独立、自由的人格的重要性，开始探讨女性的自我价值和生存价值。其以优美的文笔写下本诗，传达出独立、自由的意识，以及对平等爱情的追求。

我如果爱你——
绝不像攀援[1]的凌霄花，
借你的高枝炫耀自己；
我如果爱你——
绝不学痴情的鸟儿，
为绿荫重复单调的歌曲；
也不止像泉源，
常年送来清凉的慰藉[2]；
也不止像险峰，
增加你的高度，衬托你的威仪。
甚至日光，

甚至春雨。
不,这些都还不够!
我必须是你近旁的一株木棉,
作为树的形象和你站在一起。
根,紧握在地下,
叶,相触在云里。
每一阵风过,
我们都互相致意,
但没有人,
听懂我们的言语。
你有你的铜枝铁干,
像刀,像剑,
也像戟;
我有我红硕的花朵,
像沉重的叹息,
又像英勇的火炬。
我们分担寒潮、风雷、霹雳;
我们共享雾霭[3]、流岚[4]、虹霓。
仿佛永远分离,
却又终身相依。
这才是伟大的爱情,
坚贞就在这里:
爱——
不仅爱你伟岸的身躯,
也爱你坚持的位置,足下的土地。

(选自《致橡树》,上海文艺出版社,1982)

《致橡树》朗诵

注释

[1]攀援:抓着东西往上爬,比喻投靠有钱有势的人。[2]慰藉:安慰。[3]雾霭:雾气。[4]流岚:云雾。

融会贯通

诗人热情、坦诚地表达了自己的人格理想。比肩而立,各自以独立的姿态深情相对的橡树和木棉,可以说是我国爱情诗中一组经典的象征形象。这组形象不是传统的"青藤缠树""夫贵妻荣"式的爱情关系,而是真诚、高尚的互爱关系,并以不舍弃各自独立的位置与人格为前提。这是新时代爱情观的超越,这种超越对于传统女性而言是难能可贵的。

> **学以致用**
>
> 在《致橡树》中，诗人否定了哪几种爱情的表现？在诗人看来，理想的爱情应是怎样的？在爱情关系中，橡树、木棉分别象征什么？木棉向橡树表达了自己的心声，假如你是那棵橡树，你会向木棉说些什么？与同学交流讨论，说说我们应树立怎样的爱情观。

模块三　欣赏外国诗歌

一、外国诗歌发展历程

（一）古代外国诗歌

古代外国诗歌的主要形式为歌颂神灵和英雄的史诗。成就最大的是古希腊时期的诗人荷马，他写有两部史诗《伊利亚特》和《奥德赛》，都是讲述英雄、战士的故事。古希伯来文学作品《旧约全书》中的《雅歌》是一部经典之作，也是欧洲第一部爱情诗集。公元前四五世纪的古印度，出现了两部规模宏大的史诗作品《罗摩衍那》和《摩诃婆罗多》，这两部梵语叙事诗作品比较全面地反映了古印度的社会生活和文化传统。

（二）欧洲中世纪诗歌

欧洲中世纪诗歌多为教堂赞美诗、史诗和歌谣。这一时期最伟大的诗人是意大利诗人但丁，他的代表作有《新生》《神曲》等。

（三）欧洲文艺复兴时期诗歌

文艺复兴是14世纪末到17世纪初欧洲发生的资产阶级反封建、反教会的思想文化解放运动。文艺复兴时期的文学以人文主义为核心，强调人的个体价值和意义。代表诗人有意大利的彼特拉克，英国的乔叟、斯宾塞和莎士比亚。彼特拉克是意大利的人文主义之父，他的诗集《歌集》讴歌了发自人类本性的爱情。乔叟被称为"英国诗歌之父"，他反对禁欲，追求自由。斯宾塞创造了适用于长诗的格律形式，这种形式被称为"斯宾塞集"。莎士比亚是该时期最伟大的戏曲家、诗人，他的一生创作了多部戏剧和一卷《十四行诗》。他的十四行诗结构非常严谨，主要以友谊和爱情为主题。

（四）欧洲17世纪诗歌

到了17世纪中后期，文艺复兴时期提倡的人文主义渐渐演变成对纯粹的俗世欲望的追求，腐化的思想阻碍了诗歌的发展，于是人们又开始推崇古希腊文学，兴起了"理性至上"的古典主义。所谓古典主义，是指17世纪在法国产生并发展起来，其后流行于欧洲各国的一种文学思潮。它以古希腊罗马文学为典范，所以被称为古典主义。该时期的代表人物是英国诗人弥尔顿，他的代表作是《失乐园》。

(五)欧洲浪漫主义诗歌

18世纪至19世纪中叶,整个欧洲掀起了一股启蒙运动高潮和浪漫主义的狂潮,可以看作文艺复兴运动的延续。其主要体现在诗歌和小说方面,尤其以英国浪漫主义诗歌为典型。这一时期英国浪漫主义诗歌创作经历了两个高峰。第一个高峰是18世纪末出现了以华兹华斯、柯勒律治和骚塞为代表的"湖畔派诗人",他们厌恶资本主义工业,歌颂大自然。第二个高峰是出现了以拜伦、雪莱、济慈为代表的一批浪漫主义诗人,他们主张脱离封建教会,争取自由和民主。

(六)19世纪现实主义诗歌

19世纪30年代,在法国、英国出现了批判性的现实主义文学,它迅速发展成了席卷欧洲的文学潮流。19世纪现实主义诗歌流派的代表诗人有俄罗斯的普希金、莱蒙托夫、马雅可夫斯基等,他们描写俄罗斯大自然的美、俄罗斯民族的淳朴、革命战争及人民的生活,同时表达对人生的思考和对现实的批判。美国现实主义诗歌流派的代表诗人是惠特曼,他的代表作是《草叶集》。

19世纪末20世纪初,世界诗坛中还有一位杰出人物就是印度诗人泰戈尔,他被誉为印度的"诗圣",主要作品有《吉檀迦利》《飞鸟集》《新月集》《园丁集》,其中《吉檀迦利》最能代表泰戈尔的思想观念和艺术风格,1913年他凭借该作品成为第一位获得诺贝尔文学奖的亚洲人。

(七)20世纪现代主义诗歌

20世纪现代主义诗歌流派纷呈,呈现出百花齐放的态势。欧洲现代主义诗歌始于法国的象征诗派,提倡使用隐喻、象征、暗示等表达手法来表现人物内心世界。法国诗人波德莱尔的《恶之花》被认为是象征诗派的奠基之作,后期象征诗派的代表人物主要有英国诗人艾略特和爱尔兰诗人叶芝。艾略特在1948年获得诺贝尔文学奖,他的代表作是《荒原》。叶芝被称为"20世纪最后一个浪漫主义诗人",他的代表作是《驶向拜占庭》。除了象征主义诗歌,现代主义诗歌还包括法国的达达主义诗歌、英国的意象派诗歌和俄罗斯的未来主义诗歌等。

二、《假如生活欺骗了你》[俄](普希金)

作品渊源

普希金(1799—1837),俄罗斯诗人、小说家。他出身于贵族家庭,一生都在与专制统治进行不屈不挠的斗争。他的思想与诗歌引起了沙皇政府的恐慌与仇恨,先后两次被沙皇政府流放,最终在沙皇政府的阴谋策划下与别人决斗而死,年仅38岁。

1825年,26岁的普希金被幽禁在父亲领地,这是他一生中最为孤寂、愁闷的时期。《假如生活欺骗了你》就是创作于这个时期。

假如生活欺骗了你，
不要悲伤，不要心急！
忧郁的日子里需要镇静；
相信吧，快乐的日子将会来临。

心儿永远向往着未来；
现在却常是忧郁。
一切都是瞬息，
一切都将会过去，
而那过去了的，
就会成为亲切的怀恋。

（选自《普希金诗选》，人民文学出版社，2018）

《假如生活欺骗了你》
朗诵赏析

融会贯通

这首诗用浅显的语言，表述了一种积极、乐观和坚强的人生态度，激励人们走出困境，看到光明，由此成为激励无数人勇于直面惨淡人生的励志诗。

学以致用

普希金在中国有很广泛的影响，上海的岳阳路上就有普希金半身雕像，2015 年黑龙江黑河市建成了中国第一家普希金书店。2019 年，为了纪念普希金 220 周年诞辰，一座普希金纪念碑在北京首都师范大学落成。请搜集普希金的故事，与同学分享，并讨论为什么普希金的诗歌能在我国获得如此大的关注。

三、《好吧，我们不再一起漫游》[英]（拜伦）

作品渊源

乔治·戈登·拜伦（1788—1824），是英国 19 世纪初期伟大的浪漫主义诗人。

好吧，我们不再一起漫游，
消磨这幽深的夜晚，
尽管这颗心仍旧迷恋，
尽管月光还那么灿烂。

因为利剑能够磨破剑鞘，
灵魂也把胸膛磨得够受，
这颗心呵，
它得停下来呼吸，

爱情也得有歇息的时候。

虽然夜晚为爱情而降临，
很快的，很快又是白昼，
但是在这月光的世界，
我们已不再一起漫游。

（选自《雅典的少女：拜伦诗歌精粹》，人民文学出版社，2008）

《好吧，我们不再一起漫游》
朗诵

融会贯通

这首诗叙讲述了两个老人中的一个即将逝去，两人将永远分开，但是他们依然深深相爱的故事。本诗具有一种浪漫、惋惜、悲伤的情调，感人至深。

学以致用

19世纪初，英国出现了一位反对专制的斗士，他的诗歌如利剑，如战鼓，既打击了欧洲的专制统治者，又鼓舞了各国人民，他骄傲地宣称："我可以独自兀立人间，但绝不用我自由的思想换取一座王位。"他就是拜伦。在拜伦出生前1 000多年的中国，有一位诗人也以倨傲奔放、潇洒出尘的姿态傲立于中华大地，以他的浪漫主义风格影响着整个中华民族，他就是李白。同为浪漫主义大师，拜伦和李白的思想气质有何相似之处？请广泛查阅资料，并以此为主题，组织小组讨论会。

【实践活动】

举办诗词大会

◆ 任务分配

全班学生以8～12人为一组进行分组，以小组为单位，每周举办一期诗词大会，要求包含以下两个栏目。

一是诗歌推荐栏目，要求按家国情怀、理想励志、惜时劝学、个人感悟等主题推荐诗歌，分享与诗歌有关的图片、音乐、视频、感悟等，并选出代表在班会上朗诵诗歌。

二是趣味诗歌问答栏目，要求按诗人、朝代、作品背景等主题搜集问题，要求问题新颖有趣。例如，某小说的名字出自哪首诗；假如某诗人有微信朋友圈，他会发什么；等等。选出代表在班会上分享趣味诗歌知识。

各组选出组长，从上述两项任务中任选其一并进行任务分工，将小组成员及分工情况填入表2-1中。

表2-1　小组成员及分工情况

班级		组号		指导教师	
任务内容					
小组成员	姓名		学号	任务分工及时间安排	
组长					
组员					

实践准备

（1）熟悉我国重要的诗人和作品。

（2）掌握常用的信息检索方法。

实施过程

将实训任务的具体完成情况记录在表2-2中。

表2-2　实训任务的具体完成情况

时间安排	实施步骤
	1. 拆解问题和任务，认识问题和任务的重难点，包括： （1）_____ （2）_____ （3）_____ （4）_____

续表

时间安排	实施步骤
	2. 确定本组使用的信息检索方法，包括： （1）＿＿＿＿＿＿＿＿＿＿＿＿＿＿＿＿＿＿＿＿＿＿＿＿＿＿＿＿＿＿＿ （2）＿＿＿＿＿＿＿＿＿＿＿＿＿＿＿＿＿＿＿＿＿＿＿＿＿＿＿＿＿＿＿ （3）＿＿＿＿＿＿＿＿＿＿＿＿＿＿＿＿＿＿＿＿＿＿＿＿＿＿＿＿＿＿＿ （4）＿＿＿＿＿＿＿＿＿＿＿＿＿＿＿＿＿＿＿＿＿＿＿＿＿＿＿＿＿＿＿
	3. 记录本组搜集的信息及内容，包括： （1）＿＿＿＿＿＿＿＿＿＿＿＿＿＿＿＿＿＿＿＿＿＿＿＿＿＿＿＿＿＿＿ （2）＿＿＿＿＿＿＿＿＿＿＿＿＿＿＿＿＿＿＿＿＿＿＿＿＿＿＿＿＿＿＿ （3）＿＿＿＿＿＿＿＿＿＿＿＿＿＿＿＿＿＿＿＿＿＿＿＿＿＿＿＿＿＿＿ （4）＿＿＿＿＿＿＿＿＿＿＿＿＿＿＿＿＿＿＿＿＿＿＿＿＿＿＿＿＿＿＿
	4. 记录本组推荐的诗歌或编写的问题，包括： （1）＿＿＿＿＿＿＿＿＿＿＿＿＿＿＿＿＿＿＿＿＿＿＿＿＿＿＿＿＿＿＿ （2）＿＿＿＿＿＿＿＿＿＿＿＿＿＿＿＿＿＿＿＿＿＿＿＿＿＿＿＿＿＿＿ （3）＿＿＿＿＿＿＿＿＿＿＿＿＿＿＿＿＿＿＿＿＿＿＿＿＿＿＿＿＿＿＿ （4）＿＿＿＿＿＿＿＿＿＿＿＿＿＿＿＿＿＿＿＿＿＿＿＿＿＿＿＿＿＿＿
	5. 确定本组使用的成果展示方法，包括但不限于PPT展示、知识竞赛、个人展示 （1）＿＿＿＿＿＿＿＿＿＿＿＿＿＿＿＿＿＿＿＿＿＿＿＿＿＿＿＿＿＿＿ （2）＿＿＿＿＿＿＿＿＿＿＿＿＿＿＿＿＿＿＿＿＿＿＿＿＿＿＿＿＿＿＿ （3）＿＿＿＿＿＿＿＿＿＿＿＿＿＿＿＿＿＿＿＿＿＿＿＿＿＿＿＿＿＿＿ （4）＿＿＿＿＿＿＿＿＿＿＿＿＿＿＿＿＿＿＿＿＿＿＿＿＿＿＿＿＿＿＿
	6. 小组内进行成果展示，讨论并改进
	7. 在全班同学面前进行展示

【闯关答题】

1. 单项选择题

（1）世界上最古老、最基本的文学样式是（　　）。

　　A．小说　　　　　　　　　　B．散文

　　C．戏剧　　　　　　　　　　D．诗歌

（2）以历史典故为题材，或表明自己的看法，或借古讽今，或抒发对沧桑变化的感慨的诗歌是（　　）。

　　A．怀古咏史诗　　　　　　　B．边塞征战诗

　　C．即事感怀诗　　　　　　　D．咏物言志诗

（3）下列不属于诗歌的艺术特征的是（　　）。

　　A．情感之美　　　　　　　　B．意境之美

　　C．音韵之美　　　　　　　　D．人物之美

（4）含有通感式意象的诗句是（　　）。

　　A．醉里吴音相媚好，白发谁家翁媪

　　B．水村山郭酒旗风

　　C．战士军前半生死，美人帐下犹歌舞

　　D．自行车的铃声悬浮在空间

（5）《诗经》中的诗句不包括（　　）。

　　A．窈窕淑女，君子好逑

　　B．桃之夭夭，灼灼其华

　　C．执子之手，与子偕老

　　D．茅檐低小，溪上青青草

（6）下列选项中，加线字注音不正确的一项是（　　）。

　　A．城隅（yú）　　　　　　B．蒹葭（jiān jiā）

　　C．晞（qī）　　　　　　　D．姝（shū）

（7）下列选项中，对加线字词的解释不正确的一项是（　　）。

　　A．八月秋高（秋深）风怒号

　　B．千里黄云（白云）白日曛

　　C．人生几何（多少）

　　D．绝知此事要躬行（亲身实践）

2．填空题

（1）红军不怕远征难，_____。

（2）我们分担寒潮、风雷、霹雳，_____。

（3）假如生活欺骗了你，_____。

3．翻译题

请将下列句子翻译成现代汉语。

（1）野火烧不尽，春风吹又生。

（2）千磨万击还坚劲，任尔东西南北风。

（3）五岭逶迤腾细浪，乌蒙磅礴走泥丸。

4．简答题

（1）什么是诗歌？诗歌欣赏技巧有哪些？

（2）简述中国古典诗歌的发展历程，并说出不同历史时期的代表作。

（3）背诵你最喜欢的毛泽东诗词。

【学习成果评价】

表2-3　学习成果评价表

班级			组号		日期	
姓名			学号		指导教师	
学习成果			阅读鉴赏诗歌，提升综合素质			
评价维度	一级指标	二级指标	评价标准	分值	评分 自评	师评
知识 30%	重难点知识	了解诗歌的定义、分类和艺术特征	罗列5篇诗歌，并说出诗歌的类型	6		
			选定一篇诗歌，分析诗歌的艺术特征	6		
		熟悉诗歌的欣赏技巧	选定一篇古典诗歌，说说诗歌的语言特点	6		
			选定一篇古典诗歌，分析诗歌中的艺术形象和诗歌的基调	6		
		重点把握诗歌的思想内容	选定一篇现当代诗歌，结合自己的生活经验和阅读经历分析诗歌主旨，阐述自己对诗歌的理解	6		
能力 40%	自主学习能力	梳理能力	梳理我国诗歌的总体发展进程	4		
			梳理我国重要的诗人及其代表作	4		
		领悟能力	观看央视《经典咏流传》节目，感受诗歌对现代生活的意义	4		
	创新能力	创新思维	列举诗歌在生活中的应用场景	4		
			用诗词名句表达自己的感受	4		
		创新成果	创作一首诗歌	4		
	职业迁移能力	小组合作能力	小组完成诗歌推荐活动	4		
			小组完成趣味诗歌问答活动	4		
		沟通交流能力	上课积极发言	4		
			主动与同学讨论问题	4		
素质 30%	职业素质	改进意识	勤于思考，善于总结	10		
		团队精神	尊师爱友，团结奋进	10		
		文化自信	自觉弘扬优秀的传统文化	10		
		合计		100		
总评	自评（30%）+师评（70%）=			教师（签名）：		

项目三
引人入胜——小说欣赏

文学欣赏与实践

学习目标

完成一项学习目标后，请在对应的方框中打钩。

知识目标	☐	了解小说的定义和分类
	☐	熟悉小说欣赏技巧
	☐	积极思考，快速把握小说的人物形象和思想内容
技能目标	☐	选定一篇古典小说进行欣赏，感受小说中的艺术形象，把握小说的内涵
	☐	选定一篇现当代小说进行欣赏，结合自己的生活经验和阅读经历感受小说主旨，加深对小说的理解
素质目标	☐	感知小说的文化内涵，领略博大精深的优秀传统文化
	☐	思考人生的意义，树立远大的理想

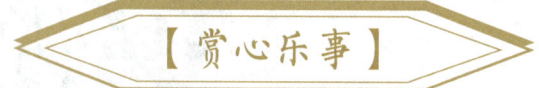
【赏心乐事】

数字化阅读与网络小说

第十九次全国国民阅读调查报告显示，我国人均纸质图书阅读量为 4.76 本，高于 2020 年的 4.70 本；人均电子书阅读量为 3.30 本，高于 2020 年的 3.29 本。如今，手机阅读和网络在线阅读已成为数字化阅读的主要方式，大家都喜欢采用手机阅读或网络在线阅读的方式阅读自己喜欢的文学作品。

在接触过数字化阅读方式的群体中，50 周岁及以上的人群占比已经达 23.2%，较 2019 年的 20.4%增长了 2.8 个百分点。结合社交平台上的热门话题"没想到长辈比我还爱看网络小说"，可以看出，中老年群体喜欢采用手机阅读或网络在线阅读的方式阅读网络小说。

网络小说新鲜有趣，读起来让人忘乎所以，但读者读完后学到的东西并不多，可能只是打发了时间。网络小说属于通俗小说的一类，是小说家族中很小的部分，还有许许多多笔触细腻、内容深刻的小说值得我们去阅读。

思考题：

（1）你和你的家人喜欢看网络小说吗？

（2）你最喜欢的古典小说和现当代小说分别是什么？

笔记

【知识共享】

一、什么是小说

（一）小说的定义

"小说"一词最早见于《庄子·杂篇·外物》，本意是指那些琐屑的言谈、无关政教的道理。后来出现的作为一种文学体裁的小说与《庄子·杂篇·外物》所讲的"小说"，含义虽不完全相同，但二者是相通的。在中国封建社会中，诗歌历来被认为是正宗，小说始终被认为难登大雅之堂。直到近代梁启超倡导"小说界革命"之后，小说才得到重视。

小说是通过塑造人物、叙述故事、描写环境来反映生活和表达思想的一种文学体裁。本质上，小说以时间为序列，以某些人物为主线，全面而详细地反映社会生活中各种角色的价值关系（政治关系、经济关系和文化关系）的产生、发展与消亡。

（二）小说的三要素

小说有三要素，即人物、故事情节、环境。

小说中的人物被称为典型人物，是作者根据现实生活创作出来的。作者可能根据真人来创设典型人物，也可能"杂取种种，合成一个"。这样的典型人物具有普遍的代表性，可以集中地反映社会生活。

小说主要通过故事情节来展现人物性格。故事情节来源于现实生活，又高于生活。作者通过整理、提炼和安排来虚构故事情节，使之比现实生活中发生的真事更集中，更完整，更具有代表性。

环境是小说的第三个要素，包括自然环境和社会环境。自然环境是指与人物活动和事件发生发展有关的地点、时间、季节、气候、景物等，常常用以制造气氛，衬托人物的心境，表现人物的心理。社会环境是指与人物活动和事件发生发展有关的社会背景、时代特征、风俗人情等，常常用以揭示人物的身份、地位，人物成长的历史背景及种种复杂的社会关系等。

二、小说的分类

按照篇幅的长短,小说可分为小小说、短篇小说、中篇小说、长篇小说等。

小小说一般只有几百字,多则一两千字。茅盾对小小说做过概括:"其一,小小说的故事极为简单,有的乃至竟可以没有故事,而只有人物在一定场合中的片段行动。其二,这样的'镜头'却能勾勒出人物的风采及其精神世界。"

短篇小说一般有几千字,其特点为容量小、人物少、情节简单。茅盾对短篇小说做过概括:"短篇只截取生活中的一个片段或横断面来显示生活的意义。它往往只有一个主人公、一条线索,往往只写几个小时或几天之内集中发生的事,但应该使读者看了以后可以联想到更远、更多的事。"例如,《麦琪的礼物》就是截取一对夫妇互赠圣诞节礼物的生活片段,表现了爱的伟大和纯洁。

中篇小说的篇幅则介于短篇小说和长篇小说之间。

与短篇小说相对的,是长篇小说。其特点为篇幅长、容量大、人物多,能够表现某一个特定历史时期的社会面貌,也能够描绘各种不同类型的人物形象,叙述错综复杂的故事情节。例如,《水浒传》反映了北宋末期官逼民反、农民揭竿起义的社会面貌,描绘了众多不同的人物形象。

三、小说欣赏技巧

小说是一种内涵丰富的文学体裁。它的内容几乎囊括了生活的方方面面,其形式(包括语言、故事情节、风格等)也多种多样,所以小说欣赏也是多层面、多角度的。就一般欣赏而言,有以下几个方面需要注意。

(一)了解小说的写作背景

欣赏小说时,需要先了解小说写作的背景,包括时代背景和社会背景。以欣赏《聊斋志异·念秧》为例,该小说写作于清代,讲述的是念秧者(骗子)合伙骗取他人钱财的故事。该小说的社会背景可以概括如下:清代经济的发展,使得货币的使用比之前更为频繁和复杂,而银有重量、成色之分,钱有大小、好坏之别,于是在缺乏有效监督的背景下,出现了银钱名目繁多且流通混乱的情况,当时有记录的制作假银的方法就有数十种,以钱财为目的的诈骗活动也日益增多。先了解小说写作的背景,再去欣赏这部小说,我们就可以更深刻地理解作者防骗杜骗的初衷和劝人自律慎行的用心。

(二)了解作者生平及其内心世界

了解作者生平及其内心世界对欣赏小说是极为重要的。以欣赏《红楼梦》为例,《红楼梦》的作者是曹雪芹。曹雪芹一家三代世袭江宁织造,祖父曹寅和康熙关系密切。由于清朝内部争斗,曹家家道中落,曹雪芹的一生恰逢曹家盛极而衰,早期和后期生活上的悬殊造成了他心理上的巨大落差,导致他对没落一词有着非常深刻的体验,对残酷现实有着很深的感受。先了解这些,再去欣赏《红楼梦》,我们就有了现实层面的认识,能够更深刻地理解人物的悲剧。

（三）把握小说的三要素

小说是通过故事情节反映人物性格、通过环境塑造人物、通过人物反映社会生活的。人物是小说的核心，故事情节是小说的骨架，环境是小说的依托。

1. 典型人物的塑造

小说作者塑造人物的手段非常灵活，可以通过对人物语言、行为、外貌、心理的描写刻画人物，还可以将正面描写与侧面描写相结合，将描写与议论相结合。

小说人物可以是反面的，也可以是正面的。一篇小说可以塑造一个人物，也可以塑造多个人物。优秀的小说之所以具有独特的艺术魅力，是因为其塑造了生动可感的典型人物。比如，提到《红楼梦》，人们立刻就想到贾宝玉、林黛玉、薛宝钗；提到《西游记》，人们脑海中立刻就浮现出拿着金箍棒的孙悟空、拖着钉耙的猪八戒等人物形象。

2. 完整连贯的故事情节

故事情节一般包括开端、发展、高潮和结局。故事情节的各环节之间存在因果关系，整体上又存在内在联系，这种内在联系被称为情节线索。例如，《红楼梦》以宝玉和黛玉的爱情悲剧为情节线索。找到了贯穿小说的情节线索，我们就容易把握故事的来龙去脉了。

故事情节既要吸引人，又要合乎情理，还要完整连贯，这样才能全面、细致地表现人物的性格。以《水浒传》为例，作者巧妙安排各种故事情节，如鲁提辖三拳打死镇关西、李逵与武松打死猛虎等，勾画出水泊梁山一百零八位性格迥异的英雄好汉。

3. 生动具体的环境描写

环境是人物赖以生存和发展的现实基础。如果没有环境描写，人物的言谈举止将失去依据，人物也就成了无源之水、无本之木。环境描写既要生动又要具体，这样才能交代清楚人物思想性格形成的原因，同时衬托人物的性格特征。例如，《红楼梦》第三回"贾雨村夤缘复旧职　林黛玉抛父进京都"，通过对社会环境的描写为后文林黛玉初到贾府时腼腆、拘谨的表现做了铺垫，同时暗示林黛玉的前途、命运。在贾府这样纷繁、复杂的环境下，寄人篱下的林黛玉如同置身于另外一个世界，命运的潮水不知要将她推往何处。

（四）理解小说的内涵

在阅读小说的过程中，要主动提出问题，思考问题，寻求问题的答案，从而深刻、全面地理解小说。例如，在欣赏《水浒传》时，读者能够发现一个问题，那就是女性人物基本上是两个极端，正面的女性人物往往被符号化或被男性化处理，反面的女性人物则描写得非常丰满，这揭示了当时社会存在极其严重的男尊女卑现象。

模块一　欣赏中国古典小说

一、中国古典小说的发展历程

古典小说的产生和发展是一个长期的、复杂的历史过程。最早的古典小说可溯源到古代的神话和历史传说。神话是以神为中心的故事，历史传说是以现实人物为依据，被涂上神异色彩的故事。

我国先秦史书如《左传》《国语》《战国策》等，具体记述了历史人物的言行。先秦子书如《孟子》《庄子》等，也夹杂不少故事性成分，记述了著名思想家及其门徒的言行。这些书都对魏晋时期小说的发展有直接的影响。

总的来说，古代神话、杂史、民间传说、人物轶事、寓言等文学作品，以及其他文学作品中包含的故事性成分，共同构成了中国古典小说的源头，并影响了古典小说的发展。

（一）志怪小说和志人小说

魏晋南北朝时期，写作小说成了一种风气，这是前代所没有的现象。这一时期小说作品数量多，内容丰富。按内容划分，这一时期的小说大体可分为两类：一类是讲述鬼神故事的志怪小说；一类是记录人物轶闻、琐事的志人小说。"志"是记录的意思，志怪、志人小说都是作者通过实地访问，从民间搜集而来的，具有历史文献的性质。

1. 志怪小说

这一时期志怪小说大量产生的原因主要包括两个方面：一是战乱频发和社会动荡导致宗教迷信思想传播较广，为志怪小说提供了思想土壤和社会环境；二是人们或幻想怪异、离奇的故事以逃避现实，寻求精神上的麻醉，或借助鬼神故事表达对残酷现实的反抗和对理想的追求。这也使得志怪小说有的侧重宣扬神道和怪异事迹，有的侧重表达对现实的批判。

扫一扫

四大志怪小说

现存的魏晋南北朝志怪小说有 30 余种。比较著名的有东方朔的《神异经》《海内十洲记》，班固的《汉武故事》《汉武帝内传》，曹丕（也有说张华）的《异列传》，张华的《博物志》，干宝的《搜神记》，陶潜的《搜神后记》和刘义庆的《幽明录》。其中以《搜神记》成就最高，对后世文学创作有一定影响。例如，《搜神记》中有一篇叫《三王墓》，讲述了干将、莫邪为楚王铸剑，成功后被楚王所杀，其子赤为父报仇，得侠客相助，侠客以赤的头为饵诱杀楚王的故事。鲁迅从中受到启发而创作了《铸剑》。

2. 志人小说

魏晋南北朝时期出现了一批放荡不羁、崇尚"清谈"（即不谈俗事，专谈老庄、周易）的士族名流，受这些人的影响，志人小说开始流行。志人小说中比较有名的是刘歆（也有说葛洪）的《西京杂记》、裴启的《语林》、沈约的《俗说》和刘义庆的《世说新语》。《西京杂记》中有一则讲述了王嫱因不肯贿赂画师而远嫁匈奴的故事，这个故事成为后世诗歌、小说、戏剧中常见的题材。《语林》和《俗说》都已散佚。《世说新语》保存得比较完整，是魏晋志人小说的集大成者，其主要记述名士言行。例如，《世说新语》记述了刘伶"纵酒放达"，嵇康"风姿特秀"，谢安"处变不惊"，石崇"美人行酒""与王恺斗富"等故事。

（二）唐传奇

进入唐代之后，古典小说脱离历史领域而成为文学创作。唐代小说被称为唐传奇，其特点包括以下几个方面：一是由于唐代经济不断繁荣，小说题材由单纯的记录鬼怪故事和奇人异事过渡到了记录社会生活的方方面面。二是佛教教义普及，神怪传说盛行，唐代小说中多涉及这些内容。三是唐代小说作家学习了《史记》等传记作品的精髓，在以往小说的基础上进一步完善故事情节，塑造鲜活的人物形象，表现复杂的人物性格，并引入诗词古文。这些特点使得唐代小说无论是现实意义上，还是文学价值上，都远远超过魏晋小说。

唐代小说中出现比较早的是《古镜记》，记述了古镜降妖、除怪、显圣、治病等十二个独立的灵异故事。唐代小说中成就最高的是以爱情为主题的作品，有《柳毅传》《霍小玉传》《李娃传》《莺莺传》等。其中，《柳毅传》记述了书生柳毅挽救了被丈夫和公婆虐待的龙女，后来龙女反抗叔父钱塘君，与柳毅终成眷属的故事；《霍小玉传》记述了歌伎霍小玉与书生李益相爱，李益当官后变心另娶，霍小玉悲愤而死，化为鬼报复李益夫妇的故事；《李娃传》记述了歌伎李娃挽救穷困潦倒的公子，在公子当官后忍痛离去，历经苦难，与公子终成眷侣的故事。其他唐代小说还有反映"功名不过是虚妄"的《枕中记》《南柯太守》，讲述历史题材的《高力士传》《安禄山事迹》，讲述江湖侠客故事的《虬髯客传》《昆仑奴传》等。

（三）宋代话本

传奇小说发展到宋代就衰落了，宋代兴起的是话本。话本是民间说书艺术的底本，是经过千锤百炼才产生并流传开的。话本颇具特色，以描绘精彩动人的情节场面和塑造生动活泼的人物性格见长，为了照顾劳动人民的欣赏口味，语言上以白话为主，文白兼顾，穿插诗词。

说书艺人在开讲之前，为了调动观众情绪，会吟诵一些与后文有关的诗词、故事，这叫"入话"。结尾时，说书艺人也多用诗词总结、劝诫。为了再次吸引观众，说书艺人往往选择在精彩情节处戛然而止，即"欲知后事如何，且听下回分解"。这种分隔方式被后来的章回小说所采用。

宋代比较有名的话本有《错斩崔宁》《碾玉观音》《大宋宣和遗事》《大唐三藏取经诗话》《武王伐纣平话》《七国春秋平话》等。这些话本对后来的《三国演义》《水浒传》《西游记》《封神榜》等历史小说有很大的影响。

（四）明清小说

明清小说是中国古典小说的高峰。

1. 明代小说

明代小说主要包括白话短篇小说和章回体小说。

白话短篇小说是在宋代话本的基础上发展起来的，比较著名的有冯梦龙的"三言"（《警世通言》《醒世恒言》《喻世明言》）、凌濛初的"二拍"（《初刻拍案惊奇》《二刻拍案惊奇》）等短篇小说集。

章回体小说是由宋元时期的讲史话本发展起来的，成就最高的是"四大奇书"，即罗贯中的《三国演义》、施耐庵的《水浒传》、吴承恩的《西游记》、兰陵笑笑生的《金瓶梅词话》。其中，《三国演义》是我国第一部长篇章回体小说，是历史演义小说的代表作。这部小说描绘了广阔的历史画卷，塑造了诸葛亮、曹操、刘备等一大批家喻户晓的人物，集中展示了三国时期各利益集团之间的政治斗争和军事斗争。《水浒传》塑造了108位梁山好汉，反映了"官逼民反"的社会环境和尖锐的阶级矛盾。《西游记》是神魔小说，塑造了神话英雄孙悟空。《金瓶梅词话》是世情小说，该小说以武松杀嫂的故事为引子，通过对封建时代市侩势力的代表人物西门庆罪恶生活的描述，揭露了明代中叶社会的黑暗和腐败。《金瓶梅词话》的情节、语言、人物描述等对《红楼梦》及其他世情小说的创作有很大的影响。

2. 清代小说

《聊斋志异·书痴》

清代小说主要包括短篇小说、长篇小说及清末出现的谴责小说。短篇小说作者中成就最高的是蒲松龄，他著有文言短篇小说集《聊斋志异》，这部作品通过讲述鬼狐仙妖的故事来反映社会现实。

长篇小说中比较突出的是《儒林外史》和《红楼梦》。其中，《儒林外史》以揭露科举制度的弊端为出发点，讽刺并批判了封建制度和统治阶级；《红楼梦》以宝黛的爱情悲剧为情节线索，通过对以贾府为代表的封建贵族家庭的兴衰变化以至全面崩溃的描写，揭示了封建社会必然溃败的历史命运。《红楼梦》问世后，在社会上产生了巨大的影响，其和《三国演义》《水浒传》《西游记》并称为"中国古代四大名著"，而研究《红楼梦》则发展成了专门的学问——红学。

清末政治极端腐败，社会进入大变革时期，在这种社会背景下，出现了谴责小说，比较著名的有李伯元的《官场现形记》、吴趼人的《二十年目睹之怪现状》、刘鹗的《老残游记》、曾朴的《孽海花》。

中国古典小说归纳

以下这首诗归纳了大部分著名的中国古典小说。

东西三水桃花红,
官场儒林爱金瓶。
三言二拍赞今古,
聊斋史书西厢镜。

"东":(明)冯梦龙著、(清)蔡元放改编的《东周列国志》。

"西":(明)吴承恩的《西游记》。

"三":(元末明初)罗贯中的《三国演义》。

"水":(元末明初)施耐庵的《水浒传》。

"桃花":(清)孔尚任的《桃花扇》。

"红":(清)曹雪芹的《红楼梦》。

"官场":(清)李伯元的《官场现形记》。

"儒林":(清)吴敬梓的《儒林外史》。

"金瓶":(明)兰陵笑笑生的《金瓶梅词话》。

"三言":(明)冯梦龙的《喻世明言》《警世通言》《醒世恒言》。

"二拍":(明)凌濛初的《初刻拍案惊奇》《二刻拍案惊奇》。

"今古":抱瓮老人编辑的明代话本选集《今古奇观》。

"聊斋":(清)蒲松龄的《聊斋志异》。

"史书":(西汉)司马迁的《史记》。

"西厢":(元)王实甫的《西厢记》。

"镜":(清)李汝珍的《镜花缘》。

二、英雄传奇小说《水浒传》——景阳冈武松打虎

作品渊源

施耐庵任钱塘县尹期间,因替穷人辩冤纠枉被县官训斥,遂辞官回家,闭门著书。他与弟子罗贯中一起研究《三国演义》《三遂平妖传》的创作,搜集并整理梁山泊宋江等英雄人物的故事,最终创作了《水浒传》。

《水浒传》以宋江领导的农民起义为题材,通过讲述梁山好汉反抗压迫、英勇斗争的

一系列故事,揭露了北宋末期统治阶级的腐朽和残暴,揭露了当时尖锐的社会矛盾和"官逼民反"的残酷现实。

文以载道

　　武松在路上行了几日,来到阳谷县地面,离县治还远。正是晌午时分,武松走得肚中饥渴,望见前面有一家酒店,挑着一面招旗在门前,上头写着五个字道:"三碗不过冈。"

　　武松走进店里坐下,把哨棒靠在一边,叫道:"主人家,快拿酒来吃。"只见店家拿了三只碗、一双箸、一碟热菜,放在武松面前,满满筛了一碗酒。武松拿起碗来一饮而尽,叫道:"这酒真有气力!主人家,有饱肚的拿些来吃。"店家道:"只有熟牛肉。"武松道:"好的,切二三斤来。"店家切了二斤熟牛肉,装了一大盘子,拿来放在武松面前,再筛一碗酒。武松吃了道:"好酒!"店家又筛了一碗。恰好吃了三碗酒,店家再也不来筛了。武松敲着桌子叫道:"主人家,怎么不来筛酒?"店家道:"客官,要肉就添来。"武松道:"酒也要,肉也再切些来。"店家道:"肉就添来,酒却不添了。"武松道:"这可奇怪了!你如何不肯卖酒给我吃?"店家道:"客官,你应该看见,我门前旗上明明写着'三碗不过冈'。"武松道:"怎么叫作'三碗不过冈'?"店家道:"我家的酒虽然是村里的酒,可是比得上老酒的滋味。但凡客人来我店中,吃了三碗的,就醉了,过不得前面的山冈去。因此叫作'三碗不过冈'。过往客人都知道,只吃三碗,就不再问。"武松笑道:"原来这样。我吃了三碗,如何不醉?"店家道:"我这酒叫作'透瓶香',又叫作'出门倒',初入口时只觉得好吃,一会儿就醉倒了。"武松从身边拿出些银子来,叫道:"别胡说!难道不付你钱!再筛三碗来!"

　　店家无奈,只好又给武松筛酒。武松前后共吃了十八碗。吃完了,提着哨棒就走。店家赶出来叫道:"客官哪里去?"武松站住了问道:"叫我做什么,我又不少你酒钱!"店家叫道:"我是好意,你回来看看这抄下来的官府的榜文。"武松道:"什么榜文?"店家道:"如今前面景阳冈上有只吊睛白额大虫,天晚了出来伤人,已经伤了三二十条大汉性命。官府限期叫猎户去捉。冈下路口都有榜文,教往来客人结伙成对趁午间过冈,其余时候不许过冈。这时候天快晚了,你还过冈,岂不白白送了自家性命?不如就在我家歇了,等明日凑了三二十人,一齐好过冈。"武松听了,笑道:"我是清河县人,这条景阳冈少也走过了一二十遭,几时听说有大虫!你别说这样的话来吓我。就有大虫,我也不怕。"店家道:"我是好意救你,你不信,进来看官府的榜文。"武松道:"就真的有虎,我也不怕。你留我在家里歇,莫不是半夜三更来谋我财,害我性命,却把大虫吓唬我?"店家道:"我是一片好心,你反当做恶意。你不相信我,请你自己走吧!"一面说一面摇着头,走进店里去了。

　　武松提了哨棒,大踏步走上景阳冈来。大约走了四五里路,来到冈下,看见一棵大树,树干上刮去了皮,一片白,上面写着两行字。武松抬头看时,上面写道:"近因景阳冈大虫伤人,但有过往客商,可趁午间结伙过冈,请勿自误。"武松看了,笑道:"这是店家的诡计,吓唬那些胆小的人到他家里去歇。我怕什么!"拖着哨棒走上冈来。这时天快晚了,一轮红日慢慢地落下山去。

武松乘着酒兴，只管走上冈来。不到半里路，看见一座破烂的山神庙。走到庙前，看见庙门上贴着一张榜文，上面盖着官府的印信。武松读了才知道真的有虎。武松想："转身回酒店吧，一定会叫店家耻笑，算不得好汉，不能回去。"细想了一会，说道："怕什么，只管上去，看看怎么样。"武松一面走，一面把毡笠儿掀在脊梁上，把哨棒插在腰间。回头一看，红日渐渐地坠下去了。

　　这正是十月间天气，日短夜长，天容易黑。武松自言自语道："哪儿有什么大虫！是人自己害怕了，不敢上山。"

　　武松走了一程，酒力发作，热起来了，一只手提着哨棒，一只手把胸膛敞开，踉踉跄跄，奔过乱树林来。见一块光滑的大青石，武松把哨棒靠在一边，躺下来想睡一觉。忽然起了一阵狂风。那一阵风过了，只听见乱树背后扑地一声响，跳出一只吊睛白额大虫来。

　　武松见了，叫声："啊呀！"从青石上翻身下来，把哨棒拿在手里，闪在青石旁边。那只大虫又饥又渴，把两只前爪在地下按了一按，往上一扑，从半空中蹿下来。武松吃那一惊，酒都变做冷汗出了。说时迟，那时快，武松见大虫扑来，一闪，闪在大虫背后。大虫背后看人最难，就把前爪搭在地下，把腰胯一掀。武松一闪，又闪在一边。大虫见掀他不着，吼一声，就像半天起了个霹雳，震得那山冈也动了，接着把铁棒似的虎尾倒竖起来一剪。武松一闪，又闪在一边。

　　原来大虫抓人，只是一扑，一掀，一剪，三般都抓不着，劲儿就泄了一半。那只大虫剪不着，再吼了一声，一兜兜回来。武松见大虫翻身回来，就双手抡起哨棒，使尽平生气力，从半空中劈下来。只听见一声响，簌地把那树连枝带叶打下来。定睛一看，一棒劈不着大虫，原来打急了，却打在树上。武松把那条哨棒折做两截，只拿着一半在手里。

　　那只大虫咆哮着，性发起来，翻身又扑过来。武松又一跳，退了十步远。那只大虫恰好把两只前爪搭在武松面前。武松把半截哨棒丢在一边，两只手就势把大虫顶花皮揪住，往下按去。那只大虫想要挣扎，武松使尽气力按定，哪里肯放松半点儿！武松把脚往大虫面门上眼睛里只顾乱踢。那只大虫咆哮起来，不住地扒身底下的泥，扒起了两堆黄泥，成了一个土坑。武松把那只大虫一直按到黄泥坑里去。那只大虫叫武松弄得没有一些气力了。武松用左手紧紧地揪住大虫的顶花皮，空出右手来，提起铁锤般大小的拳头，使尽平生气力只顾打。打了五六十拳，那只大虫眼里、口里、鼻子里、耳朵里都迸出鲜血来，一点儿也不能动弹了，只剩下口里喘气。

　　武松放了手，去树边找那条打折的哨棒，只怕大虫不死，用棒子又打了一回，眼看那大虫气儿都没了，才丢开哨棒。武松心里想道："我就把这只死大虫拖下冈去。"就血泊里用双手来提，哪里提得动！原来武松使尽了气力，手脚都酥软了。

　　武松回到青石上坐了半歇，想道："天色看看黑了，如果再跳出一只大虫来，却怎么斗得过？还是先下冈去，明早再来理会。"武松在石头边找到了毡笠儿，转过乱树林边，一步步挨下冈来。

（选自《水浒传》，人民文学出版社，2014）

融会贯通

"景阳冈武松打虎"是《水浒传》中的一个精彩片段,记叙了武松在阳谷县一家酒店内开怀畅饮后,趁着酒兴上了景阳冈,赤手空拳打死猛虎的故事。这一片段在动词的运用上很有特色,对体现惊心动魄的打虎场面,表现武松朴素、丰满的人物形象,起到了很好的作用,使故事大大增色。

景阳冈武松打虎

例如,文中写武松手中唯一的武器就是哨棒。作者写到哨棒的地方就有十多处,而每一处所用的动词均不一样。这些动词用得恰到好处。武松进店喝酒时,把哨棒靠在一边;喝完酒,提着哨棒离开酒店;看完树上的两行字后,拖着哨棒走上景阳冈;读了榜文后,把哨棒插在腰间;当吊睛白额大虫出现在武松面前时,他便把哨棒拿在手里;见大虫翻身回来,武松双手抡起哨棒,使尽平生力气从半空中劈下来;大虫把两只前爪搭在武松面前,武松便把半截哨棒丢在一边,赤手空拳与大虫搏斗。"靠、提、拖、插、拿、抡、劈、丢",这些动词突出了武松豪放、倔强、无畏的性格特点。

又如,当武松躲闪过了猛虎的"一扑、一掀、一剪"之后,便立即转守为攻。"两只手就势把大虫顶花皮揪住,往下按去","把脚往大虫面门上眼睛里只顾乱踢","提起铁锤般大小的拳头,使尽平生气力只顾打"。就这样,作者用"揪、按、踢、提、打"等动词,把武松打虎的场面写得有声有色,神采飞动,跃然纸上。

再如,经过一场恶斗,打死了老虎之后,武松先坐在青石上歇了一会儿,随后,便"一步步挨下冈来"。一个"挨"字,精准地写出了武松同猛虎搏斗后手脚酥软、筋疲力尽的状态。武松毕竟是血肉之躯,经过一场激烈的人虎相搏后,他困倦了,这是很自然的现象。这样的描写,非但无损于英雄的形象,反而使人物形象更加丰满。

学以致用

武松是家喻户晓的梁山好汉。武松打虎的故事之所以代代相传,是因为人们对英雄无比崇拜和向往。武松的性格里洋溢着古代英雄的力与勇,施耐庵评价武松:"心雄胆大,似撼天狮子下云端,骨健筋强,如摇地貔貅临座上,如同天上降魔主,真是人间太岁神。"和同学讨论,说说自己对武松的评价。

三、古代世情小说《红楼梦》——宝黛读西厢

作品渊源

曹雪芹(约1715或1721—约1764),名霑(zhān),字梦阮,号雪芹、芹溪、芹圃,生于江宁(今南京)。他创作的《红楼梦》规模宏大,结构严谨,情节复杂,描写生动,塑造了众多具有典型性格的艺术形象,堪称中国古代长篇小说的高峰,在世界文学史上占有重要地位。

《宝黛读西厢》节选自《红楼梦》第二十三回"西厢记妙词通戏语 牡丹亭艳曲警芳

心"。"共读西厢"发生在宝玉和黛玉进入大观园之后,奠定了宝黛爱情的基础,更是宝黛爱情的最美片段。《西厢记》中所描写的张生和莺莺对爱情的执着追求,无疑直接激发了宝黛内心深处朦胧的爱情意识。可以说,宝黛的爱情觉醒与《西厢记》强大的艺术感染力具有直接关系。

文以载道

　　闲言少叙。且说宝玉自进花园以来,心满意足,再无别项可生贪求之心。每日只和姊妹丫头们一处,或读书,或写字,或弹琴下棋,作画吟诗,以至描鸾刺凤,斗草簪花[1],低吟悄唱,拆字猜枚[2],无所不至,倒也十分快乐。……

　　因这几首诗,当时有一等势利人,见是荣国府十二三岁的公子作的,抄录出来各处称颂,再有一等轻浮子弟,爱上那风骚妖艳之句,也写在扇头壁上,不时吟哦赏赞。因此竟有人来寻诗觅字,倩[3]画求题的。宝玉亦发得了意,镇日家[4]作这些外务。

　　谁想静中生烦恼,忽一日不自在起来,这也不好,那也不好,出来进去只是闷闷的。园中那些人多半是女孩儿,正在混沌世界,天真烂漫之时,坐卧不避,嬉笑无心,那里知宝玉此时的心事。那宝玉心内不自在,便懒在园内,只在外头鬼混,却又痴痴的。茗烟见他这样,因想与他开心,左思右想,皆是宝玉顽烦了的,不能开心,惟有这件,宝玉不曾看见过。想毕,便走去到书坊[5]内,把那古今小说并那飞燕、合德、武则天、杨贵妃的外传与那传奇脚本买了许多来,引宝玉看。宝玉何曾见过这些书,一看见了便如得了珍宝。茗烟又嘱咐他不可拿进园去,"若叫人知道了,我就吃不了兜着走呢。"宝玉那里舍的不拿进园去,踟蹰再三,单把那文理细密的拣了几套进去,放在床顶上,无人时自己密看。那粗俗过露的,都藏在外面书房里。

　　那一日正当三月中浣[6],早饭后,宝玉携了一套《会真记》[7],走到沁芳闸桥边桃花底下一块石上坐着,展开《会真记》,从头细玩。正看到"落红成阵",只见一阵风过,把树头上桃花吹下一大半来,落的满身满书满地皆是。宝玉要抖将下来,恐怕脚步践踏了,只得兜了那花瓣,来至池边,抖在池内。那花瓣浮在水面,飘飘荡荡,竟流出沁芳闸去了。

黛玉葬花

　　回来只见地下还有许多,宝玉正踟蹰间,只听背后有人说道:"你在这里作什么?"宝玉一回头,却是林黛玉来了,肩上担着花锄,锄上挂着纱囊,手内拿着花帚。宝玉笑道:"好,好,来把这个花扫起来,撂在那水里。我才撂了好些在那里呢。"林黛玉道:"撂在水里不好。你看这里的水干净,只一流出去,有人家的地方脏的臭的混倒,仍旧把花遭蹋了。那畸角上我有一个花冢,如今把他扫了,装在这绢袋里,拿土埋上,日久不过随土化了,岂不干净。"

宝玉听了喜不自禁，笑道："待我放下书，帮你来收拾。"黛玉道："什么书？"宝玉见问，慌的藏之不迭，便说道："不过是《中庸》《大学》。"黛玉笑道："你又在我跟前弄鬼。趁早儿给我瞧，好多着呢。"宝玉道："好妹妹，若论你，我是不怕的。你看了，好歹[8]别告诉别人去。真真这是好书！你要看了，连饭也不想吃呢。"一面说，一面递了过去。林黛玉把花具且都放下，接书来瞧，从头看去，越看越爱看，不到一顿饭工夫，将十六出俱已看完，自觉词藻警人，余香满口。虽看完了书，却只管出神，心内还默默记诵。宝玉笑道："妹妹，你说好不好？"林黛玉笑道："果然有趣。"宝玉笑道："我就是个'多愁多病身'，你就是那'倾国倾城貌'。"林黛玉听了，不觉带腮连耳通红，登时直竖起两道似蹙非蹙的眉，瞪了两只似睁非睁的眼，微腮带怒，薄面含嗔，指宝玉道："你这该死的胡说！好好的把这淫词艳曲弄了来，还学了这些混话来欺负我。我告诉舅舅舅母去。"说到"欺负"两个字上，早又把眼睛圈儿红了，转身就走。宝玉着了急，向前拦住说道："好妹妹，千万饶我这一遭，原是我说错了。若有心欺负你，明儿我掉在池子里，教个癞头鼋[9]吞了去，变个大忘八，等你明儿做了'一品夫人'病老归西的时候，我往你坟上替你驮一辈子的碑去。"说的林黛玉嗤的一声笑了，揉着眼睛，一面笑道："一般也吓得这个调儿，还只管胡说。'呸，原来是苗而不秀，是个银样镴枪头。'"宝玉听了，笑道："你这个呢？我也告诉去。"林黛玉笑道："你说你会过目成诵，难道我就不能一目十行么？"

宝玉一面收书，一面笑道："正经快把花埋了罢，别提那个了。"二人便收拾落花，正才掩埋妥协，只见袭人走来，说道："那里没找到，摸在这里来。那边大老爷身上不好，姑娘们都过去请安，老太太叫打发你去呢。快回去换衣裳去罢。"宝玉听了，忙拿了书，别了黛玉，同袭人回房换衣不提。

这里林黛玉见宝玉去了，又听见众姐妹也不在房，自己闷闷的。正欲回房，刚走到梨香院墙角上，只听墙内笛韵悠扬，歌声婉转。林黛玉便知是那十二个女孩子演习戏文呢。只是林黛玉素习不大喜看戏文，便不留心，只管往前走。偶然两句吹到耳内，明明白白，一字不落，唱道是："原来姹紫嫣红开遍，似这般都付与断井颓垣。"林黛玉听了，倒也十分感慨缠绵，便止住步侧耳细听，又听唱道是："良辰美景奈何天，赏心乐事谁家院。"听了这两句，不觉点头自叹，心下自思道："原来戏上也有好文章。可惜世人只知看戏，未必能领略其中的趣味。"想毕，又后悔不该胡想，耽误了听曲子。又侧耳时，只听唱道："则为你如花美眷，似水流年……"林黛玉听了这两句，不觉心动神摇。又听道"你在幽闺自怜"等句，亦发如醉如痴，站立不住，便一蹲身坐在一块山子石上，细嚼"如花美眷，似水流年"八个字的滋味。忽又想起前日见古人诗中有"水流花谢两无情"之句，再又有词中有"流水落花春去也，天上人间"之句，又兼方才所见《西厢记》中"花落水流红，闲愁万种"之句，都一时想起来，凑聚在一处。仔细忖度，不觉心痛神驰，眼中落泪。正没个开交，忽觉背上击了一下，及回头看时，原来是个女子。未知是谁，且听下回分解。

(选自《红楼梦》，人民文学出版社，2008)

注释

[1] 斗草簪花：斗草是旧时春夏间花草茂盛季节里人们所做的一种游戏，又称"斗

百草"；簪花即斗花，是斗草的一种形式，簪有戴或插之意。[2] 拆字猜枚：古代人饮酒时的娱乐游戏活动。"拆字"是以汉字加减笔画，拆开偏旁，打乱字体结构进行推断的有趣游戏；"猜枚"是饮酒时助兴的游戏，即拳中握小件物品，如干果、瓜子、钱币等，供对方猜测单双、数目或颜色，中者为胜，不中者受罚饮酒。[3] 倩（qìng）：请。[4] 镇日家：从早到晚，整日里。[5] 书坊：古代的书店、书肆或书铺。[6] 中浣：亦作"中澣（huàn）"，古时官吏中旬的休沐日，泛指每月中旬。[7]《会真记》：又名《莺莺传》，传奇小说，唐代著名诗人元稹著。后世文人在此基础上创编杂剧传奇者甚多，以董解元的《西厢记诸宫调》和王实甫的《西厢记》最为著名。[8] 好歹：不管怎样，无论如何。[9] 癞头鼋（yuán）：鼋的俗称，因其头有疙瘩似癞而得名。此处指头有疙瘩似癞的人。

大师巨匠

曹雪芹出身于清代内务府正白旗包衣（奴仆）世家，早年在江宁织造府亲历了一段锦衣纨绔、富贵风流的生活。曾祖父曹玺任江宁织造；曾祖母孙氏做过康熙帝的保姆；祖父曹寅做过康熙帝的伴读和御前侍卫，后任江宁织造，兼任两淮巡盐监察御史，极受康熙帝宠信。雍正六年（1728），曹家因亏空获罪被抄家，曹雪芹随家人迁回北京老宅。曹家从此一蹶不振，日渐衰微。

经历了生活中的重大转折后，曹雪芹深感世态炎凉，对封建社会有了更清醒、更深刻的认识。他蔑视权贵，远离官场，过着贫困如洗的艰难日子。曹雪芹生性放达，爱好广泛，对金石、诗书、绘画、园林、中医、织补、工艺、饮食等均有所研究。曹雪芹晚年移居北京西郊，生活更加穷苦。乾隆二十七年（1762），其幼子夭亡，他陷于过度的忧伤和悲痛中，卧床不起，并于次年除夕因贫病无医而逝。

曹雪芹最大的贡献在于文学创作。他以坚韧不拔的毅力，历经多年艰辛，终于创作出《红楼梦》，为中华民族和世界人民留下了宝贵的文化遗产和精神财富，对后世作家的创作影响深远。学术界围绕《红楼梦》的作者、版本、文本等进行深入研究，从而形成了一种专门的学问——红学。

文学欣赏与实践

> **融会贯通**

本文是《红楼梦》中一个非常唯美的片段，内容极其丰富，可以从爱情、读书、艺术手法等多个方面进行欣赏。

（1）"共读西厢"部分的描写体现了优美的爱情序曲，一开始就奏出了一种不同凡响的音调，其所呈现的宝黛爱情的审美意向是显而易见的。树上桃花朵朵，风吹落了花瓣，宝黛二人在树下"共读西厢"，这是一幅多么绚丽又富有诗意的画面！

（2）从"共读西厢"部分可以看出，读书忌"先入为主"。从"原来戏上也有好文章……"可以看出，仔细品味书中内容，才能体会其中的意蕴。黛玉先听得"如花美眷，似水流年"，然后想起了"水流花谢两无情"等。一方面，说明了黛玉诗词功底之深厚；另一方面，说明了前后内容的联系，可以更细腻地表现黛玉的心理活动，也可以更好地渲染意境。

（3）"情景交融"艺术手法的使用。曹雪芹把中国古典诗词的艺术表现手法迁移到小说的创作中，把优美的"景"和动人的"情"完美融合，从而构成一种扣人心弦的艺术境界。本文通过描写流水潺潺、桃红柳绿、落英缤纷等景色，抒发了作者对高尚、美丽且不带有任何杂质的纯真感情的赞美。

> **学以致用**

组织小组讨论会，分析《宝黛读西厢》中刻画的宝黛二人的形象，并谈谈为什么志同道合的人在读书观上具有一致性。

模块二　欣赏中国现当代小说

一、中国现当代小说的发展历程

20世纪初期，梁启超发起"小说界革命"，提出"今日欲改良群治，必自小说界革命始，欲新民，必自新小说始"的口号，竭力强调小说启迪民智的社会功能，认为小说是"文学之最上乘"。

（一）现代小说的发展历程

现代小说的发展大致经历了以下三个时期。

1. 五四新文学运动时期

这个时期是现代小说的萌芽阶段。从现代白话小说的开山之作——鲁迅的《狂人日记》开始，小说便承担起启蒙的任务。之后，鲁迅结集出版了《呐喊》《彷徨》等小说集，刻画了孔乙己、阿Q等典型形象，表达了"哀其不幸，怒其不争"的态度。这一时期流派林立，出现了以冰心的《超人》、王统照的《湖畔儿语》等为代表的问题小说，以鲁彦的《菊英的出嫁》为代表的乡土小说，以郁达夫的《沉沦》为代表的强调文学表现、侧重抒情的小说。

2. 左翼文学运动时期

这个时期是现代小说的成熟阶段，一大批小说名家与名作争相迭出。其中，茅盾的《子夜》、老舍的《骆驼祥子》、巴金的《家》共同构成了现代长篇小说的三大高峰。随着社会矛盾的加剧，以左联（中国左翼作家联盟）作家为核心的无产阶级文学流派成为主流，出现了以蒋光慈的《咆哮了的土地》、丁玲的《莎菲女士的日记》、柔石的《二月》等为代表的左翼小说。同时，社会动荡也导致了文坛流派之间的激烈论争，其中以沈从文为代表的京派与以穆时英、施蛰存等为代表的海派之间的论争最为激烈。海派在20世纪40年代继续发展，以张爱玲的成就最为显著。此外，这一时期出现的其他小说家及其代表作还有萧军的《八月的乡村》、叶圣陶的《倪焕之》、张恨水的《金粉世家》等。

3. 抗战至中华人民共和国成立前夕

由于受战争和政治的影响，这一时期出现了区域文学，即"国统区"文学、"沦陷区"文学和解放区文学。"国统区"涌现出一批讽刺和追忆小说，包括茅盾的《腐蚀》、巴金的《寒夜》、沙汀的《淘金记》、钱锺书的《围城》、老舍的《四世同堂》、路翎的《财主底儿女们》等；"沦陷区"涌现出一批通俗小说，包括张爱玲的《金锁记》、苏青的《结婚十年》等；解放区涌现出一批反映群众斗争的小说，包括赵树理的《小二黑结婚》、孙犁的《荷花淀》、丁玲的《太阳照在桑干河上》、周立波的《暴风骤雨》等。

（二）当代小说的发展历程

当代小说的发展大致经历了以下两个时期。

1. 中华人民共和国成立初期

这一时期的小说以反映革命战争和社会主义建设为主要题材，包括杜鹏程的《保卫延安》，吴强的《红日》，曲波的《林海雪原》，罗广斌、杨益言的《红岩》，刘知侠的《铁道游击队》，冯志的《敌后武工队》，冯德英的《苦菜花》，李英儒的《野火春风斗古城》，等等。

2. 20世纪70年代以后

这一时期出现的比较重要的小说风格有伤痕小说、反思小说、改革小说、寻根小说、京味小说等。伤痕小说的代表作有刘心武的《班主任》、张洁的《从森林里来的孩子》、冯骥才的《高女人和她的矮丈夫》、王亚平的《神圣的使命》等；反思小说的代表作有高晓声的《李顺大造屋》、古华的《芙蓉镇》等；改革小说的代表作有柯云路的《新星》、张洁的《沉重的翅膀》、贾平凹的《浮躁》等；寻根小说的代表作有阿城的《棋王》、王安忆的《小鲍庄》、韩少功的《爸爸爸》、汪曾祺的《受戒》等；京味小说的代表作有王朔的《橡皮人》、邓友梅的《那五》、陈建功的《辘轳把胡同9号》、刘心武的《钟鼓楼》等。

此外，当代还有一些极具创造性的作家，如莫言、路遥、王小波等。莫言获2012年诺贝尔文学奖，代表作有《红高粱家族》《蛙》等；路遥的代表作有《平凡的世界》《人生》等；王小波的代表作有《黄金时代》《白银时代》《青铜时代》《红拂夜奔》等。

二、《孔乙己》（鲁迅）

作品渊源

鲁迅（1881—1936），字豫才，原名周树人，中国文学家、思想家和革命家。鲁迅曾留学日本学医，后弃医从文，创作杂文及小说，以此来唤醒"体格强壮、神情麻木"的人。

文以载道

鲁镇的酒店的格局，是和别处不同的：都是当街一个曲尺形的大柜台，柜里面预备着热水，可以随时温酒。做工的人，傍午傍晚散了工，每每花四文铜钱，买一碗酒，——这是二十多年前的事，现在每碗要涨到十文，——靠柜外站着，热热的喝了休息；倘肯多花一文，便可以买一碟盐煮笋，或者茴香豆，做下酒物了，如果出到十几文，那就能买一样荤菜，但这些顾客，多是短衣帮，大抵没有这样阔绰。只有穿长衫的，才踱进店面隔壁的房子里，要酒要菜，慢慢地坐喝。

我从十二岁起，便在镇口的咸亨酒店里当伙计，掌柜说，样子太傻，怕侍候不了长衫主顾，就在外面做点事罢。外面的短衣主顾，虽然容易说话，但唠唠叨叨缠夹不清的也很不少。他们往往要亲眼看着黄酒从坛子里舀出，看过壶子底里有水没有，又亲看将壶子放在热水里，然后放心：在这严重监督下，羼（chàn）水也很为难。所以过了几天，掌柜又说我干不了这事。幸亏荐头的情面大，辞退不得，便改为专管温酒的一种无聊职务了。

我从此便整天的站在柜台里，专管我的职务。虽然没有什么失职，但总觉得有些单调，有些无聊。掌柜是一副凶脸孔，主顾也没有好声气，教人活泼不得；只有孔乙己到店，才可以笑几声，所以至今还记得。

孔乙己是站着喝酒而穿长衫的惟一的人。他身材很高大；青白脸色，皱纹间时常夹些伤痕；一部乱蓬蓬的花白的胡子。穿的虽然是长衫，可是又脏又破，似乎十多年没有补，也没有洗。他对人说话，总是满口之乎者也，叫人半懂不懂的。因为他姓孔，别人便从描红纸上的"上大人孔乙己"这半懂不懂的话里，替他取下一个绰号，叫作孔乙己。孔乙己一到店，所有喝酒的人便都看着他笑，有的叫道，"孔乙己，你脸上又添上新伤疤了！"他不回答，对柜里说，"温两碗酒，要一碟茴香豆。"便排出九文大钱。他们又故意的高声嚷道，"你一定又偷了人家的东西了！"孔乙己睁大眼睛说，"你怎么这样凭空污人清白……""什么清白？我前天亲眼见你偷了何家的书，吊着打。"孔乙己便涨红了脸，额上的青筋条条绽出，争辩道，"窃书不能算偷……窃书！……读书人的事，能算偷么？"接连便是难懂的话，什么"君子固穷"，什么"者乎"之类，引得众人都哄笑起来：店内外充满了快活的空气。

听人家背地里谈论，孔乙己原来也读过书，但终于没有进学，又不会营生；于是愈过愈穷，弄到将要讨饭了。幸而写得一笔好字，便替人家钞钞书，换一碗饭吃。可惜他又有一样坏脾气，便是好喝懒做。坐不到几天，便连人和书籍纸张笔砚，一齐失踪。如是几次，叫他钞书的人也没有了。孔乙己没有法，便免不了偶然做些偷窃的事。但他在我们店里，品行却比别人都好,就是从不拖欠;虽然间或没有现钱,暂时记在粉板上,但不出一月,定然还清,从粉板上拭去了孔乙己的名字。

孔乙己喝过半碗酒,涨红的脸色渐渐复了原,旁人便又问道,"孔乙己,你当真认识字么?"孔乙己看着问他的人,显出不屑置辩的神气。他们便接着说道,"你怎的连半个秀才也捞不到呢?"孔乙己立刻显出颓唐不安模样,脸上笼上了一层灰色,嘴里说些话;这回可是全是之乎者也之类,一些不懂了。在这时候,众人也都哄笑起来:店内外充满了快活的空气。在这些时候,我可以附和着笑,掌柜是决不责备的。而且掌柜见了孔乙己,也每每这样问他,引人发笑。孔乙己自己知道不能和他们谈天,便只好向孩子说话。有一回对我说道,"你读过书么?"我略略点一点头。他说,"读过书……我便考你一考。茴香豆的茴字,怎样写的?"我想,讨饭一样的人,也配考我么?便回过脸去,不再理会。孔乙己等了许久,很恳切的说道,"不能写罢?……我教给你,记着!这些字应该记着。将来做掌柜的时候,写账要用。"我暗想我和掌柜的等级还很远呢,而且我们掌柜也从不将茴香豆上账;又好笑,又不耐烦,懒懒的答他道,"谁要你教,不是草头底下一个来回的回字么?"孔乙己显出极高兴的样子,将两个指头的长指甲敲着柜台,点头说,"对呀对呀!……回字有四样写法,你知道么?"我愈不耐烦了,努着嘴走远。孔乙己刚用指甲蘸了酒,想在柜上写字,见我毫不热心,便又叹一口气,显出极惋惜的样子。

有几回,邻居孩子听得笑声,也赶热闹,围住了孔乙己。他便给他们茴香豆吃,一人一颗。孩子吃完豆,仍然不散,眼睛都望着碟子。孔乙己着了慌,伸开五指将碟子罩住,弯腰下去说道,"不多了,我已经不多了。"直起身又看一看豆,自己摇头说,"不多不多!多乎哉?不多也。"于是这一群孩子都在笑声里走散了。

孔乙己是这样的使人快活,可是没有他,别人也便这么过。

有一天,大约是中秋前的两三天,掌柜正在慢慢的结账,取下粉板,忽然说,"孔乙己长久没有来了。还欠十九个钱呢!"我才也觉得他的确长久没有来了。一个喝酒的人说道,"他怎么会来?……他打折了腿了。"掌柜说,"哦!""他总仍旧是偷。这一回,是自己发昏,竟偷到丁举人家里去了。他家的东西,偷得的么?""后来怎么样?""怎么样?先写服辩,后来是打,打了大半夜,再打折了腿。""后来呢?""后来打折了腿了。""打折了怎样呢?""怎样?……谁晓得?许是死了。"掌柜也不再问,仍然慢慢的算他的账。

中秋过后,秋风是一天凉比一天,看看将近初冬;我整天的靠着火,也须穿上棉袄了。一天的下半天,没有一个顾客,我正合了眼坐着。忽然间听得一个声音,"温一碗酒。"这声音虽然极低,却很耳熟。看时又全没有人。站起来向外一望,那孔乙己便在柜台下对了门槛坐着。他脸上黑而且瘦,已经不成样子;穿一件破夹袄,盘着两腿,下面垫一个蒲包,用草绳在肩上挂住;见了我,又说道,"温一碗酒。"掌柜也伸出头去,一面说,"孔乙己么?你还欠十九个钱呢!"孔乙己很颓唐的仰面答道,"这……下回还清罢。这一回是现钱,酒要好。"掌柜仍然同平常一样,笑着对他说,"孔乙己,你又偷了东西了!"但他这回却不十分分辩,单说了一句"不要取笑!""取笑?要是不偷,怎么会打断腿?"孔乙己低声说道,"跌断,跌,跌……"他的眼色,很像恳求掌柜,不要再提。此时已经聚集了几个人,便和掌柜都笑了。我温了酒,端出去,放在门槛上。他从破衣袋里摸出四文大钱,放在我手里,见他满手是泥,原来他便用这手走来的。不一会,他喝完酒,便又在旁人的说笑声中,坐着用这手慢慢走去了。

　　自此以后,又长久没有看见孔乙己。到了年关,掌柜取下粉板说,"孔乙己还欠十九个钱呢!"到第二年的端午,又说"孔乙己还欠十九个钱呢!"到中秋可是没有说,再到年关也没有看见他。

　　我到现在终于没有见——大约孔乙己的确死了。

(选自《呐喊》,人民文学出版社,2019)

融会贯通

　　鲁迅的这篇《孔乙己》表现了社会对于苦难者的冷漠。文中的孔乙己是一个外貌奇特、思想迂腐、颓唐不堪、没有前途的书呆子,是人们解闷取乐的工具。本文通过讲述人们以孔乙己的灾难、痛苦和不幸来取乐的事情,反映了封建社会中人与人之间的冷漠和无情。

　　一方面,孔乙己是旧社会的牺牲品,他身上还保留着善良、诚实的品性,对于这些地方,鲁迅寄予他深切的同情。另一方面,孔乙己作为一个背负着没落阶级不可挽救的悲剧命运的人物,鲁迅对他进行了严厉的鞭挞,毫不留情地把他从历史舞台上抹去,为他谱写了一支无限辛酸的挽歌。

学以致用

　　以下是根据《孔乙己》改编的一段剧本。请以小组为单位,进行续写和演绎。要求语言生动,肢体语言丰富,突出人物的性格特征。

　　【人物:孔乙己(57岁)、酒店掌柜(50岁)、小伙计(14岁)】

　　【咸亨酒店为曲尺形柜台,后面挂着布帘。柜台上摆着一个盆,盆中放着酒提、酒漏;墙上挂着咸亨酒店牌匾和粉板。】

　　孔乙己　(上场)天子重英豪,文章教尔曹,万般皆下品,惟有读——书——高。学生今年五十七岁,人送绰号孔乙己。孔乙己是什么意思?实话告诉您,我也不知道。您瞧瞧,读书人读到连名字都没有一个,也实在是惨了点儿。可您没听说过吗?书中自有千钟粟,书中自有黄金屋。等我中了功名,也像丁举人一样八面威风——买房、置地、娶妻、生子……。到时候,人人都喊我孔大老爷。到时候,凡是叫过我孔乙己的,我一概不理。哼,不给他们那么大脸。得,咸亨酒店到了。

掌柜的	（出店，拦孔乙己）止步，止步。孔乙己！
孔乙己	何也？
掌柜的	你也不瞧瞧你这身打扮，这里面是你坐的地方吗？
孔乙己	我怎么了？
掌柜的	我问你，这长衫，多少年没洗了？
孔乙己	你嫌我脏？
掌柜的	这长衫，穿了几代人都没补了？对喽，是没人给补。
孔乙己	你嫌我衣服破？
掌柜的	外面请，外面请。
孔乙己	君子动口不动手。
掌柜的	别看我这店不大，可是庙小神仙大，是有身份的人休闲的地方。
孔乙己	开酒店，是为了赚钱，你管我穿什么？你说说，我欠你的钱吗？
掌柜的	不欠。
孔乙己	我赖过你的账吗？
掌柜的	没有。
孔乙己	既然不欠你的钱，没赖过你的账，为什么不让我到里面饮酒？我好歹是读书人。
掌柜的	既然是读书人，你怎么连半个秀才也没捞到呢？
孔乙己	（面露愠色）士可杀不可辱。
掌柜的	得，和气生财，就算你照顾我的买卖，还不行吗？等你中了功名，有了钱，我背你到里边喝去。好吗？
孔乙己	君子坦荡荡、小人长戚戚。君子喻于义，小人喻于利。
掌柜的	我小人？孔乙己，不是我说你。看你那点出息，小孩子家看着茴香豆眼馋，张那么大的嘴，可你一人只给一颗，还用手罩住碟子，多乎哉？不多也。不知道的还以为你护着一碗红烧肉呢！
孔乙己	你这碟子是不是也太小了？
掌柜的	这是专门为你这号人预备的，碟子大了怕你买不起！再说了，单靠你那一碗酒、一碟茴香豆的大买卖，我还不喝西北风去。
孔乙己	掌柜的！今天，我要一碟茴香豆，温两碗酒！
掌柜的	小二！孔乙己，温两碗酒，要一碟茴香豆！
孔乙己	（排钱）一、二、三、四、五、六、七、八、九。
小伙计	来啦！孔乙己，两碗酒、一碟茴香豆！
掌柜的	喊什么喊，孔乙己一来，你就人来疯！

【掌柜的下场】

孔乙己	（接过酒碗）对酒当歌，人生几何，譬如朝露，去日苦多。慨当以慷，忧思难忘，何以解忧？唯有杜康。啊，好酒！

三、《平凡的世界》(节选)(路遥)

作品渊源

路遥(1949—1992),中国当代作家,代表作有长篇小说《平凡的世界》、中篇小说《人生》等。《平凡的世界》是一部全景式展现中国当代城乡社会生活的小说,于1986年12月首次出版。路遥因此荣获茅盾文学奖。

《平凡的世界》以陕北黄土高原双水村孙、田、金三个家族两代人的命运为中心,反映了改革开放初期的社会面貌。该小说描写了劳动与爱情、挫折与追求、痛苦与欢乐,并将日常生活中的矛盾与社会冲突交织在一起,深刻地展示了普通劳动者在时代历史进程中所走过的艰难曲折的道路。本文节选自《平凡的世界》第一部第三章。

文以载道

扫一扫

《平凡的世界》导读

惊蛰过后很长一段日子,尽管节令也已经又越过了春分,但连绵的黄土高原依然是冬天的面貌。山野里草木枯黑,一片荒凉。只是夜晚的时间倒明显地缩短了。

一直到了四月初,清明节的前一天,突然刮起了一场铺天盖地的大黄风。风刮得天昏地暗,甚至大白天都要在房子里点亮灯。根据往常的经验,这场黄风是天气变暖的先兆。是的,从节令来看,也应该有些春天的迹象了。

清明那一天,黄风停了。但天空仍然弥漫着尘埃,灰蒙蒙一片笼罩着天地。

以后紧接着的几天,气候突然转暖了。人们惊异地发现,街头和河岸边的柳树不知不觉地抽出了绿丝;桃杏树的枝头也已经缀满了粉红的花蕾。如果留心细看,那向阳山坡的枯草间,已经冒出了一些青草的嫩芽。同时,还有些别的树木的枝条也开始泛出鲜亮的活色,鼓起了青春的苞蕾,像刚开始发育的姑娘一样令人悦目。

孙少平的日子过得和往常差不多:吃黑高粱面馍;看借来的课外书;在城里的各个地方转悠。他继续把看完的书又借给郝红梅看。他们两个人现在的交往,倒比开始时自然多了,并且对对方的一些情况也有所了解。

时间长了一些,班上同学之间也开始变得熟悉起来。他和乡里来的一些较贫困的学生初步建立起了某种友谊关系。由于他读书多,许多人很爱听他讲书中的故事。这一点使孙少平非常高兴,觉得自己并不是什么都低人一等。加上气候变暖,校园里已经桃红柳绿,他的心情开朗了许多。而且他的单衣薄裳现在穿起来倒也正合适,不冷不热。除过肚子照样填不饱外,其他方面应该说相当令人满意了。

这天下午劳动，全班学生在学校后面的一条拐沟里挖他们班种的地。不到一个小时，孙少平就感到饿得头晕眼花。他有气无力地抢着镢头，尽量使自己不落在别人的后面。

好不容易熬到快要收工的时候，他们村的润生突然来到他跟前，说："少平，我姐中午来找我，说让我把你带上，下午到我二爸家去一下。她说有个事要给你说。我姐还说让你下午别在学校灶上吃，到我二爸家去吃饭……"

润生说完这话，就又回到他挖地的地方去了。

孙少平一下子被这意外的邀请弄得不知所措。

润生的姐姐叫他有什么事呢？而且还叫他到她二爸家去！

这使他感到惶恐不安——润生他二爸是县革委会的副主任，在县上可是一个大人物。有时他二爸路过回村子，坐的都是吉普车呢。记得当时他常常想走近去看看停在公路边的小车，都吓得不敢去，何况现在要叫他去他们家吃饭呢！

不过，他对润生的姐姐润叶倒怀有一种亲切的感情。尽管润叶她爸是他们村的支部书记，她二爸又是县上的领导，门第当然要高得多，但润叶姐不管对村里的什么人都特别好。而最主要的是，润叶姐小时候和他大哥一块耍大，又一起念书念到小学。后来润叶姐到县城上了中学，而哥哥因为家穷回村当了农民。但润叶姐对哥哥还像以前一样好。后来润叶姐在县上的城关小学教了书，成了公家人，每次回村来，还总要到他们家来串门，和哥哥拉家常话。她每次来他们家都不空手，总要给他祖母带一些城里买的吃食。最叫全村人惊讶的是，她每次回村来，还提着点心去看望她户族里一个傻瓜叔叔田二。田二自己傻不说，还有个傻儿子，父子俩经常在窑里屙尿，臭气熏天，村里人一般谁也不去他家踏个脚踪；而润叶姐却常提着点心去看他们，这不得不叫全村人夸赞她的德行了。

相比之下，润叶她爸倒没有她在村里威信高。由于父亲和哥哥性子都很耿直，少不了常和书记顶顶碰碰，因此他们两家的关系并不怎么好。但润叶姐却始终和他们家保持着一种亲密关系。也许因为这一点，平时书记才没有过分地和他们一家人过不去。少平在内心一直对润叶姐充满了尊敬和感激。

按说，润叶姐要求他的事，他都应该按她说的做。但现在叫他到她二爸家去吃饭，他倒的确有点惶恐和为难了。他想到他穿这么一身破烂衣服，要跑到尊贵的县领导家里去做客，由不得一阵阵心跳耳热。

一直到收工回了宿舍，学校马上要开饭的时候，孙少平还是拿不定主意。他想他如果不去，就太对不起润叶姐了，况且润叶姐还有话要对他说呢；他不去，说不定还会误了润叶姐的什么事。如果去，他又感到有点惧怕。他长这么大，还没到这么大的领导家里去过，更不要说还要在人家家里吃饭。另外，他感到他的这身衣服也太丢人了。

他突然想到了一个折中的办法：他先不去润叶她二爸家吃饭。等他在学校吃完饭后，过一段时间，他直接到城关小学去找润叶。这样既见了润叶姐，又可以不去她二爸家。至于城关小学，他知道就在中学下面不远的地方，他前一段瞎转悠的时候，还到这小学的操场上去过。

他这样决定以后，又想到润生说不定马上就要叫他来了，因此不能待在宿舍里，得找个地方去躲一躲。

他很快出了宿舍，来到院子里。

到哪里去呢？现在还没开饭——就是开了饭，他也要等别人吃完以后才去。这期间还有一段时间，反正总得找个去处。

他于是出了南边总务处旁边的一个小门，来到学校围墙外面。他沿着墙根向西面的一个小沟岔走去。

孙少平在这小山沟里消磨了一阵时间，并且还折了一枝发绿的柳枝，做了一只哨子，噙在嘴里吹着——他身上显然还有些孩子气。

他约莫别人已经打完饭后，才又从那个小门进了校园，来到饭场上。他走到馍筐前，看见里面只留了两个黑面馍——这说明郝红梅已经把自己的两个拿走了。

他取了这两个黑馍，向宿舍走去。他想，等他吃完这两个馍，再喝一点开水，就去小学找润叶姐呀；也许那时润叶姐，还没从她二爸家返回学校，但这不要紧，他可以在她门外等一等。

孙少平这样想着，拿着两个黑馍走到了他宿舍的门口。

他在门口一下子愣住了：他看见润叶姐正坐在他宿舍的炕边沿上，望着他发笑——显然在等他回来。

少平一下子连话也说不出来了。倒是润叶姐走上前来，仍然笑着说："我让润生叫你到我二爸家去，你怎不来呢？"

"我……"他不知说什么才对。

润叶姐敏捷地一把从他手里夺过那两个黑馍，问："哪个是你的碗？"

他指了指自己的碗。

她把馍放在他碗里，说："走，跟我吃饭去！"

"我……"

润叶已经过来，扯着他的袖口拉他了。

现在没办法拒绝了，少平只好跟着润叶姐起身了。

他一路相跟着和润叶姐进了县革委会的大门。进了大门后，他两只眼睛紧张地扫视着这个神圣的地方。县革委会一层层窑洞沿着一个小斜坡一行行排上去，最上面蹲着一座大礼堂，给人一种非常壮观的景象。在晚上，要是所有的窑洞都亮起灯火，简直就像一座宏伟的大厦。

现在,少平看见最上面一排窑洞的砖墙边上,润生探出半截身子正看着他们往上走。润生抽着纸烟,不老练地弹着烟灰。田福堂的这个宝贝儿子刚一进城,就把干部子弟的派势都学会了。

少平跟润叶进了她二爸家的院子,润生走过来对他说:"我到宿舍找了你两回,你到哪里去了?"

少平有点不好意思,说:"我……去给学校还镢头去了。"他一边撒谎,一边瞥了一眼这家著名人物的院子:一共四孔窑洞,一个不大的独院;墙那边看来还住着另外几家领导,格局和这院子一模一样。院子东边有个小房,旁边垒一堆炭块,显然是厨房。院子西边有个小花坛,一位穿灰毛线衣的人正拿把铁锨翻土。他以为这就是润叶她二爸。仔细一看,是位头发花白的老干部,他并没见过。

他心慌意乱地跟润叶进了边上的一孔窑洞。润生说他要去看电影,和他打了个照面就走了。

润叶让他坐在一个方桌前,接着就出去为他张罗饭去了。

现在他一个人坐在这陌生的地方,心还在咚咚地跳着。两只手似乎没个搁处,只好规规矩矩放在自己的腿膝盖上。还好,这屋子里没人。他环顾四周,发现这窑洞里不盘炕,放着一些箱子、柜子和其他杂物。窑洞不小,留出很大一块空间。这张方桌的四周摆着一圈椅子、凳子,显然是专门吃饭的地方。

正在这时,他听见外面有个女的和润叶说话。听见润叶叫这人二妈,少平便知道这是田主任的爱人——听说她在县医院当大夫,动手术非常能行,老百姓到县医院治病,都抢着找徐大夫。

听见徐大夫声音很大地喊着说:"爸,你怎不穿棉衣?小心感冒!"又听见一个老人瓮声瓮气地回答说:"我不冷……"少平估计这就是他刚才在院子花坛边看见的那个翻土的老头——原来这是田主任的老丈人。

不一会儿,润叶便端着一个大红油漆盘子进来了。

他赶忙站起来。润叶把盘子放在方桌上,然后把一大碗猪肉烩粉条放在他面前,接着又把一盘雪白的馒头也放在了桌子上。她亲切地用手碰了碰他的胳膊,说:"快坐下吃!我们已经吃过了,你吃你的,我出去刷一下碗筷。不要怕,好好吃,我知道你在学校吃不好……"她拿着木盘出去了。

孙少平的喉咽骨剧烈地耸动起来。肉菜和白馍的香味使他有些眩晕。

他坐下来,拿起筷子,先长长地吐了一口气。他什么也不想了,闷着头大口大口地吃起来。感谢润叶姐把他一个人留在这里,否则他吃这顿好饭会有多别扭!

他把一大碗猪肉粉条刨了个净光,而且还吞咽了五个馒头。他本来还可以吃两个馒头,但克制住了——这已经吃得不像话了!

他放下碗筷,感到肚子隐隐地有些不舒服。他吃得太多太快了;他那消化高粱面馍的胃口,经不住这种意外的宠爱。

项目三 引人入胜——小说欣赏

他从凳子上立起身来,在地上走了两步。这时,润叶姐进来了,她后边还跟进来一个姑娘,对他笑了笑。

润叶姐对他说:"这是晓霞,我二爸的女子。你不认识?她也是才上高中的。"

"你和润生是一个班的吧?"田晓霞大方地问他。

"嗯……"少平一下子感到脸像炭火一般发烫。他首先意识到的是他的一身烂脏衣服。他站在这个又洋又俊、穿戴漂亮的女同学面前,觉得自己就像一个叫花子到她家门上讨吃来了。

润叶收拾他的碗筷,晓霞热情地给他泡茶。

晓霞把茶杯放在他面前,说:"咱们是一个村的老乡!你以后没事就到我们家来玩。我长了17岁,还没回过咱村呢!什么时间我跟你和润生一起回一次咱们双水村……我是高一(2)班的,听润生说过咱村还来了两个同学,都分在高一(1)班了,也没去认识你们。你看,我这个老乡真是太不像话了!"

晓霞用一口标准的普通话连笑带说。她的性格很开朗,一看就知道人家是见过大世面的人!少平同时发现,田晓霞外面的衫子竟然像男生一样披着,这使他感到无比惊讶。

他立在脚地上,仍然紧张得火烧火燎。等润叶把他的碗筷送到厨房重新返回来的时候,他赶快对她说:"姐,没什么事我就走呀……"

润叶大概也看出了他的窘迫,笑着说:"我还没跟你说话呢!"

少平这才想起,润叶姐不光是叫他来吃饭的,她还有事要给他说哩!

润叶姐看来很理解他的难处,马上又说:"那好,我去送送你,咱们路上再说。"

"喝点水再走吧!"晓霞把水杯往他面前挪了挪。

"我不渴!"他像农民一样笨拙地说。

晓霞露出两排白牙齿笑了,说:"那我这杯水算是给你白倒了!"

少平立刻意识到这是一句略带揶揄意味的玩笑话。这种玩笑话实际上是一种亲切的表示。不过,这却使他更拘束了,竟然满脸通红,无言对答。

晓霞看他这样难为情,赶忙笑着给他点了点头,就出去了。

他于是就和润叶姐相跟着起身回学校去。

当他们走到县革委会大门口的时候,迎面碰上了回家的田主任。少平认识润叶她二爸——他有时路过常回村子里来。

"你还没吃饭哩?"润叶问她二爸。

"刚开完会……"这位县领导五官很像他哥田福堂,只是头发背梳着,脸面也比他哥和善多了。

"这是谁家的娃娃?"田主任指着他问润叶。

"这就是咱村少安他弟弟嘛!也是今年才上的高中……"润叶说。

"噢……孙玉厚的二小子!都长这么大了。和你爸一样,大个子!……是不是和晓霞一个班？"他扭头问润叶。

"和晓霞不一个班，和润生是一个班。"润叶回答他。

"咱村里还有谁家的娃娃来上高中了？"田主任又问少平。

少平拘束地抠着手指头，说："还有金波。"

"金波？他的娃娃……"

少平头"轰"地响了一声，知道他回答问题不准确。

润叶嘿嘿笑了，赶忙对二爸说："金波是金俊海的小子。"

田主任也笑了，说："噢噢，俊海在地区运输公司开车……天这么黑了，到家里吃饭去嘛！"他招呼少平说。

润叶说："已经吃过了。我去送送他！"

"那好。常来啊……"田主任竟然伸出了手要和少平握手。

少平慌得赶紧把手伸了出去。田主任握了握他的手，笑着点点头，就背抄起胳膊转身回家去了。

少平在衣服襟子上把右手冒出的汗水揩了揩，就跟润叶来到通往中学的石坡路上。

走了一段路以后，润叶突然问他："你这个星期六回不回家去？"

"回。"他回答说。

"你回去以后，给你哥说，让他最近抽个空，到我这里来一下……"她说话的时候，也不看他，头低着，用脚把一颗碎石块踢得老远。

少平一时想不开她叫他哥来做什么。既然润叶姐不明说，他也不好问。他只是随便说："家里一烂包，怕他抽不开身……"

"不管怎样，无论如何叫他最近来一次！一定把这话给他捎到！叫他到城里后，直接到小学来找我！"她态度坚决地对他说。

少平知道，他哥看来非来不行了，就认真地对润叶姐说："我一定把你的话捎给他！"

"这就好……"她亲切地看了他一眼。

天开始模模糊糊地黑起来了。城市的四面八方，灯火已经闪闪烁烁。风温和地抚摸着人的脸颊。隐隐地可以嗅到一种泥土和青草芽的新鲜味道。多么好呀，春夜！

现在，润叶姐把他送到了学校的大门口。她站定，说："你快回去……"说完这话后，便从自己的衣袋里摸出个什么东西，一把塞进他的衣袋，旋即就转过身走了。走了几步她才又回过头说："那点粮票你去换点细粮吧……"

少平还没有反应过来这是怎么一回事，润叶姐就已经消失在坡下的拐弯处了。

他呆呆地立在黑暗中，把手伸进自己的衣袋，紧紧地捏住了那个小纸包。他鼻子一酸，眼睛顿时被泪水模糊了……

（选自《平凡的世界》，北京十月文艺出版社，2017）

融会贯通

《平凡的世界》讴歌了普通劳动者，在展现普通劳动者的艰难境遇的同时，极力书写了他们纯洁、善良的美好心灵与坚韧不拔的奋斗精神。本文节选了孙少平应邀到田润叶的二爸家做客的片段。作者通过对人物日常举动的描写，把一个自卑、上进的求学少年形象和一个具有金子般心灵的少女形象呈现在读者面前。

学以致用

《平凡的世界》中的主人公孙少安、孙少平都是普通的青年，但他们自强不息，依靠自己的顽强毅力与命运抗争，追求自我的道德完善。这种精神正是对中华民族自强不息、厚德载物精神的传承。这部小说对奋斗者而言，无疑具有启示意义。组织小组讨论会，说说这部小说对自己的影响。

模块三　欣赏外国小说

一、外国小说的发展历程

在西方文学百花园中，小说是在诗歌、戏剧两种文学体裁出现很久之后才出现的。外国小说发端于文艺复兴时期的人文主义小说。

（一）人文主义小说

文艺复兴时期涌现了一批人文主义小说，具有代表性的有意大利作家薄伽丘的《十日谈》、法国作家拉伯雷的《巨人传》、西班牙作家塞万提斯的《堂吉诃德》。《十日谈》从现实生活中取材，将许多小故事镶嵌在几对男女逃难的大故事之中。每一故事既独立成篇，又构成统一的整体。《巨人传》通过塑造巨人形象，肯定了人自身的价值，否定了宗教神学理论。《堂吉诃德》讲述了堂吉诃德的游侠史，情节荒诞，既发人深思，又引人发笑。

（二）启蒙小说

18世纪的启蒙运动是文艺复兴运动的延续，其特征是代表人物具有强烈的批判精神。因此，18世纪的启蒙小说具有较强的思辨性和哲理性。代表作家有笛福、理查逊、菲尔丁、歌德等。

笛福是英国小说家，他的代表作《鲁滨孙漂流记》讲述了出身中产阶级家庭的鲁滨孙在流落荒岛后，充分发挥自己的聪明才智，依靠自己的双手，开创了一片新天地的故事。

理查逊是英国书信体小说家，他以日常生活中的婚姻、道德问题为题材，集中写一件事的始末，表现人物的情感和心理，其代表作是《帕梅拉》。

菲尔丁是英国小说家、剧作家。他的代表作《汤姆·琼斯》通过叙述弃婴汤姆与乡绅女儿苏菲亚的恋爱故事，形象地再现了18世纪中叶英国的社会生活，成功地塑造了各个阶层的典型人物，批判了以门第、金钱为条件的婚姻。

歌德是德国诗人、作家。他的书信体小说《少年维特之烦恼》叙述了维特自杀前的生活经历和感受，表现了当时德国青年的觉醒意识和不满情绪，又反映了他们的软弱性和妥协性。

（三）浪漫主义小说

19世纪初期，浪漫主义小说在国外盛行，其特点是情节曲折离奇，人物性格不同凡响，主观情绪浓烈，代表作是雨果的《巴黎圣母院》。雨果是法国浪漫主义文学思潮的领袖，他的《巴黎圣母院》以15世纪的巴黎社会生活为题材，围绕巴黎圣母院副主教克洛德、敲钟人加西莫多、吉卜赛少女爱斯梅拉尔德三个主要人物展开，情节紧张，充满了巧合和对比，如加西莫多长得奇丑却心地善良。

此外，英国作家司各特的浪漫主义历史小说和法国作家大仲马的浪漫主义通俗小说也引人注目。司各特的代表作是《艾凡赫》，大仲马的代表作有《三个火枪手》《基督山伯爵》《玛尔戈王后》等。

（四）现实主义小说

19世纪中期，现实主义小说蓬勃发展，其通过描写现实生活中的人与环境，批判封建阶级、资产阶级的恶行败德，鞭笞社会与时代的黑暗。代表作家有巴尔扎克、狄更斯、列夫·托尔斯泰、莫泊桑等。巴尔扎克是法国小说家，他的代表作有《高老头》《欧也妮·葛朗台》《舒昂党人》等。狄更斯是英国小说家，他的小说以宏大的叙事方式，绘制了英国资本主义的社会画卷，代表作有《大卫·科波菲尔》《双城记》《艰难时世》等。列夫·托尔斯泰是俄国小说家，他的代表作有《战争与和平》《安娜·卡列尼娜》《复活》。莫泊桑是法国小说家，代表作有《羊脂球》《漂亮朋友》《菲菲小姐》等。

（五）现代主义小说

20世纪现代主义小说包括未来主义小说、超现实主义小说、意识流小说等，内容大多表现人们精神上的空虚、孤独、悲哀、绝望。比较著名的现代主义小说家有卡夫卡、乔伊斯、海明威等。卡夫卡是奥地利作家，代表作有《变形记》《在流放地》《饥饿艺术家》等。乔伊斯是爱尔兰作家，代表作有《尤利西斯》《芬尼根们的觉醒》等。海明威是美国作家，代表作有《老人与海》《丧钟为谁而鸣》《渡河入林》等。

二、外国小说的特点

在起源上，外国小说源于古希腊的神话和史诗，其发展历程为神话传说—史诗—骑士传奇—小说。

在人物塑造上，外国小说经历了从注重肖像描写到淡化肖像描写的过程，通常注重对心理活动的刻画，强调挖掘人物内心的潜意识，善于表现丰满、多变、主体感强的人物性格，并通过突出人物内心的挣扎来决定故事的最终走向。

在情节描写上，外国小说的故事性要低一些。在环境描写上，外国小说的典型人物总是能与典型环境融合。例如，在《呼啸山庄》中阴森的环境与古怪可怖的人物性格就有很重要的联系。

在小说主题上，外国小说的主题非常复杂，包括歌颂英雄主义、个人主义，反映个人的冒险、追求、心灵历程，以及个人所带给社会的影响等。总的来说，外国小说的思想解放程度较高。

三、《项链》（莫泊桑）

作品渊源

莫泊桑（1850—1893），一生创作近300篇短篇小说和6部长篇小说。短篇小说《羊脂球》《菲菲小姐》等，揭露了资产阶级的怯懦无耻；《一个女长工的故事》《归来》等，表达了对劳动人民悲惨遭遇的同情。

文以载道

她也是一个美丽动人的姑娘，好像由于命运的差错，生在一个小职员的家里。她没有陪嫁的资产，也没有什么法子让一个有钱的体面人认识她，了解她，爱她，娶她，最后只得跟教育部的一个小书记[1]结了婚。

她不能够讲究打扮，只好穿得朴朴素素，但是她觉得很不幸，好像这降低了她的身份似的。因为在妇女看来，美丽、丰韵、娇媚，就是她们的出身；天生的聪明、优美的资质、温柔的性情，就是她们唯一的资格。

她觉得她生来就是为着过高雅和奢华的生活的，因此她不断地感到痛苦。住宅的寒伧[2]、墙壁的黯淡、家具的破旧、衣料的粗陋，都使她苦恼。这些东西，在别的跟她一样地位的妇人，也许不会挂在心上，然而她却因此痛苦，因此伤心。她看着那个替她做琐碎家事的勃雷大涅省[3]的小女仆，心里就引起悲哀的感慨和狂乱的梦想。她梦想那些幽静的厅堂，那里装饰着东方的帷幕，点着高脚的青铜灯，还有两个穿短裤的仆人，躺在宽大的椅子里，被暖炉的热气烘得打盹儿；她梦想那些宽敞的客厅，那里张挂着古式的壁衣[4]，陈设着精巧的木器、珍奇的古玩；她梦想那些华美的香气扑鼻的小客室，在那里，下午五点钟的时候，她跟最亲密的男朋友闲谈，或者跟那些一般女人所最仰慕、最乐于结识的男子闲谈。

每当她在铺着一块三天没洗的桌布的圆桌边坐下来吃晚饭的时候，对面，她的丈夫揭开汤锅的盖子，带着惊喜的神气说："啊！好香的肉汤！再没有比这更好的了！……"这时候，她就梦想到那些精美的晚餐、亮晶晶的银器；梦想到那些挂在墙上的壁衣，上面绣着古装人物、仙境般的园林、奇异的禽鸟；梦想到盛在名贵的盘碟里的佳肴；梦想到一边吃着粉红色的鲈鱼[5]或者松鸡[6]翅膀，一边带着迷人的微笑听客人密谈。

她没有漂亮服装，没有珠宝，什么也没有。然而她偏偏只喜爱这些，她觉得自己生在世上就是为了这些。她一向就向往着得人欢心，被人艳羡，具有诱惑力而被人追求。

她有一个有钱的女朋友[7]，是教会女校的同学，可是她再也不想去看望她了，因为看望回来就会感到十分痛苦。由于伤心、悔恨、失望、困苦，她常常整日地哭好几天。

然而，有一天傍晚，她丈夫得意扬扬地回家来，手里拿着一个大信封。

"看呀，"他说，"这里有点东西给你。"

她高高兴兴地拆开信封，抽出一张请柬，上面印着这些字：

"教育部部长乔治·郎伯诺及夫人，恭请路瓦栽先生与夫人于一月十八日（星期一）光临教育部礼堂，参加晚会。"

她不像她丈夫预料的那样高兴，她懊恼地把请柬丢在桌上，咕哝着：

"你叫我拿着这东西怎么办呢？"

"但是，亲爱的，我原以为你一定很喜欢的。你从来不出门，这是一个机会，这个，一个好机会！我费了多大力气才弄到手。大家都希望得到，可是很难得到，一向很少发给职员。你在那儿可以看见所有的官员。"

她用恼怒的眼睛瞧着他，不耐烦地大声说：

"你打算让我穿什么去呢？"

他没有料到这个，结结巴巴地说：

"你上戏园子穿的那件衣裳，我觉得就很好，依我……"

他住了口，惊惶失措，因为看见妻子哭起来了，两颗大大的泪珠慢慢地顺着眼角流到嘴角来了。他吃吃地说：

"你怎么了？你怎么了？"

她费了很大的力，才抑制住悲痛，擦干她那润湿的两腮，用平静的声音回答：

"没有什么。只是，没有件像样的衣服，我不能去参加这个晚会。你的同事，谁的妻子打扮得比我好，就把这请柬送给谁去吧。"

他难受了，接着说：

"好吧，玛蒂尔德[8]。做一身合适的衣服，你在别的场合也能穿，很朴素的，得多少钱呢？"

她想了几秒钟，合计出一个数目，考虑到这个数目可以提出来，不会招致这个俭省的书记立刻的拒绝和惊骇的叫声。

末了，她迟疑地答道：

"准数呢，我不知道，不过我想，有四百法郎就可以办到。"

他脸色有点发白了。他恰好存着这么一笔款子，预备买一杆猎枪，好在夏季的星期天，跟几个朋友到南代尔平原去打云雀。

然而他说：

"就这样吧，我给你四百法郎。不过你得把这件长衣裙做得好看些。"

晚会的日子近了，但是路瓦栽夫人显得郁闷、不安、忧愁。她的衣服却做好了。她丈夫有一天晚上对她说：

"你怎么了？看看，这三天来你非常奇怪。"

她回答说：

"叫我发愁的是一粒珍珠、一块宝石都没有，没有什么戴的。我处处带着穷酸气，很不想去参加这个晚会。"

他说：

"戴上几朵鲜花吧。在这个季节里，这是很时新的。花十个法郎，就能买两三朵别致的玫瑰。"

她还是不依。

"不成……在阔太太中间露穷酸相，再难堪也没有了。"

她丈夫大声说：

"你多么傻呀！去找你的朋友佛来思节夫人，向她借几样珠宝。你跟她很有交情，这点事蛮可以办到。"

她发出惊喜的叫声。

"真的！我倒没想到这个。"

第二天，她到她的朋友家里，说起自己的烦闷。

佛来思节夫人走近她那个镶着镜子的衣柜，取出一个大匣子，拿过来打开了，对路瓦栽夫人说：

"挑吧，亲爱的。"

她先看了几副镯子，又看了一挂珍珠项链，随后又看了一个威尼斯式的镶着宝石的金十字架，做工非常精巧。她在镜子前边试这些首饰，犹豫不决，不知道该拿起哪件，放下哪件。她不断地问着：

"再没有别的了吗？"

"还有呢。你自己找吧，我不知道哪样合你的意。"

忽然她在一个青缎子盒子里发现一挂精美的钻石项链，她高兴得心也跳起来了。她双手拿着那项链发抖。她把项链绕着脖子挂在她那长长的高领上，站在镜前对着自己的影子出神好半天。

随后，她迟疑而焦急地问：

"你能借给我这件吗？我只借这一件。"

"当然可以。"

她跳起来，搂住朋友的脖子，狂热地亲她，接着就带着这件宝物跑了。

晚会的日子到了，路瓦栽夫人得到成功。她比所有的女宾都漂亮、高雅、迷人，她满脸笑容，兴高采烈。所有的男宾都注视她，打听她的姓名，求人给介绍；部里机要处的人员都想跟她跳舞，部长也注意她了。

她狂热地兴奋地跳舞，沉迷在欢乐里，什么都不想了。她陶醉于自己的美貌胜过一切女宾，陶醉于成功的光荣，陶醉在人们对她的赞美和羡妒所形成的幸福的云雾里，陶醉在妇女们所认为最美满、最甜蜜的胜利里。

她是早晨四点钟光景离开的。她丈夫从半夜起就跟三个男宾在一间清冷的小客室里睡着了。那时候，这三个男宾的妻子也正舞得快活。

她丈夫把那件从家里带来预备给她临走时候加穿的衣服披在她的肩膀上。这是件朴素的家常衣服，这件衣服的寒伧味儿跟舞会上的衣服的豪华气派很不相称。她感觉到这一点，为了避免那些穿着珍贵皮衣的女人看见，想赶快逃走。

路瓦栽把她拉住，说：

"等一等，你到外边要着凉的。我去叫一辆马车来。"

但是她一点也不听，赶忙走下台阶。他们到了街上，一辆车也没看见，他们到处找，远远地看见车夫就喊。

他们在失望中顺着塞纳河[9]走去，冷得发抖，终于在河岸上找着一辆拉晚儿的破马车。这种车，巴黎只有夜间才看得见；白天，它们好像自惭形秽[10]，不出来。

车把他们一直拉到马丁街寓所门口，他们惆怅地进了门。在她，一件大事算是完了。她丈夫呢，就想着十点钟得到部里去。

她脱下披在肩膀上的衣服，站在镜子前边，为的是趁这荣耀的打扮还在身上，再端详一下自己。但是，她猛然喊了一声。脖子上的钻石项链没有了。

她丈夫已经脱了一半衣服，就问：

"什么事情？"

她吓昏了，转身向着他说：

"我……我……我丢了佛来思节夫人的项链了。"

他惊慌失措地直起身子，说：

"什么！……怎么啦！……哪儿会有这样的事！"

他们在长衣裙褶里、大衣褶里寻找，在所有口袋里寻找，竟没有找到。

他问：

"你确实相信离开舞会的时候它还在吗？"

"是的，在教育部走廊上我还摸过它呢。"

"但是，如果是在街上丢的，我们总听得见声响。一定是丢在车里了。"

"是的，很可能。你记得车的号码吗？"

"不记得。你呢，你没注意吗？"

"没有。"

他们惊惶地面面相觑。末后，路瓦栽重新穿好衣服。

"我去，"他说，"把我们走过的路再走一遍，看看会不会找着。"

他出去了。她穿着那件参加舞会的衣服，连上床睡觉的力气也没有，只是倒在一把椅子里发呆，精神一点也提不起来，什么也不想。

七点钟光景，她丈夫回来了。什么也没找着。

后来，他到警察厅去，到各报馆去，悬赏招寻，也到所有车行去找。总之，凡有一线希望的地方，他都去过了。

她面对着这不幸的灾祸，整天等候着，整天在惊恐的状态里。

晚上，路瓦栽带着瘦削苍白的脸回来了，一无所得。

"应该给你的朋友写信，"他说，"说你把项链的搭钩[11]弄坏了，正在修理。这样，我们才有周转的时间。"

她照他说的写了封信。

过了一个星期，他们所有的希望都断绝了。

路瓦栽好像老了五年，他决然说：

"应该想法赔偿这件首饰了。"

第二天，他们拿了盛项链的盒子，照着盒子上的招牌字号找到那家珠宝店。老板查看了许多账簿，说：

"太太，这挂项链不是我卖出的；我只卖出这个盒子。"

于是他们就从这家珠宝店到那家珠宝店，凭着记忆去找一挂同样的项链。两个人都愁苦不堪，快病倒了。

在皇宫街一家铺子里，他们看见一挂钻石项链，正跟他们找的那一挂一样，标价四万法郎。老板让了价，只要三万六千法郎。

他们恳求老板，三天以内不要卖出去。他们又订了约，如果原来那一挂在二月底以前找着，那么老板可以拿三万四千法郎收回这一挂。

路瓦栽现有父亲遗留给他的一万八千法郎。其余的，他得去借。

他开始借钱了。向这个借一千法郎，向那个借五百法郎，从这儿借五个路易，从那儿借三个路易。他签了好些债券，订了好些使他破产的契约。他跟许多放高利贷的人和各种不同国籍的放债人打交道。他顾不得后半世的生活了，冒险到处签着名，却不知道能保持信用不能。未来的苦恼、将要压在身上的残酷的贫困、肉体的苦楚、精神的折磨，在这一切的威胁之下，他把三万六千法郎放在商店的柜台上，取来那挂新的项链。

路瓦栽夫人送还项链的时候，佛来思节夫人带着一种不满意的神情对她说：

"你应当早一点还我，也许我早就要用它了。"

佛来思节夫人没有打开盒子。她的朋友正担心她打开盒子。如果她发觉是件代替品，她会怎样想呢？会怎样说呢？她不会把她的朋友当作一个贼吗？

路瓦栽夫人懂得穷人的艰难生活了。她一下子显出了英雄气概，毅然决然打定了主意。她要偿还这笔可怕的债务。她便设法偿还。她辞退了女仆，迁移了住所，租赁了一个小阁楼住下。

她懂得家里的一切粗笨活儿和厨房里的讨厌的杂事了。她刷洗杯盘碗碟，在那油腻的盆沿上和锅底上磨粗了她那粉嫩的手指。她用肥皂洗衬衣，洗抹布，晾在绳子上。每天早晨，她把垃圾从楼上提到街上，再把水从楼下提到楼上，走上一层楼，就站住喘气。她穿得像一个穷苦的女人，胳膊上挎着篮子，到水果店里、杂货店里、肉铺里，争价钱、受嘲骂，一个铜子一个铜子地节省她那艰难的钱。

月月都得还一批旧债，借一些新债，这样来延缓清偿的时日。

她丈夫一到晚上就给一个商人誊写账目，常常到了深夜还在抄写五个铜子一页的书稿。

这样的生活继续了十年。

第十年年底，债都还清了，连那高额的利息和利上加利滚成的数目都还清了。

路瓦栽夫人现在显得老了。她成了一个穷苦人家的粗壮耐劳的妇女了。她胡乱地挽着头发，歪斜地系着裙子，露着一双通红的手，高声大气地说着话，用大桶的水刷洗地板。但是有时候，她丈夫办公去了，她一个人坐在窗前，就回想起当年那个舞会来，那个晚上，她多么美丽，多么使人倾倒啊！

要是那时候没有丢掉那挂项链，她现在是怎样一个境况呢？谁知道呢？谁知道呢！人生是多么奇怪，多么变幻无常啊，极细小的一件事可以败坏你，也可以成全你！

有一个星期天，她到极乐公园去走走，舒散一星期来的疲劳。这时候，她忽然看见一个妇人领着一个孩子在散步。原来就是佛来思节夫人，她依旧年轻，依旧美丽动人。

路瓦栽夫人无限感慨。她要上前去跟佛来思节夫人说话吗？当然，一定得去。而且现在她把债都还清，她完全可以告诉她了。为什么不呢？

她走上前去。

"你好，珍妮[12]。"

那一个竟一点也不认识她了。一个平民妇人这样亲昵地叫她，她非常惊讶。她磕磕巴巴地说：

"可是……太太……我不知道……你一定是认错了。"

"没有错。我是玛蒂尔德·路瓦栽。"

她的朋友叫了一声：

"啊！……我可怜的玛蒂尔德，你怎么变成这样了！……"

"是的，多年不见面了，这些年来我忍受着许多苦楚，……而且都是因为你！……"

"因为我？……这是怎么讲的？"

"你一定记得你借给我的那挂项链吧，我戴了去参加教育部晚会的那挂。"

"记得。怎么样呢？"

"怎么样？我把它丢了。"

"哪儿的话！你已经还给我了。"

"我还给你的是另一挂，跟你那挂完全相同。你瞧，我们花了十年工夫，才付清它的代价。你知道，对于我们这样什么也没有的人，这可不是容易的啊！……不过事情到底了结了，我倒很高兴了。"

佛来思节夫人停下脚步，说：

"你是说你买了一挂钻石项链赔我吗？"

"对呀。你当时没有看出来？简直是一模一样的啊。"

于是她带着天真的得意的神情笑了。

佛来思节夫人感动极了，抓住她的双手，说：

"唉！我可怜的玛蒂尔德！可是我那一挂是假的，至多值五百法郎！……"

（选自《莫泊桑短篇小说选》，人民文学出版社，2002）

注释

[1] 书记：旧时在机关里做抄写工作的职员。[2] 寒伧（hán chen）：同"寒碜"，丢脸、不体面。[3] 勃雷大涅省：法国西部靠海的一个省区。雇佣这个地方的人，工资比较低。[4] 壁衣：装饰墙壁的织物。[5] 鲈鱼：一种嘴大鳞细的鱼，肉味鲜美。[6] 松鸡：一种山鸡，脚上长满羽毛，背部有白、黄、褐、黑等杂色的斑纹，生长在寒冷地带的森林

中,肉味鲜美。[7] 一个有钱的女朋友:指下文的佛来思节夫人。[8] 玛蒂尔德:路瓦栽夫人的名字。[9] 塞纳河:法国西北部的一条河,流经巴黎,把巴黎分为河南、河北两部分。[10] 自惭形秽(huì):看到自己不如别人而感到羞愧。形秽,形态丑陋,引申为感到自身的缺点或不足。[11] 搭钩:这里指项链两头连接的钩子。[12] 珍妮:佛来思节夫人的名字。

融会贯通

莫泊桑的这篇《项链》情节波澜起伏,引人入胜,故事情节巧妙真实,结局出人意料,又在情理之中。故事以项链为线索,通过借项链、丢项链、还项链的情节,自然地带领读者走进女主人公玛蒂尔德的生活及其内心世界,使读者深刻领略小人物在当时的社会中无法决定自身命运的悲剧现实。

学以致用

以小组为单位,分工合作,将《项链》中的某一段改编为课本剧,并进行演绎。要求语言生动,肢体语言丰富,突出人物的性格特征,由老师评价各小组的表现。

四、《老人与海》(海明威)

作品渊源

海明威(1899—1961),美国作家,获1954年诺贝尔文学奖,代表作有《老人与海》《丧钟为谁而鸣》《渡河入林》等。

《老人与海》叙述了一个老渔夫与鲨鱼搏斗的故事。老渔夫多天未捕到鱼,同行都远离他,崇敬他的孩子也离开了他。他独自一人乘船出海,到很远的地方,捕捉到一条比小船还长的大马林鱼。老渔夫被大马林鱼拖了两天两夜,累得精疲力竭,两手血肉模糊。在归途中,大马林鱼被成群的鲨鱼轮番侵食。当老渔夫回港上岸时,大马林鱼只剩下了一副骨头。本文节选的是在归途中老人与鲨鱼搏斗的片段。

文以载道

"天就要黑了,"他自言自语道,"到时候我就能看见哈瓦那的灯光了。要是朝东走得太远,就能看见一片新开辟的海滩上的灯光。"

现在离陆地不会太远了,他想。但愿没人太为我担心。当然啦,只有那男孩会担心。不过,我相信他会对我有信心。好多上了岁数的渔夫也会为我担心,还有不少别的人也会的,他想。我住在一个人心善良的镇子里啊。

他没法再跟鱼说话了,因为鱼已经破损得不成样子。接着他又想起了什么。

"半条鱼,"他说,"你原来是一整条。很抱歉,我出海太远了。我把咱们俩都毁了。

不过，咱们杀死了好多条鲨鱼呢，你和我一起，还打垮了好多条。你杀死过多少啊，鱼老弟？你头上的长矛可不是白长的啊。"

他喜欢想这条鱼，想着它如果能自由游弋，会怎样对付一条鲨鱼。我应该砍下鱼嘴，用来跟鲨鱼搏斗，他想。但我没有斧头，后来连刀也没有了。

不过，我要是砍下了鱼嘴，就能把它绑在桨柄上，那该是多好的武器啊。这样我们也许就能一块儿跟它们斗了。要是夜里来了鲨鱼，该怎么办？能有什么办法？

"跟它们斗，"他说，"我要跟它们一直斗到死。"

可是，现在一片漆黑，不见光亮，也没有灯火，只有风在吹，船帆稳稳地把小船拖向前去，他觉得说不定自己已经死了。他把双手合在一起，手掌相互摩挲着。这双手没有死，只要一张一合，就能感到活生生的疼痛。他的后背靠在船尾，他知道自己没有死，这是他的肩膀感觉到的。

我许过愿，如果逮住了这条鱼，要念那么多遍祈祷文，他想。可我现在太累了，没法念。我还是把麻袋拿来披在肩上吧。

他躺在船尾掌着舵，等待天空出现亮光。我还有半条鱼，他想。也许我走运，能把前半条带回去呢。我总该有点儿运气吧。不会的，他说，你出海太远了，你的好运气都给毁了。

"别犯傻了，"他大声说，"还是清醒着点儿，掌好舵吧。兴许你还能交上好大的运气呢。"

"要是有地方卖的话，我倒想买些运气。"他说。

我能拿什么来买呢？他问自己。用一支搞丢了的鱼叉、一把折断的刀子，还有一双损坏的手能买来吗？

"也许你能行，"他说，"你试着用连续出海八十四天换来好运气，人家差一点儿就卖给你了。"

绝对不能胡思乱想，他暗自琢磨。好运这玩意儿，出现的形式多种多样，谁能认得准啊？可不管是什么样的好运，不管付出什么代价，我都想要一点儿。但愿我能看到灯火的亮光，他想。我希望得到的东西太多了，眼下只希求一样。他尽量坐得舒服些掌着舵，知道自己没有死，因为身上还在疼。

他看见城市灯光的倒影，肯定是在夜里十点钟左右。起初只是依稀可见，就像月亮升起之前的微弱天光。随后，隔着随风力变大而汹涌起来的海洋，那光亮也越来越清晰。他驶进光影里，心想，要不了多久就能到达海流的边缘了。

这下事情就要过去了，他想。不过，它们可能还会来袭击我。一个人在黑暗中手无寸铁，怎么对付它们呢？

这时候，他浑身僵硬、酸痛，在夜晚的寒气里，身上的伤口和所有用力过度的地方都让他感到疼痛。但愿不用再搏斗了，他想，真希望不用再搏斗了。

但是，到了半夜，他又上阵了，而且这次他心里明白，搏斗也是徒劳。鲨鱼成群结队地游了过来,直扑向大鱼,他只能看见鱼鳍在水面上划出的一道道线痕,还有它们身上的磷光。他用棍子朝鲨鱼的头直打过去,听到几张鱼嘴咬咯的声响,还有它们在船底下咬住大鱼,让小船来回摇晃的声音。他只能凭感觉和听觉拼死拼活地一顿棍棒打下去,觉得棍子被什么东西抓住了,就这么丢了武器。

他把舵柄猛地从舵上扭下来,用它乱打乱砍一气,双手紧攥着,一次又一次地猛砸下去。但是此时鲨鱼已经来到了船头,一个接着一个,或者成群扑上来,撕咬下一块块鱼肉,它们转身再来的时候,鱼肉在水面下闪着亮光。

最后,有条鲨鱼朝鱼头扑来,他知道这下子全完了。他抡起舵柄砸向鲨鱼头,正打在它的嘴上,那嘴卡在沉甸甸的鱼头上,撕咬不下。他又接二连三地抡起舵柄。他听见舵柄断了,就用断裂的手柄刺向鲨鱼。他感到手柄刺了进去,知道它很尖利,就接着再刺。鲨鱼松开嘴,翻滚着游走了。这是来犯的鲨鱼群中的最后一条。已经没有什么可让它们吃的了。

老人这时候差点儿喘不过气来,感觉嘴里有股怪味儿,那是一股铜腥味,甜腻腻的,他一时有些害怕,不过那味道并不太重。

他往海里啐了一口,说:"吃吧,加拉诺鲨,做个梦吧,梦见你杀了一个人。"

他知道自己终于被击垮了,无法挽回,他回到船尾,发现舵柄的一头尽管参差不齐,还是能塞进舵孔,让他凑合着掌舵。他把麻袋围在肩膀上,驾着小船起航了。他很轻松地驾着船,没有任何想法和感觉。此时,他已经超脱了一切,只是尽心尽力地把小船驶回家去。夜里,有些鲨鱼来袭击大鱼的残骸,就像人从餐桌上捡面包屑一样。老人毫不理睬,除了掌舵以外,什么都不在意。他只注意到,没有了船边的重负,小船行驶得那么轻快,那么平稳。

船还是好好的,他想。除了船舵,它还算是完好无损。船舵是很容易更换的。

他感觉自己已经到了海流中间,可以看见沿岸的海滩村落里的灯光。他知道现在到了什么地方,回家已经毫不费力了。

不管怎么说,风是我们的朋友,他想。接着他又想,那是有时候。还有大海,海里有我们的朋友,也有我们的敌人。还有床,他想。床是我的朋友。就是床,他想。床是一件很不错的东西。你给打垮了,反倒轻松了,他想。我从来不知道竟会这么轻松。是什么把你给打垮了呢,他想。

"没有什么把我打垮,"他大声说,"都是因为我出海太远了。"

(选自《老人与海》,人民文学出版社,2015)

融会贯通

在物质上,老渔夫不是最后的胜利者,尽管开始他战胜了大马林鱼,但最终大马林鱼还是让鲨鱼吃了,他只带着鱼骨上岸。可是,在精神上,他已经胜利了,因为他始终充满勇气和信心,没有向大海、大马林鱼和鲨鱼妥协。作者以简洁的语言,成功塑造了一个在重压下仍然保持优雅风度、在精神上永远不可战胜的老渔夫形象。

> **学以致用**

外界评价海明威"像冰山一样坚硬挺拔,又像火焰一样激进疯狂"。"一个人可以被毁灭,但是不能被打败",这是海明威对硬汉精神的诠释。海明威的硬汉风格,在他小时候就形成了,并贯穿于他一生的学习、工作与生活。阅读海明威的作品,了解海明威的人生经历,组织"走近海明威"主题班会。

中国科幻小说走向世界

一、情况介绍

改革开放40多年来,中国的现代化建设迅猛发展,中国文化出现了空前繁荣的局面,这使世界范围内出现了重新认识、了解和学习中国文化的热潮。随着大量中国作家的作品被译介到国外,中国文学与世界文学出现了前所未有的频繁互动与交叉影响。

2015年,刘慈欣凭借《三体》获第73届世界科幻大会颁发的雨果奖最佳长篇小说奖。这是亚洲人首次获得科幻文学界的最高奖,也是中国科幻小说走出国门,走向世界的重要一步。

科幻小说的发展与一个国家的科学技术水平密切相关,科幻小说不是传统的文学类别,长久以来处于边缘位置。刘慈欣的《三体》被普遍认为是中国科幻小说的里程碑之作,将中国科幻小说推上了新的高度。在第73届雨果奖的五轮投票中,《三体》始终排在首位。《冰与火之歌》的作者乔治·雷蒙德·理查德·马丁对《三体》赞不绝口:"在雨果奖半个世纪的历史中,很少有非英文原创作品获得提名,中国的作品则是从未有过,《三体》在这方面是一个突破。"

刘慈欣认为,中国科幻小说骨子里融入了中国文化和中国特色。例如,在《乡村教师》中,他借助外星人探测地球文明的视角,歌颂了一位坚守在中国乡村,耗尽生命教书育人的老师。又如,在《朝闻道》中,科学家们为了获得宇宙终极答案不惜牺牲性命。这些行为,正是《论语》里中国传统知识分子"朝闻道,夕死可矣"精神的重新演绎。

二、分组讨论

分组讨论以下两个问题,要求对问题进行深度分析,从而得出有说服力的结论。

问题一:刘慈欣的人生与他的作品一样传奇。作为一名电厂的计算机工程师,工作之余,他畅想宇宙的浩渺与人类文明的未来,写下了一部部科幻小说。这也反映了改革开放以后中国文坛的一种现象,即越来越多的非文学专业的作家声名鹊起,如韩松、二月河、当年明月等。你如何看待这种现象?

问题二:继《甄嬛传》推出美国版、《步步惊心》红遍韩国之后,近来中国网络小说在国外又"火"了,外国人看中国小说看得津津有味。你如何看待这种现象?

三、感想感言

【闯关答题】

1. 单项选择题

(1) 小说的三要素不包括（　）。

　　A．人物　　　　　　　　　B．环境
　　C．故事情节　　　　　　　D．作者

(2) 比短篇小说篇幅更短小的小说是（　）。

　　A．长篇小说　　　　　　　B．中篇小说
　　C．小小说　　　　　　　　D．类型小说

(3) 小说欣赏技巧不包括（　）。

　　A．了解小说的写作背景
　　B．了解作者生平及其内心世界
　　C．把握小说的三要素
　　D．把握小说的篇幅

(4) 以下不属于中国古典小说的是（　）。

　　A．《孔乙己》
　　B．《水浒传》
　　C．《错斩崔宁》
　　D．《霍小玉传》

（5）中国四大名著不包括（　　）。

　　A．《三国演义》

　　B．《水浒传》

　　C．《红楼梦》

　　D．《儒林外史》

（6）20世纪初期，（　　）发起"小说界革命"，提出"今日欲改良群治，必自小说界革命始，欲新民，必自新小说始"的口号。

　　A．鲁迅

　　B．鲁彦

　　C．梁启超

　　D．郁达夫

（7）外国小说的类别不包括（　　）。

　　A．人文主义小说

　　B．超现实主义小说

　　C．现实主义小说

　　D．浪漫主义小说

2．填空题

（1）魏晋南北朝时期的小说大体可分为两类：一类是讲述鬼神故事的_____；一类是记录人物轶闻琐事的_____。

（2）唐代小说被称为_____。

（3）冯梦龙的"三言"包括_____。凌濛初的"二拍"包括_____。

3．分析题

请理解下列句子，并用自己的话阐述其中的意蕴。

（1）那只大虫又饥又渴，把两只前爪在地上按了一按，往上一扑，从半空中蹿下来。武松吃那一惊，酒都变做冷汗出了。

（2）原来戏上也有好文章。可惜世人只知看戏，未必能领略这其中的趣味。

（3）窃书不能算偷……窃书！……读书人的事，能算偷么？

4．简答题

（1）什么是小说？小说欣赏技巧有哪些？

（2）简述中国古典小说的发展历程，并说出不同历史时期的代表作。

（3）简述中国现当代小说的发展历程，并说出不同时期的代表作。

【学习成果评价】

表 3-1 学习成果评价表

班级		组号		日期		
姓名		学号		指导教师		
学习成果		阅读鉴赏小说，提升综合素质				
评价维度	一级指标	二级指标	评价标准	分值	评分 自评	师评
知识 30%	重难点知识	了解小说的定义、分类和艺术特征	罗列5篇小说，并说出小说的类型	6		
			选定一篇小说，分析小说的艺术特征	6		
		熟悉小说的欣赏技巧	选定一篇古典小说，说说小说的语言特点	6		
			选定一篇古典小说，分析小说中的三要素	6		
		重点把握小说的思想内容	选定一篇现当代小说，结合自己的生活经验和阅读经历分析小说主旨，阐述自己对小说的理解	6		
能力 40%	自主学习能力	梳理能力	梳理我国小说的总体发展进程	4		
			梳理我国重要的小说作家及其代表作	4		
		领悟能力	感受小说对现代生活的意义	4		
	创新能力	创新思维	列举小说中的生活场景	4		
			列举小说中的经典人物	4		
		创新成果	用小说中的话表达自己的感受	4		
	职业迁移能力	小组合作能力	小组完成小说推荐活动	4		
			小组完成趣味小说问答活动	4		
		沟通交流能力	上课积极发言	4		
			主动与同学讨论问题	4		
素质 30%	职业素质	改进意识	勤于思考，善于总结	10		
		团队精神	尊师爱友，团结奋进	10		
		文化自信	自觉弘扬优秀的传统文化	10		
合计				100		
总评	自评（30%）+师评（70%）=			教师（签名）：		

项目四
匠心独运——散文欣赏

学习目标

完成一项学习目标后，请在对应的方框中打钩。

知识目标	☐	了解散文的定义、特点和分类
	☐	熟悉散文的欣赏技巧
	☐	积极思考，快速把握散文的语言风格和思想内容
技能目标	☐	选定一篇古典散文进行欣赏，感受散文中的艺术形象，把握散文的内涵
	☐	选定一篇现代散文进行欣赏，结合自己的生活经验和阅读经历感受散文主旨，加深对散文的理解
素质目标	☐	认识我们引以为豪的文化资源，增强文化自信
	☐	学会在特定环境下对社会热点进行观察和思考

【赏心乐事】

科学家获丰子恺散文奖

2022年11月8日，第四届丰子恺散文奖获奖作品名单揭晓，在8 376篇海内外作家的投稿文章中，中国科学院院士朱永官凭一篇《食物变迁记》荣获丰子恺散文奖。他是所有获奖者中唯一一位科学家。

散文和科学看似毫不相关，实则有许多相似之处。散文以灵活的笔法、浓烈的情味和优美的语言征服了许多读者的心，是最大众化的抒情佳品。而科学揭示真理，以其简单、深刻、普遍的特点，征服人心。

散文和科学都是美丽的，都值得探究和欣赏，而且欣赏者在获得顿悟和突破之后，能感受到两者的美。以散文为例，散文之美首先表现为意境美，作者或借景抒情，或托物言志，或因事明理，达到"意"与"境"的有机统一，从而激发读者的情感共鸣，给人以美的享受；其次表现为情感美，散文如日常谈话般随意自由，是人们最自然的情感寄托，不同时代、不同阶层、不同经历的不同读者都可能从某一角度与作者产生情感共鸣；再次表现为哲思美，散文是体验历程的产物，是纯正思考的结晶，散文之"神"、散文之"魂"就是作者对于人生世相的思考；最后表现为形式美，一篇优秀的散文是一个和谐统一的整体，在布局的开与合、材料的密与疏、文笔的繁与简等关系上能够协调一致。

💡 思考题：

（1）散文和科学有什么共同点？
（2）你会欣赏散文的美吗？

【知识共享】

一、散文的定义和特点

散文有广义和狭义之分。广义的散文泛指那些不讲究骈偶押韵的文体。狭义的散文是除诗歌、小说、戏剧以外的一种文学体裁，专指用凝练、生动、优美的文学语言写成的叙事、记人、状物、写景、喻理的短小精悍的文艺性文体。

散文最突出的特点是"形散而神不散"。"形散"是说散文取材自由，不受时间和空间的限制，表现手法多样。作者可以根据内容自由选用，可以叙述事件的发展，可以描写人物形象，可以托物抒情，可以发表议论。"神不散"主要是从散文的主题方面说的，即散文所要表达的主题明确而集中，无论散文的内容多么广泛，表现手法多么灵活，无不为更好地表达主题服务。

二、散文的分类

根据内容和性质的不同，散文可分为以下几类。

（一）记叙散文

记叙散文是以写人记事为主题的散文。这类散文在对人和事的叙述和描绘中都融入了作者的主观感悟，代表着作者的人生经验、观点。

就写人而言，这类散文往往简单勾勒人物的性格特征，侧重表现人物的基本气质、性格和精神面貌。

就记事而言，这类散文以事件发展为线索，侧重对整个事件或事件片段进行叙述，不要求情节完整或曲折变化，但是一定要流泻一片真心，倾注一段真情。

（二）抒情散文

抒情散文是指以表达作者的感受、抒发作者的思想感情为主题的散文。这类散文有对具体事物的记叙和描绘，但一般没有贯穿全篇的情节。抒情散文的抒情方式大致可分为借景抒情、因物抒情和以事抒情三种。作者或直抒胸臆，或触景生情，即使是描写自然风物，也会赋予深刻的思想感情。

（三）哲理散文

哲理散文是指以发表议论、阐发哲理为主题的散文。这类散文既有生动的形象，又有严密的逻辑；既要以情动人，又要以理服人，将形、情、理融为一体。哲理散文一般十分工整，除了有散文"形散而神不散"的特点外，还具有行文对仗的特点，十分有韵味。

三、散文欣赏技巧

经常读一些好的散文，不仅可以丰富知识、开阔眼界，培养高尚的思想情操，还可以从中学习选材立意、谋篇布局和遣词造句的技巧，提高自己的语言表达能力。散文欣赏一般应注意以下几个方面。

（一）了解作者

散文是作者依据自己的思想和生活创作出来的。即便是同一时代的作者，他们有不同的人生经历、思想历程和艺术道路，他们的作品也就各有特点。进一步说，一个作者一生中的创作是随着他的思想和作品表现手法的发展而变化的，因此，同一作者不同时期的作品在思想性、艺术性上也存在差异。在欣赏一篇散文之前，读者必须了解作者及其所处的时代，了解作者的思想、艺术风格，了解这一时期的社会生活，了解作者在什么背景下创作这篇散文的，等等。

（二）把握立意

立意是指散文的中心、主旨。在欣赏散文时，读者必须梳理作品中的材料，诸如生活画面、场景、人物、时间等，分析材料之间的内在关系，探索作者的情感脉络，进而揣摩作品的立意。需要注意的是，在表达立意方面，记叙散文往往以小见大，阐述经验教训；抒情散文往往通过写景状物来抒发情感，讲究情景交融；哲理散文往往托物言志，多用象征。

（三）善抓文眼

文眼是指表达作者写作意图和文章主旨的词句，是散文主题的凝聚点。例如，柳宗元《捕蛇者说》中的"苛政猛于虎"，杜牧《阿房宫赋》中的"后人哀之而不鉴之，亦使后人而复哀后人也"，都是文眼。抓住文眼，是探索散文主题的直接途径。

（四）纵观全局

与其他文学样式相比，散文表现主题时并不借助完整的情节，也不借助典型的人物形象，而是通过描写事实片段、生动的画面、作者的感想等来表现。在欣赏散文时，读者要从全局着眼，综合分析，不能孤立地从某一个画面、某一段感想来归纳主题。

（五）品味语言

语言美是散文的一大特色。优秀的散文基本都能做到语言精练准确，朴素自然，清新明快，亲切感人。但是不同散文作者的语言风格是不同的，因此，在欣赏散文时，读者要注意品味语言，包括品读语言内涵，体会语言美感，感知语言韵味。

模块一　欣赏中国古典散文

一、中国古典散文的发展历程

在我国古代，散文与韵文、骈文相对，凡不押韵、不重排偶的文章均称为散文，包括经、传、史书等。我国古典散文的发展大致经历了先秦、两汉、唐宋、明清等历史时期。

（一）先秦散文

先秦散文是从甲骨卜辞（刻在甲骨上用于记录、占卜的文字）、易卦驳辞（解释卦相的语句）发展而来的，根据内容和形式的不同，可分为历史散文和诸子散文两大类。历史散文是以历史事件、历史人物为题材的散文，《左传》《国语》《战国策》都是历史散文集。诸子散文是伴随春秋战国百家争鸣局面的出现而产生并发展起来的，带有强烈的政治性、哲理性的论辩性散文，《论语》《孟子》《荀子》《老子》《庄子》《韩非子》《墨子》《吕氏春秋》《孙子兵法》都是诸子散文集。

扫一扫

论语十则

（二）两汉散文

两汉时期是散文蓬勃发展的时期。西汉早期，政论散文蓬勃兴起，内容多为政论和史论，形式为策（对政治上某种情形提出看法，通常献给地位高的人）、疏（对前人的注释做注释）等，特点是思想敏锐、直言时弊、文采飞扬，代表作有贾谊的《过秦论》《治安策》、晁错的《论贵粟疏》。

西汉中期，司马相如的散文比较突出，特点是对仗工整。这一时期成就最高的是司马迁的《史记》。《史记》是我国第一部纪传体通史，开创了以人物为中心的史书编写体例，记载了从黄帝到汉武帝共3 000多年的历史，对后世的散文、小说、戏曲都产生了深远的影响，被鲁迅评价为"史家之绝唱，无韵之《离骚》"。

西汉后期，比较著名的是刘向的散文，其散文叙事简约，议论畅达，风格深沉，对唐宋古文产生了较大的影响。东汉时期比较著名的是班固的《汉书》。

（三）唐宋散文

《师说》朗诵

唐代中期，韩愈提倡古文，反对骈文，提出"文以载道"的口号，发起古文运动。在古文运动的推动下，散文的写法日益繁复，由此产生了不少优秀的山水游记、寓言、传记、杂文等作品。其中，韩愈的《师说》《杂说》《送孟东野序》是议论文中的上乘作品，他的《张中丞传后叙》是记叙名篇，《祭十二郎文》是悼文佳作。柳宗元的《捕蛇者说》《永州八记》以小见大，言近意远。唐代散文家除韩愈、柳宗元外，还有魏徵、王勃、刘禹锡、杜牧、白居易等，他们都有名篇传世。

宋代散文整体成就超过唐代。欧阳修是宋代散文的奠基人，他极力提倡平实朴素的文风，反对险怪奇涩的文风。他的代表作有《醉翁亭记》《泷冈阡表》，其作品语言委婉含蓄，简洁流畅，具有较强的艺术感染力；还有《新五代史·伶官传序》，一唱三叹，颇有特色。"唐宋八大家"（即唐代的韩愈、柳宗元和宋代的苏轼、苏洵、苏辙、欧阳修、王安石、曾巩）中的其他人也都有散文佳作。其中，王安石的代表作有《答司马谏议书》《读孟尝君传》，其作品观点鲜明，言辞犀利，简洁峻切；苏轼的代表作有《赤壁赋》《后赤壁赋》《记承天寺夜游》，其作品挥洒自如，韵味隽永，代表了宋代散文的最高成就。

（四）明清散文

明初的宋濂是"开国文臣之首"，他的传记文具有很强的现实意义，代表作有《秦士录》《王冕传》《李疑传》等。明朝其他散文家还有归有光、张岱、袁宏道等，他们的作品风格多样。其中，归有光的代表作有《项脊轩志》《思子亭记》，其作品语言质朴自然，抒情真切；张岱的代表作有《西湖七月半》《湖心亭看雪》，其作品语言清新，生动传神；袁宏道的代表作有《虎丘记》《初至西湖记》，其作品语言不拘一格，空灵自然。

清代散文流派中最有名的是桐城派，代表人物有方苞、刘大櫆、姚鼐等，他们都是安徽桐城人。桐城派的代表作有方苞的《狱中杂记》《左忠毅公逸事》，姚鼐的《登泰山记》等。清末的康有为、梁启超是政治改良运动的代表人物，也是学术改良派的代表作家。梁启超创作新体散文，直抒己见，畅所欲言，将散文作为政治斗争的有力工具，其代表作为《少年中国说》。

二、《孟子》（节选）

作品渊源

孟子（约前372—前289），名轲，字子舆，邹地（今山东邹城东南）人。孟子是我国古代著名的思想家、政治家、教育家，儒家的重要代表人物。他把孔子"仁"的观念发展为"仁政"学说，被认为是孔子学说的继承者，有"亚圣"之称。

孟子介绍

《孟子》共分为七个部分，每部分又分上、下篇。本文选取了《梁惠王上》《公孙丑下》《尽心下》的部分内容，主要反映了孟子的"仁政"观念，以及他在治国方式、治国重点等方面的见解。

文以载道

【一】

梁惠王曰："寡人愿安[1]承教。"

孟子对曰："杀人以梃[2]与刃，有以异乎？"

曰："无以异也。"

"以刃与政，有以异乎？"

曰："无以异也。"

曰："庖[3]有肥肉，厩[4]有肥马，民有饥色，野有饿莩[5]，此率兽而食人也。兽相食，且人恶之[6]，为民父母，行政不免于率兽而食人，恶[7]在其为民父母也？仲尼曰：'始作俑[8]者，其无后乎？'为其象[9]人而用之也。如之何其使斯民饥而死也！"

——出自《孟子·梁惠王上》（第四节）

【译文】

梁惠王说："我愿意诚心地接受你的指教。"孟子回答说："用棍棒和刀剑杀人，有所不同吗？"梁惠王说："没有什么不同。"孟子说："用刀剑和政治杀人，有所不同吗？"梁惠王说："没有什么不同。"孟子说："自己厨房里有肥肉，圈里有肥马，百姓却面黄肌瘦，野外有饿死的人，这是在率领着野兽而吃人啊！野兽吃野兽，人们还不愿看到，作为民众的父母官实行政治，却不能避免率领野兽而吃人，他们作为父母官的美德在哪里？孔子说：'最初制作偶人来陪葬的人，应当断子绝孙吧！'因为他用模拟人的形体的东西来陪葬。怎么可以使这些百姓被活活饿死呢？"

【二】

曰："有复于王者曰：'吾力足以举百钧[10]，而不足以举一羽；明足以察秋豪之末[11]，而不见舆薪[12]。'则王许[13]之乎？"

曰："否。"

"今恩足以及禽兽，而功不至于百姓者，独何与？然则一羽之不举，为不用力焉；舆薪之不见，为不用明焉；百姓之不见保，为不用恩焉。故王之不王，不为也，非不能也。"

曰："不为者与不能者之形[14]何以异？"

曰："挟太山以超北海[15]，语人曰：'我不能。'是诚不能也。为长者折枝，语人曰：'我不能。'是不为也，非不能也。故王之不王，非挟太山以超北海之类也；王之不王，是折枝之类也。老吾老[16]，以及人之老；幼吾幼[17]，以及人之幼，天下可运于掌[18]。《诗》云：'刑于寡妻[19]，至于兄弟，以御[20]于家邦。'言举斯心加诸彼而已。故推恩足以保四海，不推恩无以保妻子。古之人所以大过人者无他焉，善推其所为而已矣。今恩足以及禽兽，而功不至于百姓者，独何与？权[21]，然后知轻重；度，然后知长短。物皆然，心为甚。王请度之。抑[22]王兴甲兵、危士臣，构怨[23]于诸侯，然后快于心与？"

王曰:"否。吾何快于是?将以求吾所大欲也。"

——出自《孟子·梁惠王上》(第七节)

【译文】

孟子说:"有人告诉您说:'我的力气能举起三千斤,但不能举起一根羽毛。视力能看清秋天动物身上绒毛的末端,却看不见一车柴草。'您相信他的话吗?"宣王说:"不信。"孟子说:"现在您的恩惠能用在禽兽身上,对百姓却不施惠政,到底是为什么呢?这说明一根羽毛举不起来是不用力,一车柴草看不见是不去看,百姓不被保护是不施恩惠。所以您没有靠仁政征服天下,是不做,不是做不到。"宣王说:"不做和做不到的情况有什么不同?"孟子说:"用胳膊夹着泰山跳过渤海,告人说'我做不到',这是真做不到。给年长者按摩四肢,告人说'我做不到',这是不做,不是做不到。所以您没有靠仁政征服天下,不是用胳膊夹着泰山跳过渤海之类的事;您没有靠仁政征服天下,是为长者按摩之类的事情。孝敬自己的长辈,把同样的行为也用到别人的长辈身上;爱护自己的晚辈,把同样的行为也用到别人的晚辈身上。有了这种精神,征服天下的事情就可以像手掌上转小球一样容易。《诗经》上说:'给妻子做出仁义的表率,给兄弟带来好的影响,用这种精神治理国家。'说的就是把这种仁义的精神施加到一切人身上而已。所以广施恩惠可以保护好天下的一切人,不广施恩惠则不能保护好妻子和儿女。古人远超别人的地方,没有别的,就是善于推广他们的仁义行为而已。现在您的恩惠能用在禽兽身上,对百姓却不施惠政,到底是为什么呢?称一下就能知道轻重,量一下就能知道长短,物体都是这样的,心肠更是这样,请您衡量一下自己的心肠。或许您出动军队打仗,让士卒和臣民陷入危险,和诸侯结上仇恨,然后心里就快乐了吗?"宣王说:"不。我怎么会喜欢这样?我是要实现大愿望。"

【三】

孟子曰:"天时不如地利,地利不如人和[24]。三里之城,七里之郭[25],环[26]而攻之而不胜。夫环而攻之,必有得天时者矣;然而不胜者,是天时不如地利也。城非不高也,池[27]非不深也,兵革[28]非不坚利也,米粟非不多也,委[29]而去之,是地利不如人和也。故曰:域[30]民不以封疆之界,固国不以山溪之险,威天下不以兵革之利。得道者多助,失道者寡助。寡助之至,亲戚畔[31]之;多助之至,天下顺之。以天下之所顺攻亲戚之所畔;故君子有[32]不战,战必胜矣。"

——出自《孟子·公孙丑下》(第一节)

【译文】

孟子说:"打仗时,有利的天象条件不如坚固的地面工事,坚固的地面工事不如人们的团结一致。虽然只是边长三里的内城、边长七里的外城,包围起来进攻却没有取得胜利。在包围起来进攻时,一定有获得有利天象的情况,但是却没能取胜,这说明有利的天象不如坚固的工事。城墙不是不高,护城河不是不深,兵器不是不锋利,铠甲不是不坚硬,粮食也不是不多,却弃守而逃走了,这说明坚固的工事不如人们的团结一致。所以说,想让民众安居在本国不靠疆域的边界,使国家安全不靠山河的关隘,使天下诸侯畏服不靠军备的厉害。坚持正义的人的支持者多,丧失正义的人的支持者少。支持者最少时,连父母等至亲都会背叛他。支持者最多时,普天下都会归顺他。凭着普天下都归顺的优势进攻那些连父母至亲都背叛的劣势者,所以君子或者是不打,要打就一定能胜利。"

【四】

孟子曰:"民为贵,社稷[33]次之,君为轻。是故得乎丘[34]民而为天子,得乎天子为诸侯,得乎诸侯为大夫。诸侯危社稷,则变置。牺牲[35]既成,粢盛[36]既絜[37],祭祀以时,然而旱干水溢,则变置社稷。"

——出自《孟子·尽心下》(第十四节)

【译文】

孟子说:"百姓的利益最重要,土地神和五谷神次一等,君主的利益不重要。因此获得民众满意的人可以当天子,获得天子满意的人可以当诸侯,获得诸侯满意的人可以当大夫。诸侯如果危害国家,就罢免他而改立别人。供奉用的牛、羊、猪等已经符合祭祀使用的标准,祭器中的谷物已经洁净,能按照规定的时节祭祀,但还是发生旱灾和水灾,就换掉土地神和五谷神的祭祀对象。"

注释

[1] 安:乐意。[2] 梃(tǐng):木棒。[3] 庖(páo):厨房。[4] 厩(jiù):马栏。[5] 饿莩(piǎo):饿死的人。[6] 且人恶(wù)之:按现在的词序,应是"人且恶之"。且,尚且。恶,厌恶。[7] 恶(wū):疑问代词,何。[8] 俑(yǒng):古代殉葬用的土偶或木偶。土偶、木偶被做得非常像活人,所以孔子对最初使用土偶、木偶殉葬的人深恶痛绝。后来,"始作俑者"便用来形容首开恶例的人。[9] 象:同"像"。[10] 钧:古代重量单位,一钧为三十斤。[11] 秋豪之末:秋天鸟兽身上毫毛的末端,比喻细微难见的事物。豪,同"毫"。[12] 舆(yú)薪:满车的柴,比喻大而易见的事物。舆:车子。薪,柴。[13] 许:赞许,同意。[14] 形:情况,状况。[15] 北海:渤海。[16] 老吾老:前一个"老"是动词,尊敬;后一个"老"是名词,老人。[17] 幼吾幼:前一个"幼"是动词,爱护;后一个"幼"是名词,幼儿。[18] 运于掌:在手心里运转,比喻治理天下很容易。运,转动。[19] 刑:同"型",示范。[20] 御:治理。[21] 权:原指秤锤,这里用作动词,指称物。[22] 抑:选择连词,还是。[23] 构怨:结怨。[24] 人和:指人心所向、内部团结等因素。[25] 城郭:内城与外城。[26] 环:包围。[27] 池:护城河。[28] 兵革:武器、铠甲。[29] 委:放弃。[30] 域:界限,限制。[31] 畔:同"叛"。[32] 有:或,要么。[33] 社稷(jì):土谷之神。社,土神。稷,谷神。古代的君主为了祈求国事太平、五谷丰登,每年都要到郊外祭祀"社""稷"。后来,"社稷"被用来借指国家。[34] 丘:众。[35] 牺牲:供祭祀用的牛、羊、猪等。[36] 粢盛(zī chéng):祭祀时所提供的饭食。[37] 絜(jié):同"洁"。

融会贯通

《孟子·梁惠王上》《孟子·公孙丑下》《孟子·尽心下》集中反映了孟子的为政思想。孟子认为,只有实行仁政,才能得民心;得民心,才能得天下。这种保民而王的主张,是孟子民本思想的体现。孟子的民本思想还体现在对人民的同情上,他反对掠夺性战争,提出"得道者多助，失道者寡助"，主张君主减轻对人民的剥削和压迫，以"王道"和"仁政"治国，进而统一天下。此外，孟子还总结各国治乱兴亡的规律，提出了一个富有民主思想的著名命题，即"民为贵，社稷次之，君为轻"。孟子民本思想强调，君主对待人民的态度对于国家的治乱兴亡具有极其重要的意义。

在写作手法上，《孟子》具有以下特点：

（1）巧设譬喻，迂回曲折。先不谈主旨，而是从侧面、反面、外围入手，逐渐引出本题。文章波澜起伏，毫不呆板。

（2）逻辑严谨，层层深入。文章表面铺张扬厉，散漫无纪，实则逻辑清晰，段落分明，层次井然。例如，先提出问题，再分析原因，后述措施，层层深入，环环相扣。

（3）词丰笔活，理足气盛。孟子善用贴切的比喻、有力的铺排，用词考究，讲求句式。奇句与偶句、单势句与排比句交错使用，笔势灵活，谈锋犀利，咄咄逼人，文章极富雄辩的气势。

大师巨匠

孟子曾受业于子思（孔子的嫡孙）的门人。学成以后，历游齐、宋、滕、魏等国，一度任齐宣王客卿。但当时各国都致力于富国强兵，争取通过暴力手段实现统一，因此他的主张并未被采纳。

《孟子》记录了孟子的治国思想和政治策略，由孟子及其弟子万章等著。一说是孟子弟子及再传弟子的记录。《孟子》共七篇，分别为《梁惠王》《公孙丑》《滕文公》《离娄》《万章》《告子》《尽心》。南宋时，朱熹将《孟子》与《论语》《大学》《中庸》合称"四书"。直到清末，"四书"一直是科举的必考内容。

学以致用

本文中的名句有"老吾老，以及人之老；幼吾幼，以及人之幼""天时不如地利，地利不如人和""得道者多助，失道者寡助""民为贵，社稷次之，君为轻"等，这些名句都体现了孟子的"仁政"思想。组织小组讨论会，讨论孟子的思想对我国现在的社会主义政治文明和精神文明建设具有哪些启示意义。

三、《报任安书》(司马迁)

作品渊源

司马迁(约前145或前135—？)，字子长，夏阳(今陕西韩城南)人，我国古代伟大的史学家、文学家、思想家。他用一生的精力写成了一部永远闪耀着光辉的伟大著作——《史记》。

《报任安书》是司马迁任中书令时写给他朋友任安的一封信，见于《汉书·司马迁传》及《文选》卷四十一。任安，字少卿，荥阳人，他年轻时做了大将军卫青的舍人，并因卫青的荐举当了郎中，后迁为益州刺史。征和二年(前91)，朝中发生巫蛊案，戾太子(刘据)因被陷害而与丞相(刘屈氂)率领的军队大战于长安，时任北军使者护军(监理京城禁卫军北军的官)的任安未接受戾太子要他发兵的命令。事后，汉武帝认为任安坐观成败，有不忠之心，论罪腰斩。

任安入狱后曾写信给司马迁，希望他"尽推贤进士之义"，搭救自己。直到任安临刑前，司马迁才写了这封回信。在这封信中，司马迁以无比愤激的心情，叙述自己蒙受的耻辱，倾吐自己内心的痛苦和不满，说明自己隐忍苟活的原因，表达自己"就极刑而无愠色"，坚持完成《史记》的决心。同时，这封信也反映了他的文学观和生死观。所以，这封信是一篇研究《史记》和司马迁生活、思想的重要文章。

扫一扫

《史记》

文以载道

太史公牛马走[1]司马迁再拜言。

少卿足下：曩[2]者辱赐书，教以慎于接物，推贤进士为务。意气勤勤恳恳，若望[3]仆不相师，而用流[4]俗人之言。仆非敢如此也。仆虽罢驽[5]，亦尝侧闻[6]长者遗风矣。顾自以为身残处秽[7]，动而见尤[8]，欲益反损，是以独抑郁而谁与语。谚曰："谁为为之？孰令听之？"盖钟子期死，伯牙终身不复鼓琴[9]。何则？士为知己者用，女为说[10]己者容。若仆大质[11]已亏缺矣，虽才怀随、和[12]，行若由、夷[13]，终不可以为荣，适足以见笑而自点[14]耳。书辞宜答，会东从上来，又迫贱事，相见日浅，卒卒无须臾之间得竭志意。今少卿抱不测之罪，涉旬月，迫季冬，仆又薄从上雍，恐卒然不可为讳。是仆终已不得舒愤懑以晓左右，则长逝者魂魄私恨无穷。请略陈固陋。阙然久不报，幸勿为过。

……

仆之先非有剖符、丹书之功[15]，文、史、星、历，近乎卜、祝之间，固主上所戏弄，倡优所畜，流俗之所轻也。假令仆伏法受诛，若九牛亡一毛，与蝼蚁何以异？而世俗又不能与死节者次比，特以为智穷罪极、不能自免、卒就死耳。何也？素所自树立使然也。人固有一死，死或重于泰山，或轻于鸿毛，用之所趣[16]异也。太上不辱先，其次不辱身，其次不辱理色，其次不辱辞令，其次诎[17]体受辱，其次易服受辱，其次关木索、被箠楚受辱，其次剔毛发、婴[18]金铁受辱，其次毁肌肤、断肢体受辱，最下腐刑极矣！传曰："刑不上大夫。"此言士节不可不勉励也。猛虎在深山，百兽震恐，及在槛阱[19]之中，摇尾而求食，积威约之渐也。故士有画地为牢，势不可入；削木为吏，议不可对，定计于鲜也。今交手足，受木索，暴肌肤，受榜箠[20]，幽于圜墙之中，当此之时，见狱吏则头抢地，视徒隶则心惕息[21]。何者？积威约之势也。及以至是，言不辱者，所谓强颜耳，曷足贵乎！

且西伯[22]，伯也[23]，拘于羑里[24]；李斯[25]，相也，具于五刑[26]；淮阴[27]，王也，受械于陈[28]；彭越、张敖[29]，南面称孤，系狱抵罪；绛侯[30]诛诸吕，权倾五伯，囚于请室[31]；魏其[32]，大将也，衣赭衣，关三木；季布为朱家钳奴；灌夫[33]受辱于居室，此人皆身至王侯将相，声闻邻国，及罪至罔[34]加，不能引决自裁，在尘埃之中。古今一体，安在其不辱也？由此言之，勇怯，势也；强弱，形也。审矣，何足怪乎？夫人不能早自裁绳墨之外，以稍陵迟，至于鞭箠之间，乃欲引节，斯不亦远乎！古人所以重施刑于大夫者，殆为此也。

夫人情莫不贪生恶死，念父母，顾妻子，至激于义理者不然，乃有不得已也。今仆不幸早失父母，无兄弟之亲，独身孤立，少卿视仆于妻子何如哉？且勇者不必死节，怯夫慕义，何处不勉焉！仆虽怯懦欲苟活，亦颇识去就之分矣，何至自沉溺缧绁[35]之辱哉！且夫臧获[36]婢妾犹能引决，况仆之不得已乎！所以隐忍苟活，幽于粪土之中而不辞者，恨私心有所不尽，鄙陋没世而文采不表于后世也。

古者富贵而名磨灭，不可胜记，唯倜傥非常之人称焉。盖文王拘而演《周易》；仲尼厄而作《春秋》；屈原放逐，乃赋《离骚》；左丘失明，厥有《国语》；孙子膑脚，兵法修列；不韦迁蜀，世传《吕览》；韩非囚秦，《说难》《孤愤》。《诗》三百篇，大底圣贤发愤之所为作也。此人皆意有所郁结，不得通其道，故述往事，思来者。乃如左丘无目，孙子断足，终不可用，退而论书策以舒其愤，思垂空文以自见。

仆窃不逊，近自托于无能之辞，网罗天下放失[37]旧闻，略考其事，综其终始，稽其成败兴坏之纪，上计轩辕，下至于兹，为十表、本纪十二、书八章、世家三十、列传七十，凡百三十篇。亦欲以究天地之际，通古今之变，成一家之言。草创未就，会遭此祸，惜其不成，是以就极刑而无愠[38]色。仆诚已著此书，藏之名山，传之其人、通邑大都，则仆偿前辱之责，虽万被戮，岂有悔哉！然此可为智者道，难为俗人言也。

且负下[39]未易居，下流多谤议。仆以口语遇遭此祸，重为乡党戮笑[40]。以污辱先人，亦何面目复上父母之丘墓乎？虽累百世，垢弥甚耳！是以肠一日而九回[41]，居则忽忽若有所亡，出则不知其所往。每念斯耻，汗未尝不发背沾衣也！身直为闺阁之臣[42]，宁得自引深藏岩穴邪？故且从俗浮沉，与时俯仰，以通其狂惑，今少卿乃教以推贤进士，无乃与仆私心剌谬乎？今虽欲自彫琢[43]，曼辞以自饰，无益，于俗不信，适足取辱耳。要之，死日然后是非乃定。书不能悉意，略陈固陋。谨再拜。

（选自《古文观止》，钟基、李先银、王身钢译注，中华书局，2016）

【译文】

太史公马前卒司马迁再拜陈言。

少卿足下：前些时候承您屈尊赐信给我，教我谨慎地待人接物，并担负起向皇帝推荐人才的责任。信中情意诚挚恳切，好像是抱怨我没能遵从您的意见行事，反而听信了世俗之人的话。我是不敢这样做的。我虽然平庸无能，也曾听说过德高望重的长者遗留下来的风尚。只是我认为自己的身体已经残废，而又处于卑贱的地位，稍有举动就要受到责难，想要对事情有所补益，反而会招致损害，因此独自愁闷而无处诉说。正如谚语所说的："为谁做呢？又让谁听呢？"子期死了，伯牙终生不再操琴。为什么呢？因为士人为了解自己的人去效力，女子为喜爱自己的人去打扮。像我这样身体已经残废的人，即使才能像随侯珠、和氏璧那样可贵，品德如许由、伯夷那样高洁，终究不能引以为荣，恰恰足以被人耻笑而自己受辱罢了。来信本该早复，适逢随从皇帝东巡回来，又忙于烦琐的事务，彼此能相见的日子很少，而我又匆匆忙忙地没有片刻空闲得以详尽地说明我的心意。如今你遭到无法揣测的罪过，过一个月就接近十二月了，我随从皇帝去雍地的日期也迫近了，恐怕转眼之间你就会遭到不幸。这样，我便终究不能抒发心中的愤懑让你有所了解，而死去的人由于得不到回信，他的灵魂会抱憾无穷。请允许我大略地说说鄙陋之见。隔了很长时间没有给你回信，希望不要见责。

我的父祖并没有受赐剖符丹书那样的功劳，只是掌管文献、历史、天文、历法，与卜官、祝官近似，本是为主上所戏弄，像乐师、优伶那样被豢养，而为世人所看不起。假使我被法办遭杀戮，如同九牛失去一毛，同死去一只蟋蛄、蚂蚁有什么不同呢？而世俗又不把我和为坚持气节而死的人相提并论，只是认为智虑穷尽，罪恶极大，不能自脱，终于被杀而已。为什么呢？平素自己立身于世的职业使人们有这样的看法。人总有一死，有的人死得比泰山还重，有的人死得比鸿毛还轻，这是因为他们在为什么而死上有区别。作为一个士人，最好是不使祖先受辱，其次是自身不受辱，其次是不使自己的脸面受辱，其次是不因言辞违背了礼义而受辱，其次是被捆绑而受辱，其次是被换上犯人的狱服而受辱，其次是戴刑具、被杖打而受辱，其次是剃毛发、戴铁圈而受辱，其次是毁坏肌肤、截断肢体而受辱，最下等的是腐刑，受辱到了极点！书上记载说："刑罚不用于大夫以上。"这是说作为士人不可不磨砺他的气节。猛虎在深山里，足以使百兽震恐，一旦落进陷坑或笼子里，便摇着尾巴向人求食，这是由于威势的逼迫而逐渐造成的状况。所以，有这样的士人，在地上划个范围作监牢使他不敢进入，削个木头人作为法吏，对其判决不敢对案，而是决计在受辱之前便自杀。如今捆绑了手脚，戴上了刑具，暴露肌肤，被杖打，幽禁在牢狱之中。当这时候，见到狱吏就叩头触地，看见狱卒就惶恐不敢喘气。为什么呢？这是由于威势的逼迫而逐渐造成的状态。已经到了这种地步，却说自己没有受辱，不过是厚着脸皮而已，哪里值得尊重呢！

况且，西伯是一方诸侯之长，而被拘禁在羑里；李斯是丞相，身受五种刑罚；淮阴侯本是王，却在陈地戴上了刑具；彭越、张敖都是面南背北、称孤道寡的王，却被捕入狱抵罪；绛侯灭掉诸吕，权势超过春秋五霸，却被囚禁在请室之中；魏其侯是大将军，却穿上赭色囚衣，戴上木枷、手铐和脚镣；季布自受钳刑给朱家做奴隶；灌夫在居室中受辱。这些人都是身至王侯将相，声闻邻国，及至犯罪落入法网，却不能自杀，而被囚禁在监狱之中。古今一样，哪里有不受屈辱的呢？由此说来，勇怯强弱都是形势所造成的。明白了这个道理，还有什么值得奇怪的呢？一个人不能早在法律制裁之前自尽，因而逐渐受挫而颓唐，到了身受鞭杖的时候，才想为守气节而死，这不也太晚了吗？古人不轻易对大夫施刑的原因，大概就是这个缘故。

　　按人之常情，没有不贪生恶死、顾念父母妻子儿女的，至于为义理所激的人不是这样，他们乃是有不得已之处。如今我不幸父母早逝，没有兄弟那样的亲人，独自一个孤立世上，你看我对妻子儿女怎么样呢？而且勇敢的人不一定为节义而死，怯懦的人如果仰慕节义，在什么情况下不能勉励自己为节义献身呢！我虽然怯懦，想苟且活下来，也大略懂得舍生就义的道理，何至于甘心陷入囚禁而受污辱呢！而且奴仆婢妾尚且能够自杀，何况我处在不得已的情况下，不是更该一死吗？我所以暗自忍耐着苟活下来，陷身于污秽的监狱中而不死去，是因为我感慨于内心想做的事尚未完成，如果在耻辱中离开人世，我的文章著述便不能彰明于后世。

　　古时候富足尊贵而声名磨灭不传的人，多得无法记述，唯有卓越的人能受到后人的称道。周文王被拘禁而推演出《周易》；孔子受困厄而创作《春秋》；屈原被放逐才写出《离骚》；左丘明双目失明，写出《国语》；孙子被剜去膝盖骨而兵法得以编写出来；吕不韦迁居蜀地，《吕览》流传于后世；韩非在秦国被捕下狱，写出了《说难》《孤愤》；《诗》三百篇大都是贤人、圣人为了抒发他们内心的愤懑而写出来的。这些人都是心有郁结，理想不得实现，所以才追述过去的事，而寄希望于未来。就像左丘明双目失明，孙子废去双足，再也不能被重用了，于是退隐著书，以此抒发内心的愤懑，期望文章能流传后世，使自己的心意得以表白。

　　近年来，我不自量力，运用拙劣的文辞，搜集天下散失的历史传闻，总略地考订其事实，综合其本末，考察其成功、失败、兴起、衰亡的规律，上从黄帝算起，下至于今，写成表十篇、本纪十二篇、书八篇、世家三十篇、列传七十篇，共一百三十篇。也是想用来弄清自然和人事之间的关系，通晓从古到今的变化，而成为一家之言。草创未完，恰逢这起灾祸。我痛惜全书没有完成，因此，受极残酷的刑罚而没有表示怨恨。如果我真能著成这部书，将它藏在名山之中，传播于知我之人和交通发达的大都邑，那么我就偿还了此前受辱的债，即使一万次受刑被杀，有什么可后悔的呢！然而这些只可以向有智慧的人去说，难于对一般的人去讲。

　　而且，背负着因罪受刑的坏名声在社会上不容易居处，处于低下卑贱地位的人常受到诽谤、非难。我因说话而遭逢这场灾祸，深为乡里所耻笑。因为玷污辱没了祖上，我又有什么脸面再到父母的坟墓上去呢？即使延续到百世，耻辱仍会越来越深！因此，痛苦之情在肠中整天转来转去，平日在家往往恍惚迷离，若有所失，出门常常不知要到何处去。每当念及这桩耻辱，未尝不汗流浃背、沾湿衣服。我仅是宫中的臣仆，岂能自我引退隐居山中呢！所以，暂且随世俗而浮沉，与时势相俯仰地活下去，以抒发自己内心的郁结。如今少卿竟教我推贤进士，不是和我个人的想法相违背吗？现在即使我想用推贤进士的行动来雕饰自己，用美好的言辞来解脱自己，也没有用，不会取得世俗的信任，恰恰得到耻辱而已。总之，人死了之后是非才能有定论。这封信不能详尽地表达我的心意，只是大略地陈说我的鄙陋之见。谨再拜。

注 释

[1] 牛马走：谦辞，意为像牛马一样以供奔走。[2] 曩（nǎng）：从前。[3] 望：抱怨。[4] 流：顺从、追随的意思。[5] 罢（pí）：同"疲"。驽（nú）：劣马。[6] 侧闻：从旁听说，犹言"伏闻"，自谦之词。[7] 身残处秽：指因受宫刑而身体残缺，兼与宦官贱役杂处。[8] 尤：指责。[9] 锺子期死，伯牙终身不复鼓琴：锺子期、伯牙，均为春秋时楚国人。伯牙善鼓琴，锺子期善听音乐。锺子期死后，伯牙破琴绝弦，终身不复鼓琴。[10] 说：同"悦"。[11] 大质：身体。[12] 随、和：随侯之珠和和氏之璧，是战国时的珍贵宝物。[13] 由、夷：许由和伯夷，两人都是古代被推崇的品德高尚的人。[14] 诟：诟辱。[15] 剖符、丹书之功：形容很大的功劳。剖符，把竹做的契约一剖为二，皇帝与大臣各执一块，上面写着同样的誓词，说永远不改变立功大臣的爵位。丹书，将誓词用丹砂写在铁制的契券上。凡持有剖符、丹书的大臣，其子孙犯罪可获赦免。[16] 趣（qū）：趋向，归向。[17] 诎（qū）：弯曲，卷曲。[18] 婴：环绕。婴金铁，颈上戴着铁链服苦役，即钳刑。[19] 槛阱（jǐng）：关兽的笼子、捕兽的陷坑。[20] 榜箠：古代的一种刑罚，用竹棒击打。[21] 惕息：胆战心惊。[22] 西伯：指周文王，为西方诸侯之长。[23] 伯也："霸"也。"伯"同"霸"。[24] 羑（yǒu）里：在今河南汤阴县。文王曾被商纣王囚禁于此。[25] 李斯：秦始皇时任丞相，后因秦二世听信赵高谗言，被腰斩于咸阳。[26] 五刑：秦汉时五种刑罚，指墨、劓（yì）、斩左右趾、枭其首、菹（zū）其骨肉。[27] 淮阴：指淮阴侯韩信。[28] 受械于陈：汉立，淮阴侯韩信被刘邦封为楚王，都下邳（治所在今江苏睢宁县西北）。后高祖疑其谋反，用陈平之计，在陈（楚地）逮捕了他。械：拘禁手足的木制刑具。[29] 张敖：汉高祖功臣张耳的儿子，袭父爵为赵王。彭越和张敖都因被人诬告谋反，下狱定罪。[30] 绛侯：汉初功臣周勃，封绛侯。汉惠帝和吕后死后，吕后家族中的吕产、吕禄等人谋夺汉室，周勃和陈平一起定计诛诸吕，迎立刘邦子刘恒为文帝。[31] 请室：大臣犯罪等待判决的地方。周勃后被人诬告谋反，囚于狱中。[32] 魏其：大将军窦婴，汉景帝时被封为魏其侯。武帝时，营救灌夫，被人诬告，下狱判处死罪。[33] 灌夫：汉景帝时为中郎将，武帝时官太仆。因得罪了丞相田蚡（fén），被囚于居室，后受诛。[34] 罔：同"网"，法网。[35] 缧（léi）绁（xiè）：捆绑犯人的绳子，引申为捆绑、牢狱。[36] 臧获：奴曰臧，婢曰获。[37] 失（yì）：同"佚"，失散。[38] 愠（yùn）：怒。[39] 负下：担负着污辱之名。[40] 戮笑：辱笑。[41] 九回：九转。形容痛苦之极。[42] 闺阁（gé）之臣：指宦官。闺、阁都是宫中小门，指皇室内廷。[43] 彫琢：雕刻成连绵状的花纹。这里指自我雕饰。

融会贯通

《报任安书》原文较长，本文只节选了一部分，共五个自然段。

第一自然段：说明了任安来信的内容，再就回信迟表示歉意。"推贤进士"是任安要求作者"说情"的婉转说法，"仆非敢如是也"是本段的核心，并由此引出自陈己志。

第二、第三自然段：主要叙述自己遭受侮辱而不自杀的原因，可分为三层。

第一层：先说祖先"非有剖符、丹书之功"，且为世俗所轻。再说自己假如不选择受腐刑，而是"伏法受诛"，在周围人眼里，自己是罪有应得，并不能显示出自己有什么气节。

第二层：由"人固有一死，死或重于泰山，或轻于鸿毛，用之所趣异也"承上启下，列举受辱的不同等次，说明自己受到了极辱。接着用比喻、对比来说明人的志气会因困辱的境地而逐渐衰微，再列举王侯将相受辱后不能自杀的例子，用来反复说明"士节"不可以稍加折辱，自己若要"死节"的话，在受刑之前就应该自杀。

第三层：说明自己受辱不死的目的是使"文采表于后世"。这里司马迁进一步申明，他并不顾念家庭，也不缺少"臧获婢妾犹能引决"的勇气，但轻易就死，也就断送了自己为之献身的事业，所以他"隐忍苟活，幽于粪土之中而不辞者"。他的这种将个人价值置于历史长河中来衡量的宏阔眼光，使他摆脱了庸常的"死节"观念的束缚，而选择了一条更为考验人的精神与意志的荆棘之路。

第四自然段：先列举古代被人称颂的"倜傥非常之人"受辱后"论书策以舒其愤"的例子，然后进一步说明自己"就极刑而无愠色"是为了完成《史记》。

司马迁对生命与事业的崇高信念，是基于他对历史上杰出人物历经磨难而奋发有为的事迹的观察和认识，也是他对古代学者历经苦难后献身著述的传统的继承和发扬。他发现，往昔"富贵而名磨灭"的人多到数不清，只有"倜傥非常之人"才能受后人称道。他认为，周文王、孔子、屈原、左丘明、孙膑、吕不韦、韩非等人的著述，都是"圣贤发愤之所为作"；这些作者皆"有所郁结，不得通其道"，所以才"述往事，思来者"，为人类做出了贡献。司马迁正是从历史中找到了自己的榜样，找到了人生的方向和矢志进取的道路。

第五自然段：司马迁再次向任安表述受辱后的愤懑心情，并陈说他不能"自引深藏岩穴"，只能"从俗浮沉，与时俯仰，以通其狂惑"，这种痛苦只有自己深知。最后与开端相照应，再次委婉表达无法"推贤进士"的苦衷。

《报任安书》见识深远，辞气沉雄，情怀慷慨，言论剀（kǎi）切，是激切感人的至情之作。其中叙事、议论、抒情，志气盘桓，交融一体。信中司马迁崇高的人生信念和自强不息的精神，对后人具有深刻的启示意义和教育意义。

学以致用

司马迁有着独特的人格，他在生命的关键时刻做出了独特的选择。当所有人都大骂李陵时，他坚持说出自己所相信的事实；被处以最屈辱的宫刑后，他决定为了将《史记》写完而忍辱活下来。司马迁对后世的最大影响，莫过于实现了"究天人之际，通古今之变，成一家之言"的人生目标。这种"立言不朽"的榜样力量，激励后人以"创新、传世"的意识著书立说，并成为贯穿中国文化发展史的一种特质。

他说"天下熙熙，皆为利来；天下攘攘，皆为利往"，提醒年轻人不要被眼前利益所诱惑，要立长志、立大志。请以"学习司马迁"为主题，组织小组讨论会，挖掘司马迁的人格魅力，纪念这位伟大的历史学家。

四、《少年中国说》（梁启超）

作品渊源

梁启超（1873—1929），字卓如，号任公，又号饮冰室主人，广东新会人，近代维新派领袖。他曾与师友康有为、谭嗣同等倡导变法，失败后流亡国外。他晚年在大学任教，著有《饮冰室合集》。

《少年中国说》选自《饮冰室合集》。在这篇气势磅礴、感情充沛的散文中，作者痛斥了帝国主义污蔑中国为"老大帝国"的无稽之谈，揭露了当时清王朝政治腐败、老朽无能的本质；字里行间，饱含着振兴中华的迫切愿望，洋溢着热爱祖国的激越之情，表现了中华儿女强烈的民族自豪感。这篇文章无论是从内容上还是形式上，都堪称梁启超新体散文的代表作。

扫一扫

梁启超介绍

文以载道

日本人之称我中国也，一则曰老大帝国，再则曰老大帝国。是语也，盖袭译欧西[1]人之言也。呜呼！我中国其果老大矣乎？梁启超曰：恶[2]！是何言，是何言，吾心目中有一少年中国在！

扫一扫

《少年中国说（节选）》朗诵

欲言国之老少，请先言人之老少。老年人常思既往，少年人常思将来。惟思既往也，故生留恋心；惟思将来也，故生希望心。惟留恋也，故保守；惟希望也，故进取。惟保守也，故永旧；惟进取也，故日新。惟思既往也，事事皆其所已经者，故惟知照例；惟思将来也，事事皆其所未经者，故常敢破格。老年人常多忧虑，少年人常好行乐。惟多忧也，故灰心；惟行乐也，故盛气。惟灰心也，故怯懦；惟盛气也，故豪壮。惟怯懦也，故苟且；惟豪壮也，故冒险。惟苟且也，故能灭世界；惟冒险也，故能造世界。老年人常厌事，少年人常喜事。惟厌事也，故常觉一切事无可为者；惟好事也，故常觉一切事无不可为者。老年人如夕照，少年人如朝阳；老年人如瘠牛，少年人如乳虎；老年人如僧，少年人如侠；老年人如字典，少年人如戏文；老年人如鸦片烟，少年人如泼兰地酒；老年人如别行星之陨石，少年人如大洋海之珊瑚岛；老年人如埃及沙漠之金字塔，少年人如西伯利亚之铁路；老年人如秋后之柳，少年人如春前之草；老年人如死海之潴[3]为泽，少年人如长江之初发源。此老年与少年性格不同之大略也。梁启超曰：人固有之，国亦宜然。

梁启超曰：伤哉老大也。浔阳江头琵琶妇，当明月绕船，枫叶瑟瑟，衾寒于铁，似梦非梦之时，追想洛阳尘中春花秋月之佳趣[4]。西宫南内，白发宫娥，一灯如穗，三五对坐，谈开元、天宝间遗事，谱霓裳羽衣曲[5]。青门种瓜人，左对孺人，顾弄孺子，忆侯门似海、珠履杂沓之盛事[6]。拿破仑之流于厄蔑，阿剌飞[7]之幽于锡兰，与三两监守吏或过访之好事者，道当年短刀匹马，驰骋中原，席卷欧洲，血战海楼，一声叱咤，万国震恐之丰功伟烈[8]，初而拍案，继而抚髀[9]，终而揽镜。呜呼，面皱齿尽，白发盈把，颓然老矣！若是者，舍幽郁[10]之外无心事，舍悲惨之外无天地，舍颓唐之外无日月，舍叹息之外无音声，舍待死之外无事业。美人豪杰且然，而况于寻常碌碌者耶！生平亲友，皆在墟墓，起居饮食，待命于人，今日且过，遑知他日，今年且过，遑恤明年。普天下灰心短气之事，未有甚于老大者。于此人也，而欲望以拿云[11]之手段、回天之事功，挟山超海[12]之意气，能乎不能？

呜呼，我中国其果老大矣乎？立乎今日，以指畴昔，唐虞三代[13]，若何之郅治[14]；秦皇、汉武，若何之雄杰；汉、唐来之文学，若何之隆盛；康、乾间之武功，若何之炬赫！历史家所铺叙，词章家所讴歌，何一非我国民少年时代良辰美景、赏心乐事之陈迹哉！而今颓然老矣，昨日割五城，明日割十城；处处雀鼠尽，夜夜鸡犬惊；十八省[15]之土地财产，已为人怀中之肉；四百兆[16]之父兄子弟，已为人注籍之奴[17]。岂所谓"老大嫁作商人妇"者耶？呜呼！凭君莫话当年事，憔悴韶光不忍看。楚囚相对[18]，岌岌顾影；人命危浅，朝不虑夕。国为待死之国，一国之民为待死之民，万事付之奈何，一切凭人作弄，亦何足怪！

梁启超曰：我中国其果老大矣乎？是今日全地球之一大问题也。如其老大也，则是中国为过去之国，即地球上昔本有此国，而今渐渐灭[19]，他日之命运殆将尽也。如其非老大也，则是中国为未来之国，即地球上昔未现此国，而今渐发达，他日之前程且方长也。欲断今日之中国为老大耶，为少年耶？则不可不先明"国"字之意义。夫国也者，何物也？有土地，有人民，以居于其土地之人民，而治其所居之土地之事，自制法律而自守之；有主权，有服从，人人皆主权者，人人皆服从者。夫如是，斯谓之完全成立之国。地球上之有完全成立之国也，自百年以来也。完全成立者，壮年之事也；未能完全成立而渐进于完全成立者，少年之事也。故吾得一言以断之曰：欧洲列邦在今日为壮年国，而我中国在今日为少年国。

夫古昔之中国者，虽有国之名，而未成国之形也，或为家族之国，或为酋长之国，或为诸侯封建之国，或为一王专制之国。虽种类不一，要之，其于国家之体质也，有其一部而缺其一部。正如婴儿自胚胎以迄成童，其身体之一二官支[20]，先行长成，此外则全体虽粗具，然未能得其用也。故唐虞以前为胚胎时代，殷周之际为乳哺时代，由孔子而来至于今为童子时代，逐渐发达，而今乃始将入成童以上少年之界焉。其长成所以若是之迟者，则历代之民贼有窒其生机者也。譬犹童年多病，转类老态，或且疑其死期之将至焉，而不知皆由未完成、未成立也，非过去之谓，而未来之谓也。

且我中国畴昔，岂尝有国家哉？不过有朝廷耳。我黄帝子孙，聚族而居，立于此地球之上者既数千年，而问其国之为何名，则无有也。夫所谓唐、虞、夏、商、周、秦、汉、魏、晋、宋、齐、梁、陈、隋、唐、宋、元、明、清者，则皆朝名耳。朝也者，一家之私产也；国也者，人民之公产也。朝有朝之老少，国有国之老少，朝与国既异物，则不能以朝之老少而指为国之老少明矣。文、武、成、康[21]，周朝之少年时代也，幽、厉、桓、赧[22]，则其老年时代也；高、文、景、武[23]，汉朝之少年时代也，元、平、桓、灵[24]，则其老年时代也。自余历朝，莫不有之。凡此者，谓为一朝廷之老也则可，谓为一国之老也则不可。一朝廷之老且死，犹一人之老且死也，于吾所谓中国者何与焉？然则吾中国者，前此尚未出现于世界，而今乃始萌芽云尔。天地大矣，前途辽矣，美哉，我少年中国乎！

马志尼[25]者，意大利三杰之魁也，以国事被罪，逃窜异邦，乃创立一会，名曰"少年意大利"。举国志士，云涌雾集以应之，卒乃光复旧物[26]，使意大利为欧洲之一雄邦。夫意大利者，欧洲第一之老大国也，自罗马亡后，土地隶于教皇，政权归于奥国，殆所谓老而濒于死者矣。而得一马志尼，且能举全国而少年之，况我中国之实为少年时代者耶？堂堂四百余州之国土，凛凛四百余兆之国民，岂遂无一马志尼其人者！

龚自珍氏之集有诗一章，题曰《能令公少年行》[27]。吾尝爱读之，而有味乎其用意之所存。我国民而自谓其国之老大也，斯果老大矣；我国民而自知其国之少年也，斯乃少年矣。西谚有之曰："有三岁之翁，有百岁之童。"然则国之老少，又无定形，而实随国民之心力以为消长者也。吾见乎马志尼之能令国少年也。吾又见乎我国之官吏士民能令国老大也，吾为此惧。夫以如此壮丽浓郁、翩翩绝世之少年中国，而使欧西、日本人谓我为老大者何也？则以握国权者皆老朽之人也。非哦几十年八股，非写几十年白折[28]，非当几十年差，非捱几十年俸，非递几十年手本[29]，非唱几十年喏[30]，非磕几十年头，非请几十年安，则必不能得一官、进一职。其内任卿贰[31]以上、外任监司[32]以上者，百人之中，其五官不备[33]者，殆九十六七人也，非眼盲，则耳聋，非手颤，则足跛，否则半身不遂也。彼其一身饮食、步履、视听、言语，尚且不能自了，须三四人在左右扶之捉之，乃能度日，于此而乃欲责之以国事，是何异立无数木偶而使之治天下也。且彼辈者，自其少壮之时，既已不知亚细亚、欧罗巴为何处地方，汉祖、唐宗是哪朝皇帝，犹嫌其顽钝腐败之未臻其极，又必搓磨[34]之、陶冶之，待其脑髓已涸，血管已塞，气息奄奄，与鬼为邻之时，然后将我二万里山河、四万万人命，一举而畀于其手，呜呼！老大帝国，诚哉其老大也！而彼辈者，积其数十年之八股、白折、当差、捱俸、手本、唱诺、磕头、请安，千辛万苦，千苦万辛，乃始得此红顶花翎[35]之服色，中堂[36]大人之名号，乃出其全副精神，竭其毕生力量，以保持之。如彼乞儿，拾金一锭，虽轰雷盘旋其顶上，而两手犹紧抱其荷包，他事非所顾也，非所知也，非所闻也。于此而告之以亡国也，瓜分也，彼乌[37]从而听之？乌从而信之？即使果亡矣，果分矣，而吾今年既七十矣八十矣，但求其一两年内，洋人不来，强盗不起，我已快活过了一世矣。若不得已，则割三头两省[38]之土地奉申贺敬，以换我几个衙门；卖三几百万之人民作仆为奴，以赎我一条老命，有何不可？有何难办？呜呼，今之所谓老后、老臣、老将、老吏者，其修身、齐家、治国、平天下之手段，皆具于是矣。西风一夜催人老，凋尽朱颜白尽头。使走无常[39]当医生，携催命符以祝寿。嗟乎痛哉！以此为国，是安得不老且死，且吾恐其未及岁而殇也。

梁启超曰：造成今日之老大中国者，则中国老朽之冤业也；制出将来之少年中国者，则中国少年之责任也。彼老朽者何足道，彼与此世界作别之日不远矣，而我少年乃新来而与世界为缘。如僦屋[40]者然，彼明日将迁居他方，而我今日始入此室处，将迁居者，不爱护其窗栊，不洁治其庭庑[41]，俗人恒情，亦何足怪。若我少年者前程浩浩，后顾茫茫，中国而为牛、为马、为奴、为隶，则烹脔[42]鞭笞之惨酷，惟我少年当之；中国如称霸宇内、主盟地球，则指挥顾盼之尊荣，惟我少年享之，于彼气息奄奄、与鬼为邻者何与焉？彼而漠然置之，犹可言也；我而漠然置之，不可言也。使举国之少年而果为少年也，则吾中国为未来之国，其进步未可量也；使举国之少年而亦为老大也，则吾中国为过去之国，其澌亡可翘足而待也。故今日之责任，不在他人，而全在我少年。少年智则国智，少年富则国富，少年强则国强，少年独立则国独立，少年自由则国自由，少年进步则国进步，少年胜于欧洲，则国胜于欧洲，少年雄于地球，则国雄于地球。红日初升，其道大光[43]；河出伏流[44]，一泻汪洋；潜龙腾渊，鳞爪飞扬；乳虎啸谷，百兽震惶；鹰隼[45]试翼，风尘吸张；奇花初胎，矞矞皇皇[46]；干将[47]发硎[48]，有作其芒[49]；天戴其苍，地履其黄[50]；纵有千古，横有八荒[51]；前途似海，来日方长。美哉，我少年中国，与天不老！壮哉，我中国少年，与国无疆！

"三十功名尘与土，八千里路云和月。莫等闲，白了少年头，空悲切！"此岳武穆[52]《满江红》词句也，作者自六岁时即口受记忆，至今喜诵之不衰。自今以往，弃"哀时客"之名，更自名曰"少年中国之少年"。作者附识。

（原载于1900年2月10日《清议报》）

注 释

[1] 欧西：指欧美西方世界。[2] 恶（wū）：文言叹词，表示惊讶。[3] 潴（zhū）：水聚积的地方。[4] "浔阳"六句：引用白居易《琵琶行》所写的故事。琵琶女原是长安歌女（此处误为洛阳歌女），老大嫁作商人妇，商人经商离她而去。在浔阳江头的夜晚，枫叶瑟瑟，她回想往事，有不胜零落之感。浔阳江，在今九江市北，长江流经九江市的一段。[5] "西宫"六句：就白居易《长恨歌》所咏唐玄宗与杨贵妃之事，用元稹《行宫》中"白头宫女在，闲坐说玄宗"的诗意，谓安史之乱后，白头宫人忆及当年事，感到凄凉。[6] "青门"四句：引用秦末汉初邵平的故事。邵平在秦朝为东陵侯。秦亡后，他在长安东门外种瓜为生。此句谓邵平回想当年的繁华，颇为感伤。青门，汉长安东门。孺人，古代大夫之妻称孺人，明、清两代七品官的妻子封孺人。珠履，用珠子装饰的鞋。[7] 阿刺飞：指埃及民族解放运动领袖阿拉比，曾率众推翻英、法殖民统治。1882年，英国侵略军进攻埃及，阿拉比领导军队抗击，战败后被流放于锡兰。[8] 丰功伟烈：丰功伟绩。烈，功绩。[9] 髀（bì）：大腿。[10] 幽郁：深沉忧郁。[11] 拿云：上揽云霄之意，比喻志向高远。[12] 挟山超海：喻英雄壮举。[13] 唐虞三代：指唐尧、虞舜、夏、商、周。[14] 郅（zhì）治：将国家治理得太平强盛。郅，极，至。[15] 十八省：清初全国共分

十八个省，后增至二十三省，但人们习惯上仍称十八省。[16] 四百兆：四亿，当时中国有四亿人口。[17] 注籍之奴：注入户籍的奴隶。这里指失去自由的人。[18] 楚囚相对：喻遇到强敌，窘迫无计。[19] 澌灭：消亡，消失。[20] 官支：五官、四肢。[21] 文、武、成、康：周朝初年的几代帝王。周文王奠定了灭商的基础；周武王灭商建立周朝；周成王、周康王把国家治理得非常强盛，史称"成康之治"。所以下句将其比作周朝的少年时代。[22] 幽、厉、桓、赧（nǎn）：指周幽王、周厉王、周桓王、周赧王。周幽王宠褒姒，废申后，申后父亲联合犬戎攻周，周幽王被杀，西周灭亡。周厉王暴虐，被流放于彘（今山西霍州市）。周桓王时，东周王室衰落。周赧王死后不久，东周灭亡。[23] 高、文、景、武：指汉初四代皇帝。汉高祖灭秦、楚，建立汉王朝。汉文帝、汉景帝发展生产，国家强盛，史称"文景之治"。汉武帝发展军事，国力强盛。[24] 元、平、桓、灵：指汉元帝、汉平帝、汉桓帝、汉灵帝。汉元帝时，西汉开始衰落；汉平帝死后不久，王莽篡国，西汉灭亡。汉桓帝、汉灵帝是东汉末年的两代帝王，其执政期间外戚、宦官专权，政治黑暗，为东汉灭亡种下了祸根。[25] 马志尼（1805—1872）：意大利革命家。罗马帝国灭亡后，意大利受奥地利帝国奴役，马志尼创立"青年意大利党"，创办《少年意大利报》，发动和组织资产阶级革命。他与同时代的加里波第、加富尔并称"意大利三杰"。[26] 旧物：指国家原有的基业。[27]《能令公少年行》：龚自珍抒怀之诗，收入《定庵诗集》。原意是说一个人不追求名利，放宽胸怀，就能永葆青春。这里取其永葆青春意。[28] 白折：清代科举应试的试卷之一。殿试取中进士后，还要进行朝考，以分别授予官职。朝考用白折，即用工整的楷书把文章写在白纸制的折子上。[29] 手本：明清官场中下级晋见上级时用的名帖。[30] 唱喏（rě）：古代的一种礼节。对人打躬作揖，口中出声，叫唱诺。[31] 卿贰：二品、三品的京官，又特成一个阶级，称为"卿贰"。卿是指大理寺正卿等三品京官，贰是侍郎。[32] 监司：清代通称各省布政使、按察使及各道道员为监司。[33] 五官不备：指五官功能不全。[34] 搓磨：磋磨，切磋琢磨。原是精益求精意，这里指磨去棱角、锋芒。[35] 红顶花翎：大官的帽饰。清代官员帽顶上顶珠的颜色、质料，标志着官阶的品级，一品官用红宝石顶珠。花翎，用孔雀翎做的帽饰，以翎眼多者为贵，五品以上用花翎，六品以下用蓝翎。[36] 中堂：明清时对大学士的称呼。明代大学士实际掌握宰相的权力，在内阁办公，中书居东、西两房，大学士居中，故称"中堂"。清代包括协办大学士均用此称。[37] 乌：何，哪里。[38] 三头两省：闽粤方言，三两个省。[39] 走无常：迷信说法，阴司用活人为鬼役，摄取死者的魂。充当这种鬼差者，称走无常。[40] 僦（jiù）屋：租赁房屋。[41] 庭庑（wǔ）：庭院走廊。[42] 脔（luán）：切成小块的肉，这里用作动词，宰割之意。[43] 其道大光：语出《周易·益》："自上下下，其道大光。"光，广大，发扬。[44] 河出伏流：比喻潜在的力量爆发，势不可挡。[45] 鹰隼（sǔn）：指鹰类猛禽。[46] 矞（yù）矞皇皇：形容艳丽。[47] 干将：古剑名，后泛指宝剑。[48] 发硎（xíng）：刀刃新磨。硎，磨刀石。[49] 有作其芒：发出光芒。[50] "天戴"二句：是说少年中国如苍天之大，如地之广阔。[51] 八荒：八方荒远之地。[52] 岳武穆：岳飞，死后谥"武穆"。

融会贯通

文章开头由反面入手，先引日本人、欧西人对中国的污蔑，旋即以感情强烈的反问句和感叹句加以否定，振聋发聩，令人警醒。

下一段，作者以"人之老少"设喻，来论"国之老少"，运用对偶、排比句式，从思想上、感情上、气魄上，从多个角度将老年与少年进行对比，极言老年之消极保守、气衰力竭，少年之激昂奋进、血气方刚。段末以"人固有之，国亦宜然"作结，证明年轻人胜于老年人，"少年中国"胜于封建的"老大帝国"。

中间部分，集中论述中国并非"老大帝国"，而是有着灿烂前景的"少年中国"。

这里，作者先是挥洒笔墨描述古今中外老大伤悲的种种情状，借以说明"幽郁""悲惨""颓唐""叹息"的"老大帝国"断不能有所作为。然后以"我中国其果老大矣乎？"领起，用腾挪跌宕、欲扬先抑之笔法，追溯"历史家所铺叙，词章家所讴歌"的过去，痛诉"万事付之奈何，一切凭人作弄"的现状，似乎说明中国的确是"颓然老矣"。最后笔锋一转，通过比较"老大"与"少年"的区别，以及"过去之国"与"未来之国"的区别，分析"国"字的完整含义，辨析"国之老少"与"朝之老少"的根本差异，层层剖析，推出结论："欧洲列邦在今日为壮年国，而我中国在今日为少年国"，其"天地大矣，前途辽矣"，有力地驳斥了日本人及欧西人对中国的污蔑。

接下来，作者一针见血地指出，"如此壮丽浓郁、翩翩绝世之少年中国，而使欧西、日本人谓我为老大者"的根本原因，就在于"握国权者皆老朽之人也"。文中，作者极尽其铺陈夸张、嬉笑怒骂之能事，运用大量排比句，一气呵成，刻画出一群祸国殃民的封建官僚老朽愚钝、尸位素餐、卑劣自私、卖国求荣、割地保官的丑恶嘴脸和肮脏灵魂，读来痛快淋漓，令人有摧枯拉朽之感，激起强烈的愤激之情。

在论及少年救国的历史使命时，作者的感情更如火山爆发，如熊熊烈焰，行文之中更显其文采辉耀，语势纵横。文中用多重排比，层叠比喻，将中国少年责任之重大，少年中国前景之辉煌，表现得神完气足，极富鼓动性和感染力，读之令人荡气回肠，顿生振兴中华之豪情壮志，中华民族自豪感油然澎湃于胸腔之内。

文章的最后一部分，则论述了两个的问题：一是"造成今日之老大中国者，则中国老朽之冤业也"；二是"制出将来之少年中国者，则中国少年之责任也"。这一部分是全文的精华，也是全文的高潮。

作为全文的附记，作者还引用岳飞的《满江红》以明志，并自改名号以示为创建少年中国而誓为前驱的决心。

学以致用

《少年中国说》振聋发聩，激励了一代又一代中国少年。请组织《少年中国说》朗诵会，在诵读中丰富思想，启迪智慧。要求感情充沛，节奏鲜明；能运用声调、音量、速度、停顿等变化，生动地表达自己对《少年中国说》的理解，把作者的情感读出来，做到以言动人，以情感人。

模块二　欣赏中国现当代散文

一、中国现当代散文的发展历程

（一）现代散文的发展历程

中国现代散文的发展大致经历了以下三个时期。

1. 五四新文学运动时期

这个时期是中国散文的诞生期。这一时期的散文主要有两类，一类是承担反封建任务的议论性散文，其所议论的对象紧贴生活，具体而细微；形式自由，可长可短；语言可刚烈悲壮，可幽默讽喻。这类散文经过完善，逐渐发展成为一种新文体——现代杂文。成就最高的议论性散文是鲁迅的《热风》《坟》《华盖集》。另一类是写景、状物、叙事的抒情

《热风（节选）》朗读

散文，语言优美，富有艺术感染力，当时被称为"小品"，又称"美文"。周作人是抒情散文的开拓者，在他的倡导下，该时期涌现出众多不同风格的散文。例如，朱自清、冰心等人的散文清新雅致，郭沫若、郁达夫等人的散文豪迈挥洒，叶圣陶、许地山等人的散文朴素平直，徐志摩的散文浓烟绚丽，等等。

2. 左翼文学运动时期

这个时期是中国散文繁花似锦、全面丰收的时期，主要表现在以下几个方面。一是议论性散文空前繁荣，这一时期鲁迅创作了大量战斗杂文，包括《而已集》《且介亭杂文》《二心集》等。唐弢（tāo）、聂绀（gàn）弩等人也紧跟其后，以锋利的文笔抨击黑暗社会。二是小品蓬勃发展，具有代表性的是林语堂创作的幽默小品，其特点是"以自我为中心，以闲适为格调"。三是游记体散文、写人记事的抒情散文获得丰收，代表作有郁达夫的《屐痕处处》、沈从文的《湘西散记》、何其芳的《画梦录》等。四是报告文学兴起，代表作有夏衍的《包身工》、宋之的《一九三六年春在太原》等。

3. 抗战至中华人民共和国成立前夕

由于受战争和政治的影响，这一时期战斗杂文的数量增多，涌现出的杂文作家主要有郭沫若、聂绀弩、冯雪峰等。同时，这一时期也涌现出一批抒情散文佳作，包括丰子恺的《缘缘堂随笔》、巴金的《废园外》、老舍的《我的母亲》等；还涌现出一批幽默散文佳作，主要有梁实秋的《雅舍小品》、钱锺书的《写在人生边上》和王了一的《龙虫并雕斋琐语》等。

（二）当代散文的发展历程

中国当代散文的发展大致经历了以下两个时期。

1. 中华人民共和国成立初期

这一时期抒情散文繁荣发展，涌现出许多佳作。例如，冰心的《樱花赞》真挚隽永，巴金的《从镰仓带回的照片》亲切自然，杨朔的《茶花赋》《荔枝蜜》诗意盎然，吴伯箫的《记一辆纺车》朴实醇厚，刘白羽的《日出》《长江三日》激昂高亢，秦牧的《土地》《潮汐和船》谈天说地，等等。

《长江三日（节选）》朗读

2. 20世纪70年代以后

20世纪70年代的游记散文多写国际题材，如丁玲的《我看到的美国》、王蒙的《德美两国纪行》、穆青的《在斜塔下》。20世纪80年代散文作家中巴金是佼佼者，他提倡说真话，他在《怀念胡风》中为自己曾写过批判胡风的文章感到难过、揪心，哀悼亡妻的《怀念萧珊》更是情真意切。此外，贾平凹的散文也比较突出，其特点为语言质朴、情感率真。

20世纪90年代，散文呈现多元化发展，典型作品有余秋雨的文化散文、林非的哲理思考散文、韩少功的理性精神散文、史铁生的生命体验散文、汪曾祺的怀旧散文等，都展示了独特的魅力。此外，这一时期还出现了许多内容丰富的新闻报道，一篇名为《实践是检验真理的唯一标准》的文章震撼全国，接着不断涌现了许多记录我国伟大成就的新闻报道，如《我国选手获得奥运会第一块金牌》《飞向太空的航程》等。

二、《论气节》（朱自清）

作品渊源

朱自清（1898—1948），中国现代著名散文家、诗人、古典文学研究家。原名自华，字佩弦，号秋实，江苏扬州人，原籍浙江绍兴。1916年考入北京大学预科，1917年升入北京大学本科哲学系。

《论气节》是朱自清先生的一篇演讲稿，缘起于冯雪峰先生的文章《谈士节兼论周作人》。该文作于1947年4月13日，虽是一篇时评，但作者贯通历史，对"气节"二字做出了新的解释。

文以载道

气节是我国固有的道德标准，现代还用着这个标准来衡量人们的行为，主要的是所谓读书人或士人的立身处世之道。但这似乎只在中年一代如此，青年一代倒像不大理会这种传统的标准，他们在用着正在建立的新的标准，也可以叫作新的尺度。中年一代一般的接受这传统，青年一代却不理会它，这种脱节的现象是这种变的时代或动乱时代常有的。因此就引不起什么讨论。直到近年，冯雪峰[1]先生才将这标准这传统作为问题提出，加以分析和批判：这是在他的《乡风与市风》那本杂文集里。

冯先生指出"士节"的两种典型：一是忠臣，一是清高之士。他说后者往往因为脱离了现实，成为"为节而节"的虚无主义者，结果往往会变了节。他却又说"士节"是对人生的一种坚定的态度，是个人意志独立的表现。因此也可以成就接近人民的叛逆者或革命家，但是这种人物的造就或完成，只有在后来的时代，例如我们的时代。冯先生的分析，笔者大体同意；对这个问题笔者近来也常常加以思索，现在写出自己的一些意见，也许可以补充冯先生所没有说到的。

气和节似乎原是两个各自独立的意念。《左传》上有"一鼓作气"的话，是说战斗的。后来所谓"士气"就是这个气，也就是"斗志"；这个"士"指的是武士。孟子提倡的"浩然之气"，似乎就是这个气的转变与扩充。他说"至大至刚"，说"养勇"，都是带有战斗性的。"浩然之气"是"集义所生"，"义"就是"有理"或"公道"。后来所谓"义气"，意思要狭隘些，可也算是"浩然之气"的分支。现在我们常说的"正义感"，虽然特别强调现实，似乎也还可以算是跟"浩然之气"联系着的。至于文天祥所歌咏的"正气"，更显然跟"浩然之气"一脉相承。不过在笔者看来两者却并不完全相同，文氏似乎在强调那消极的节。

节的意念也在先秦时代就有了，《左传》里有"圣达节，次守节，下失节"的话。古代注重礼乐，乐的精神是"和"，礼的精神是"节"。礼乐是贵族生活的手段，也可以说是目的。他们要定等级，明分际，要有稳固的社会秩序，所以要"节"，但是他们要统治，要上统下，所以也要"和"。礼以"节"为主，可也得跟"和"配合着；乐以"和"为主，可也得跟"节"配合着。节跟和是相反相成的。明白了这个道理，我们可以说所谓"圣达节"等等的"节"，是从礼乐里引申出来成了行为的标准或做人的标准；而这个节其实也就是传统的"中道"。按说"和"也是中道，不同的是"和"重在合，"节"重在分；重在分所以重在不犯不乱，这就带上消极性了。

向来论气节的，大概总从东汉末年的党祸起头。那是所谓处士横议的时代。在野的士人纷纷批评和攻击宦官们的贪污政治，中心似乎在太学。这些在野的士人虽然没有严密的组织，却已经在联合起来，并且博得了人民的同情。宦官们害怕了，于是乎逮捕拘禁那些领导人。这就是所谓"党锢"或"钩党"，"钩"是"钩连"的意思。从这两个名称上可以见出这是一种群众的力量。那时逃亡的党人，家家愿意收容着，所谓"望门投止"[2]，也可以见出人民的态度，这种党人，大家尊为气节之士。气是敢作敢为，节是有所不为——有所不为也就是不合作。这敢作敢为是以集体的力量为基础的，跟孟子的"浩然之气"与世俗所谓"义气"只注重领导者的个人不一样。后来宋朝几千太学生请愿罢免奸臣，以及明朝东林党[3]的攻击宦官，都是集体运动，也都是气节的表现。但是这种表现里似乎积极的"气"更重于消极的"节"。

在专制时代的种种社会条件之下，集体的行动是不容易表现的，于是士人的立身处世就偏向了"节"这个标准。在朝的要做忠臣。这种忠节或是表现在冒犯君主尊严的直谏上，有时因此牺牲性命；或是表现在不做新朝的官甚至以身殉国上。忠而至于死，那是忠而又烈了。在野的要做清高之士，这种人表示不愿和在朝的人合作，因而游离于现实之外；或者更逃避到山林之中，那就是隐逸之士了。这两种节，忠节与高节，都是个人的消极的表现。忠节至多造就一些失败的英雄，高节更只能造就一些明哲保身的自了汉，甚至于一些虚无主义者。原来气是动的，可以变化。我们常说志气，志是心之所向，可以在四方，可以在千里，志和气是配合着的。节却是静的，不变的；所以要"守节"，要不"失节"。有时候节甚至于是死的，死的节跟活的现实脱了榫，于是乎自命清高的人结果变了节，冯雪峰先生论到周作人[4]，就是眼前的例子。从统治阶级的立场看，"忠言逆耳利于行"，忠臣到底是卫护着这个阶级的，而清高之士消纳了叛逆者，也是有利于这个阶级的。所以宋朝人说"饿死事小，失节事大"，原先说的是女人，后来也用来说士人，这正是统治阶级代言人的口气，但是也表示着到了那时代士的个人地位的增高和责任的加重。

"士"或称为"读书人"，是统治阶级最下层的单位，并非"帮闲"。他们的利害跟君相是共同的，在朝固然如此，在野也未尝不如此。固然在野的处士可以不受君臣名分的束缚，可以"不事王侯，高尚其事"，但是他们得吃饭，这饭恐怕还得靠农民耕给他们吃，而这些农民大概是属于他们做官的祖宗的遗产的。"躬耕"往往是一句门面话，就是偶然有个把真正躬耕的如陶渊明，精神上或意识形态上也还是在负着天下兴亡之责的士，陶的《述酒》等诗就是证据。可见处士虽然有时横议，那只是自家人吵嘴闹架，他们生活的基础一般的主要的还是在农民的劳动上，跟君主与在朝的大夫并无两样，而一般的主要的意识形态，彼此也是一致的。

然而士终于变质了，这可以说是到了民国时代才显著。从清朝末年开设学校，教员和学生渐渐加多，他们渐渐各自形成一个集团；其中有不少的人参加革新运动或革命运动，而大多数也倾向着这两种运动。这已是气重于节了。等到民国成立，理论上人民是主人，事实上是军阀争权。这时代的教员和学生意识着自己的主人身份，游离了统治的军阀；他们是在野，可是由于军阀政治的腐败，却渐渐获得了一种领导的地位。他们虽然还不能和民众打成一片，但是已经在渐渐的接近民众。五四运动划出了一个新时代。自由主义建筑在自由职业和社会分工的基础上。教员是自由职业者，不是官，也不是候补的官。学生也可以选择多元的职业，不是只有做官一路。他们于是从统治阶级独立，不再是"士"或所谓"读书人"，而变成了"知识分子"，集体的就是"知识阶级"。残余的"士"或"读书人"自然也还有，不过只是些残余罢了。这种变质是中国现代化的过程的一段，而中国的知识阶级在这过程中也曾尽了并且还在想尽他们的任务，跟这时代世界上别处的知识阶级一样，也分享着他们一般的运命。若用气节的标准来衡量，这些知识分子或这个知识阶级开头是气重于节，到了现在却又似乎是节重于气了。

知识阶级开头凭着集团的力量勇猛直前，打倒种种传统，那时候是敢作敢为一股气。可是这个集团并不大，在中国尤其如此，力量到底有限，而与民众打成一片又不容易，于是碰到集中的武力，甚至加上外来的压力，就抵挡不住。而一方面广大的民众抬头要饭吃，他们也没法满足这些饥饿的民众。他们于是失去了领导的地位，逗留在这夹缝中间，渐渐感觉着不自由，闹了个"四大金刚悬空八只脚"。他们于是只能保守着自己，这也算是节罢；也想缓缓的落下地去，可是气不足，得等着瞧。可是这里的是偏于中年一代。青年一代的知识分子却不如此，他们无视传统的"气节"，特别是那种消极的"节"，替代的是"正义感"，接着"正义感"的是"行动"，其实"正义感"是合并了"气"和"节"，"行动"

还是"气"。这是他们的新的做人的尺度。等到这个尺度成为标准，知识阶级大概是还要变质的罢？

(选自《朱自清散文》，人民文学出版社，2013)

注释

[1] 冯雪峰（1903—1976）：中国现代著名诗人、文学评论家。原名福春，笔名雪峰、画室、洛阳等，浙江义乌人。1921年考入浙江省立第一师范，1925年到北京大学旁听日语，1926年开始翻译日本、苏联的文学作品及文艺理论专著。1927年加入中国共产党，1929年与鲁迅共同编辑《科学的艺术论丛书》。1929年参加中国左翼作家联盟，1934年参加中国工农红军长征。中华人民共和国成立后，历任《文艺报》主编、人民文学出版社社长兼总编辑、中国作家协会副主席，曾被选为第一届全国人大代表。[2] 望门投止：出自《后汉书·张俭传》中的"俭得亡命，困迫遁走，望门投止，莫不重其名行，破家相容"。意思是逃难或出奔时，见有人家就去投宿。比喻情况紧急，来不及选择栖身的地方。[3] 东林党：明朝末年以江南士大夫为主的官僚阶级政治集团，由明朝吏部郎中顾宪成创立。因顾宪成等人修复北宋学者杨时讲学的东林书院，反对派将在东林书院讲学或支持讲学的朝野人统称为"东林党"。[4] 周作人（1885—1967）：中国现代散文家、翻译家。青年时代留学日本，与兄周树人（鲁迅）一起翻译介绍外国文学。五四运动时任北京大学等校教授，是新文化运动的主要代表人物。

融会贯通

本文强调气节是中国固有的道德标准，也是古代士人和后来的读书人信守的道德规范。在政权频繁更替的乱世，气节往往成为考量士人的最高标准，也是不可践踏的道德底线。文中，作者谈古论今，围绕气节二字阐释了许多历史典故，梳理传统的气节观，进而提出符合时代要求的新型气节观。文章采用了典型的归纳法，征引广泛、举例翔实，展示出了理性的力量。

大师巨匠

朱自清在北京大学读书时积极参加五四运动，并参加了北大学生为传播新思想而组织的平民教育讲演团。1919年朱自清开始发表诗歌。1920年从北京大学哲学系提前毕业，他先后执教于江苏、浙江的几所著名中学，同时从事新诗和散文创作。

1925年，朱自清赴北京任清华大学教授。1928年，他的第一本散文集《背影》出版，凭借平淡朴素、清新秀丽的优美文笔在文坛引起强烈反响。1931年8月，朱自清留学英国进修语言学和英国文学；1932年7月回国，任清华大学中文系主任；1938年3月，任西南联合大学中文系主任，并当选为中华全国文艺界抗敌协会理事。抗战时期，他以认真严谨的态度从事教学和文学研究，与叶圣陶合著《国文教学》等书。

《背影》

文学欣赏与实践

> 1945年抗战胜利后，他积极支持昆明学生反对国民党发动内战。1946年7月，其好友李公朴、闻一多先后遇害，他悲愤交加，出席成都各界举行的李、闻惨案追悼大会，并报告闻一多生平事迹。在反饥饿、反内战斗争中，他身患重病，仍毅然在《抗议美国扶日政策并拒绝领取美援面粉宣言》上签字，并说："宁可贫病而死，也不接受这种侮辱性的施舍。"
>
> 1948年8月12日，朱自清因患严重的胃病不幸逝世，享年50岁。临终前，他仍不忘嘱告家人不买美国面粉，始终保持着作为一名正直的爱国知识分子应具备的气节和情操。

学以致用

组织小组讨论会，结合《论气节》一文品评朱自清的气节观及其现实意义。

三、《飞向太空的航程》（贾永、曹智、白瑞雪）

作品渊源

2003年10月15日，"神舟"五号载着飞天勇士杨利伟顺利进入太空。本文对这一重大题材进行了报道，既记录了"神舟"五号载人飞船升空的壮观场面，又着力介绍了几代航天人近半个世纪的奋斗历程，在历史和现实的对照中，彰显了国人的喜悦和自豪之情。

文以载道

新华社酒泉10月16日电 2003年10月15日清晨，朝阳辉映着酒泉卫星发射中心载人航天发射场耸入云天的发射架。乳白色的"神舟"五号飞船内，杨利伟——中国第一个航天员正静候着一个举国关注的时刻。

上午9时整，随着一声惊天动地的巨响，巨型运载火箭喷射出一团橘红色的烈焰，托举着载人飞船拔地而起，直刺九霄……

这是人类航天史上一次不同凡响的发射，它标志着中国从此成为世界上第三个有能力依靠自己的力量将航天员送入太空的国家。

为了这个飞天梦想，一个古老的民族已经等待了几百年，一代又一代航天人已经努力了近半个世纪。

1957年10月4日，哈萨克大荒原一个小小的角落里，发出一声沉闷的巨响，一枚顶端载着一个直径58厘米铝制圆球的火箭，梦幻般地升上了星空。

苏联成功发射人造卫星的消息，震动了最早具有飞天梦想的中国人。中国是嫦娥的故乡，火箭的发源地，是诞生了人类"真正的航天始祖"万户[1]的国度。在航天时代到来之际，中国，不能再一次落伍。

面对天疆的呼唤，翌年5月17日，毛泽东在中共八届二中全会上，挥动了他那扭转乾坤的大手:"我们也要搞人造卫星!……"

　　北京、上海、南京、天津等全国各个科研机构和高等院校,纷纷行动起来。由钱学森等专家学者负责制定的人造卫星发展规划草案,提出了分三步走的设想:第一步,发射探空火箭;第二步,发射一二百公斤重的卫星;第三步,再发射几千公斤重的卫星。

　　1960年2月19日,中国自己设计研制的第一枚液体火箭竖立在了上海南汇海滩20米高的发射架上。今天,已经可以透露的一个秘密是,这枚火箭的飞行高度,只有8公里!但正是这8 000米的距离,为中国后来的卫星上天开辟了通路,使中国在走出地球、奔向太空的漫漫远征路上,迈出了关键的一步。

　　历史的脚步终于跨进了一个神圣的日子:1970年4月24日。这一天,在西北大漠深处的酒泉卫星发射中心,中国成功地将自己的第一颗人造地球卫星送上了天空。响彻全球的"东方红"乐曲,宣告中国进入了航天时代。

　　在举国欢庆"东方红"的时候,中国科学家们把目光投向了更远的地方,提出一鼓作气载人飞天。科学家们研究了许多防热材料,做了许多大型试验,甚至连飞船运输车和航天员吃的食品都做了出来。

　　而对航天员的挑选则早在1969年就开始酝酿了。1970年,19位优秀的飞行员被列入了预备航天员的名单。他们都经过了近乎苛刻的各种身体测试。

　　然而,由于经济实力有限等各种原因,中国的飞天梦想只能尘封在一张张构思草图中。

　　对于中国科技界来说,1986年的春天,可能来得比哪年都早。这年3月,由4位著名科学家联名上报党中央的"国家高新技术发展建议"被邓小平批准。这就是著名的"863计划"[2]。

　　"863计划"的出台,对中国开始载人航天探索起到了催化剂作用。从这一年开始,科学家们经过多次讨论,反复论证,对中国载人航天发展的途径逐渐形成了共识:从载人飞船起步。

　　1992年9月21日,中共中央政治局常委召开会议,做出实施中国载人航天工程的战略决策。江泽民明确指出:要下决心搞载人航天,这对我国的政治、经济、科技等都有重要意义。

　　改革开放为中国积累了雄厚的物质基础——中国,终于又开始了向太空进军的新征程。

　　然而,要真正依靠自己的力量把航天员送入太空,还有许多困难需要克服。首先是要有可靠性高、大推力的运载火箭;第二是安全返回技术;第三是要研究出良好的生命保障系统,为太空中的航天员提供安全舒适的工作环境。

　　第一个和第二个问题中国已经有了解决的基础:1970年,"长征"一号火箭首发成功至今,"长征"系列火箭已经形成五大型谱[3],成功发射了60多次,其中"长征"二号丙火箭的发射成功率达百分之百,"长征"三号乙火箭可以把5吨以上的卫星送上36 000公里的地球同步轨道。早在20世纪70年代，中国就掌握了卫星返回技术，1980年发射的返回式卫星已经和苏联的飞船重量相当。

最后也是最为重要的一关横亘在中国科学家面前：载人飞船上所必须具备的良好的生命保障系统和工作环境。尽管有国外可供借鉴的经验，但对于中国航天人来说，这一切，几乎是从零开始。

飞天路上的重重困难，难不住富于智慧与创造的中国人。从载人航天工程立项开始，中国航天人用了短短7年时间攻克了载人航天的一道道难题：在北京建立了航天员培训中心；研制出了高安全性、高可靠性的"长征"二号F型运载火箭；建立了体现尖端和前沿科技集成的飞船应用系统；新建成了载人飞船发射场、陆海基载人航天测控通信网和飞船着陆场。

1999年11月20日6时30分，"神舟"一号实验飞船从酒泉卫星发射中心新建成的载人航天发射场飞向太空并于第二天准确着陆。它意味着中国人"摘星揽月"已为期不远了。

仅仅一年零三个月后，中国第一艘真正意义上的载人飞船"神舟"二号的发射也进入了倒计时阶段。

"神舟"二号飞船为全系统配置的正样飞船，可以说是载人飞船的"最完整版本"，各种技术状态与真正载人时基本一样。

2001年1月10日，在新的一年刚刚到来的时候，"神舟"二号发射成功，这是"飞天"故乡对人类又一个新纪元的最高致意。美国一家报纸发表评论说："这一成就，使越来越多的人相信，中国古老的飞天梦想将不仅仅是传说，中国航天员上天的日子又进了一大步。"

2002年3月25日，"神舟"三号飞船发射升空。9个月后的12月30日，"神舟"四号飞船在低温严寒条件下发射成功。"神舟"飞船四战四捷，创造了我国航天史上的奇迹，实现了中国载人航天的重大突破。特别是"神舟"三号、四号在全载人状态下连续发射成功，标志着中国已具备了把自己的航天员送上太空的能力。

进入新的一年，整个中国都在期盼着这一时刻的早日来临。

在这个金色的秋日，这一刻终于到来了。在万户的飞天尝试过了600多年后，又一个勇敢的中国人——杨利伟，向太空飞去……

9时10分许，"神舟"五号载人飞船准确进入预定轨道，飞天勇士杨利伟顺利进入太空。一个民族迎来了飞天梦圆的辉煌时刻！

（选自2003年10月17日《解放日报》）

注释

[1]万户：明朝人，曾用47支自制的火箭绑在椅子上，试图飞向天空，不幸火箭爆炸遇难。一般认为他是世界上第一个试图利用火箭飞行的人。[2] 863计划：1986年3月，面对世界高技术蓬勃发展、国际竞争日趋激烈的严峻挑战，邓小平同志在王大珩、王淦（gàn）昌、杨嘉墀（chí）和陈芳允4位科学家提出的《关于跟踪研究外国战略性高技术发展的建议》文件上，做出"此事宜速作决断，不可拖延"的重要批示。在充分论证的基础上，党中央、国务院批准了《高技术研究发展计划纲要》。[3]型谱：型号类别。

融会贯通

作者以昂扬的激情、积极的旋律，描绘了我国航天事业的伟大征程，融入了国家情怀、民族情怀和人民情怀。独特的视角、翔实的材料、生动流畅的语言和充满自信的笔调，使此文成为众多相同题材的新闻报道中与众不同的一篇。

学以致用

作为一个中国人，我们无不为中国取得的成就和为世界做出的贡献感到骄傲。组织小组讨论会，梳理我国航天事业的进程，列举我国取得的举世瞩目的科技成绩，分享自己对"重重困难，难不住富于智慧与创造的中国人"这句话的理解。

模块三 欣赏外国散文

一、外国散文的发展历程

外国散文的起源可以追溯到古希腊罗马时期，当时的散文包括历史散文、演说词、哲学文章等。历史散文主要记录希腊和各城邦的社会生活；演说词是当时政治家演讲的稿子；哲学文章主要包括柏拉图、亚里士多德创作的哲理散文。外国散文真正发端于文艺复兴时期。

文艺复兴时期，意大利散文影响最为广泛。其中，薄伽丘的《但丁传》融历史、文学与评论为一体，从多个视角描绘了伟大诗人但丁；马可·波罗的《马可·波罗行纪》是西方第一部介绍东方文明的游记散文集。此外，流传较广的还有法国蒙田的《随笔集》、英国培根的哲理散文著作《培根随笔》。

18世纪，法国涌现出了众多散文大家，代表人物有孟德斯鸠、伏尔泰和卢梭。其中，孟德斯鸠的代表作《论法的精神》文笔简朴，逻辑严密；伏尔泰的代表作《哲学辞典》充满机智的嘲讽；卢梭的代表作《忏悔录》影响深远，他的启蒙思想为法国大革命奠定了理论基础，被称为"大革命的思想先驱"。

19世纪，各国散文蓬勃发展，比较突出的有法国散文、俄国散文和德国散文。法国浪漫主义先驱夏多布里昂的《墓畔回忆录》为法国散文树起了一座丰碑，大文豪雨果以优美的文笔创作了《莱茵河》，昆虫学家法布尔所写的《昆虫记》饱含对生命的尊重和热爱。俄国作家普希金、屠格涅夫、别林斯基、陀思妥耶夫斯基等也创作了大量优秀的散文作品。德国哲学家叔本华和尼采，将哲学、美学和小说统一于散文创作之中，使作品闪烁着思想的火花。

20世纪，散文创作更加多元化，奥地利涌现出了众多世界级的作家，如卡夫卡、茨威格、弗洛伊德等，他们以集议论、抒情、叙事于一体的手法写出了诗一般的散文。这一时期，美国文学也开始走向鼎盛，一大批散文家如詹姆斯·瑟伯、玛丽·麦卡锡等，创作了大量传记、自传、回忆录、访谈录、报告文学等，这些作品具有强烈的生活气息和个性特征。这一时期苏联的散文作家主要有高尔基、肖洛霍夫等，他们写出了许多振奋人心的爱国散文。

二、《敬畏生命》(阿尔贝特·施韦泽)

作品渊源

阿尔贝特·施韦泽(1875—1965),德国哲学家、神学家、社会活动家。施韦泽在青年时代已成为著名的管风琴演奏家和巴赫音乐研究专家,同时又是哲学博士和神学博士。

为了实现为人类服务的梦想,施韦泽从30岁起开始学医。在获得医学博士学位之后,他前往非洲加蓬地区,建立了丛林诊所,义务为当地居民治病。他在非洲服务达半个世纪之久,因此被称为"非洲之子"。1952年,他获得了诺贝尔和平奖。爱因斯坦曾说:"施韦泽是一个伟大人物,是唯一可与甘地相比的,具有国际道德影响力的西方人。"

1915年,施韦泽提出了"敬畏生命"的理念,将伦理学的范围由人扩展到所有生命,成为生命伦理学的奠基人。同年,他写下了《敬畏生命》一文。

文以载道

善是保存和促进生命,恶是阻碍和毁灭生命。如果我们摆脱自己的偏见,抛弃我们对其他生命的疏远性,与我们周围的生命休戚与共,那么我们就是道德的。只有这样,我们才是真正的人;只有这样,我们才会有一种自己的、不会失去的、不断发展的和方向明确的道德。

敬畏生命、生命的休戚与共是世界中的大事。自然不懂得敬畏生命,它以最有意义的方式产生着无数生命,又以毫无意义的方式毁灭着它们。包括人类在内的一切生命,都对生命有着可怕的无知。它们只有生命意志,但不能共同体验发生在其他生命中的一切;它们痛苦,但不能共同痛苦。自然抚育的伟大生命意志陷于难以理解的自我分裂之中。生命以其他生命为代价才得以生存下来。自然让生命去干最可怕的残忍事情。自然通过本能引导昆虫,让它们用毒刺在其他昆虫身上扎洞,然后产卵于其中;那些由卵发育而成的昆虫靠毛虫过活,这些毛虫则被折磨至死。为了杀死可怜的小生命,自然引导蚂蚁成群结队地去攻击它们。看一看蜘蛛吧!自然教给它的手艺是多么的残酷!

从外部看,自然是美好和壮丽的,但认识它则是可怕的。它的残忍毫无意义!最宝贵的生命成为最低级生命的牺牲品。例如,一个儿童感染了结核病菌。接着,这种最低级的生命就在儿童的最高贵机体中繁殖起来,结果导致这个儿童的痛苦和夭亡。在非洲,每当我检验昏睡病人的血液时,我总是感到吃惊。为什么这些人的脸痛苦得变了形并不断呻吟:我的头,我的头!为什么他们必须彻夜哭泣并痛苦地死去?这是因为,在显微镜下人们可以看见 10‰~40‰毫米的白色细菌;即使它们的数量很少,以至于为了找到一个,有时人们得花上几个小时。

由于生命意志神秘的自我分裂,生命就这样相互争斗,给其他生命带来了痛苦或死亡。这一切尽管无罪,但却是有过的。当然,自然也教导生命,在自己的后代需要时给它们以爱和帮助。只是在这短暂的时间内,残忍的利己主义才得以中断。但是,更令人惊讶的是,动物能够与自己的后代共同感受,能够以直至死亡的自我牺牲精神爱它的后代,但拒绝与

非其属类的生命休戚与共。

受制于盲目的利己主义的世界，就像一条漆黑的峡谷，光明仅仅停留在山峰之上。所有生命都必然生存于黑暗之中，只有一种生命能摆脱黑暗，看到光明。这种生命是最高的生命——人。只有人能够认识到敬畏生命，能够认识到休戚与共，能够摆脱其余生物苦陷其中的无知。

这一认识是存在发展中的大事。真理和善由此出现于世，光明驱散了黑暗，人们获得了最深刻的生命概念。共同体验的生命，由此在其存在中感受到整个世界的波浪冲击，达到自我意识……结束作为个别的存在，使我们之外的生存涌入我们的生存。

我们生存在世界之中，世界也生存于我们之中。这个认识包含着许多奥秘。为什么自然律和道德律如此冲突？为什么我们的理性不赞同自然中的生命现象，而必然形成与其所见尖锐对立的认识？为什么在它发挥善的概念的地方，它就必须与世界作斗争？为什么我们必须经历这种冲突，而没有有朝一日调和它的希望？为什么不是和谐而是分裂？等等。上帝是产生一切的力量。为什么显示在自然中的上帝否定一切我们认为是道德的东西，即自然同时是有意义地促进生命和无意义地毁灭生命的力量？如果我们已经能够深刻地理解生命，敬畏生命，与其他生命休戚与共；那么，我们怎样使作为自然力的上帝，与我们所必然想象的作为道德意志的上帝、爱的上帝统一起来？……

我们不能够在一种完整的世界观和统一的上帝概念中坚定我们的德性，我们必须始终使德性免受世界观矛盾的损害，这种矛盾像毁灭性的巨浪一样冲击着它。我们必须建造一条大堤，它能够保存下来吗？

危及我们休戚与共的能力和意志的是日益强加于人的这种考虑：这无济于事！你为防止或减缓痛苦、保存生命所做和能做的一切，和那些发生在世界上和你周围，你又对之无能为力的一切比较起来，是无足轻重的。确实，在许多方面，我们是多么的软弱无力，我们本身也给其他生命带来了多少伤害，而不能停止。想到这一点，真是令人害怕。

你踏上林中小路，阳光透过树梢照进了路面，鸟儿在歌唱，许多昆虫欢乐地嗡嗡叫。但是，你对此无能为力的是：你的路意味着死亡。被你踩着的蚂蚁在那里挣扎，甲虫在艰难地爬行，而蠕虫则蜷缩起来。由于你无意的罪过，美好的生命之歌中也出现了痛苦和死亡的旋律。当你想行善时，你感受到的则是可怕的无能为力，不能如你所愿地帮助生命。接着你就听到诱惑者的声音：你为什么自寻烦恼？这无济于事。不要再这么做，像其他人一样，麻木不仁，无思想，无感情吧。

还有一种诱惑：同情就是痛苦。谁亲身体验了世界的痛苦，他就不可能在人所意愿的意义上是幸福的。在满足和愉快的时刻，他不能无拘无束地享受快乐，因为那里有他共同体验的痛苦。他清楚地记着他所看见的一切。他想到他所遇见的穷人，看见的病人，认识到这些人的命运的残酷性，阴影出现在他的快乐的光明之中，并越来越大。在快乐的团体中，他会突然心不在焉。那个诱惑者又会对他说：人不能这样生活。人必须能够无视发生在他周围的事情，不要这么敏感。如果你想理性地生活，就应当有铁石心肠。穿上厚甲，变得像其他人一样没有思想。最后，我们竟然会为我们还懂得伟大的休戚与共而惭愧。当人们开始成为这种理性化的人时,我们彼此隐瞒,并装着好像人们抛弃的都是些蠢东西。

这是对我们的三大诱惑,它不知不觉地毁坏着产生善的前提。提防它们。首先,你对自己说,互助和休戚与共是你的内在必然性。你能做的一切,从应该被做的角度来看,始终只是沧海一粟。但对你来说,这是能赋予你生命以意义的唯一途径。无论你在哪里,你都应尽你所能从事救助活动,即解救由自我分裂的生命意志给世界带来的痛苦;显然,只有自觉的人才会从事这种救助活动。如果你在任何地方减缓了人或其他生命的痛苦和畏惧,那么你能做的即使较少,也是很多。保存生命,这是唯一的幸福。

另一个诱惑是共同体验发生在你周围的不幸,对你来说是痛苦,你应这样认识:同甘与共苦的能力是同时出现的。随着对其他生命痛苦的麻木不仁,你也失去了同享其他生命幸福的能力。尽管我们在世间见到的幸福是如此之少;但是,以我们本身所能行的善,共同体验我们周围的幸福,是生命给予我们的唯一幸福。最后,你根本没有权利这么说:我要这么生存或者那么生存;因为你认为,这样你就会更幸福些。你必须如你必然所是地做一个真正的、自觉的人,与世界共同生存的人,在自身中体验世界的人。你是否因此按流行的看法比较幸福,这是无所谓的。我们内心神秘的时刻并不需要幸福的生存——听从它的命令,才是唯一能使人满足的事情。

《敬畏生命(节选)》朗读

我这样和你们说,是为了不让你们麻木不仁,保持清醒的头脑!这与你们的灵魂有关。如果这些表达了我内心思想的话语,能使在座的诸位撕碎世上迷惑你们的假象,能够使你们不再无思想地生存,不再害怕由于必然认识到敬畏生命和伟大的休戚与共的重要性而失去自己;那么,我就感到满足,而我的行为也将被人赞赏。

(选自《敬畏生命——五十年来的基本论述》,上海人民出版社,2017)

融会贯通

"敬畏一切生命"是施韦泽生命伦理学的基石。施韦泽把伦理的范围扩展到一切动物和植物,认为敬畏生命不仅限于人类,也包括一切动物和植物。

全文逐层分析,逻辑严谨。在作者看来,自然对生命的过错在于制造了残忍的利己主义,它当然也将爱和帮助授予了生物,但是生物并没有珍惜,从而不能和其他生命休戚与共。人能够认识到这一点,才能摆脱无知,完善自己的德性,成为一个真正的人。

学以致用

在所有的存在方式中,生命是最高级的形式,也是最具智慧的。我们要对所有的生命抱有敬畏之心。地球上每一个生命都不是孤立存在的,和人类不可分割。只有我们对生命怀有敬畏之心,世界才会在我们面前呈现出无限生机。组织小组讨论会,讨论《敬畏生命》中提出的"有德性的人"应具备怎样的道德观,并联系实际,谈谈如何才能成为一个有德性的人。

三、《谈读书》（弗朗西斯·培根）

作品渊源

弗朗西斯·培根（1561—1626），英国著名的唯物主义哲学家、现代实验科学的始祖。《谈读书》选自《玫瑰树》。他所写的《培根随笔》是英国随笔文学的开山之作，收录了一些议论性质的短文，如《谈真理》《谈嫉妒》《谈死亡》《谈美》等，主要讲述了作者从不同的角度看待事物的态度和想法，涉及政治、经济、宗教、爱情、婚姻、友谊、艺术、教育、伦理等诸多方面。《谈读书》的语言简洁，文笔优美，说理透彻，警句迭出，蕴含着丰富的思想精华。

文以载道

读书足以怡情，足以傅彩[1]，足以长才。其怡情也，最见于独处幽居之时；其傅彩也，最见于高谈阔论之中；其长才也，最见于处世判事之际。练达之士虽能分别处理细事或一一判别枝节，然纵观统筹，全局策划，则舍[2]好学深思者莫属。读书费时过多易惰，文采藻饰[3]太盛则矫[4]，全凭条文断事乃学究[5]故态。读书补天然之不足，经验又补读书之不足，盖天生才干犹如自然花草，读书然后知如何修剪移接；而书中所示，如不以经验范[6]之，则又大而无当。狡黠者鄙读书，无知者羡读书，唯明智之士用读书，然书并不以用处告人，用书之智不在书中，而在书外，全凭观察得之。读书时不可存心诘难作者，不可尽信书上所言，亦不可只为寻章摘句[7]，而应推敲细思。书有可浅尝者，有可吞食者，少数则须咀嚼消化。换言之，有只须读其部分者，有只须大体涉猎者，少数则须全读，读时须全神贯注，孜孜不倦。书亦可请人代读，取其所作摘要，但只限题材较次或价值不高者，否则书经提炼犹如水经蒸馏，味同嚼蜡矣。读书使人充实，讨论使人机智，作文使人准确。因此不常作文者须记忆特强，不常讨论者须天生聪颖，不常读书者须欺世有术，始能无知而显有知。读史使人明智，读诗使人灵秀，数学使人周密，科学使人深刻，伦理学[8]使人庄重，逻辑修辞之学使人善辩：凡有所学，皆成性格。人之才智但有滞碍，无不可读适当之书使之顺畅，一如身体百病，皆可借相宜之运动除之。滚球利睾肾，射箭利胸肺，漫步利肠胃，骑术利头脑，诸如此类。如智力不集中，可令读数学，盖演题须全神贯注，稍有分散即须重演；如不能辨异，可令读经院哲学，盖是辈皆吹毛求疵之人；如不善求同，不善以一物阐证另一物，可令读律师之案卷。如此头脑中凡有缺陷，皆有特药可医。

《谈读书（节选）》朗读

（选自《玫瑰树》，中国社会科学出版社，1993）

注释

[1]傅彩：涂上色彩，这里指给言辞增添光彩。[2]舍：抛开。[3]文采藻饰：修

饰文辞，使之富有文采。[4] 矫：做作，不真实。[5] 学究：迂腐的读书人。[6] 范：这里有衡量、检验的意思。[7] 寻章摘句：搜寻与摘取文章的片段词句。[8] 伦理学：研究道德现象，揭示道德本质及其发展规律的学说。

融会贯通

在本文中，培根竭力倡导"读史使人明智，读诗使人灵秀，数学使人周密，科学使人深刻，伦理学使人庄重，逻辑修辞之学使人善辩"的思想。对于读书，培根从以下三个层次进行了分析。

（1）阐述读书的正确目的。先从正面说读书有三种不同的目的，即怡情、傅彩和长才，重点阐述读书的好处；而后从反面指出读书的三种偏向，论述读书和经验的关系；最后指出只有明察事理的人才能够读书、用书，而用书的智慧是在观察生活中得来的。

（2）阐述读书的方法。指出读书要仔细思考，反对故意挑刺、迷信书本和仅限于推敲文字。主张对不同的书采用不同的读法，或选读，或浏览，或通读，或精读，有的书可只读摘要。在分析读书、讨论和作文的不同作用后，提倡将读书和讨论、作文结合起来。

（3）阐述读书能塑造人的性格，弥补精神上的各种缺陷。先说明各种学科的书籍，阅读后都有塑造性格的作用；再说明人的精神上的各种缺陷可以用读书来弥补，就像身体百病可以用运动驱除一样。

学以致用

读书是一种特殊的交流方式，它可以丰富人的感情，陶冶人的情操；读书也是一种特殊的生存状态，它可以增强人的理智，提高人的能力；读书还是一种特殊的治病良药，它可以使人抛却烦恼，改变性格。组织读书分享会，分享自己近期读过的好书，并说说自己对"盖天生才干犹如自然花草，读书然后知如何修剪移接"这句话的理解。

【实践活动】

散文，写出生活万千气象

王兆胜

我国古代一向以"诗文"并称，足见"文"的重要性。散文一直是传承民族文化的重要载体，唐宋古文八大家自不必说，一本《古文观止》更成为中国人熟知的散文经典读本。中华人民共和国成立以来，散文名家名作辈出，成就斐然，20世纪90年代掀起的"散文热"遍及整个华语世界。近年来，散文不断发生新变化，成为不可忽略的文学力量。

关注历史，更关注生活现实

文学要照亮我们的脚下与未来，离不开历史这面镜子。文化散文用现代意识烛照历史，从中华优秀传统文化中汲取营养，获得智慧和启示，成为中国当代散文一大景观。

近些年，文化散文气象一新，不一味追求大部头和强知识，更加注重文学性，让散文变得可读可爱。李敬泽散文集《会饮记》写历史文化，但不掉书袋，而是像一个游泳健将一样深入大海畅游，在知识的浪花与天光一色中重温中国古人的智慧风采，充盈着活泼的生命质感。穆涛的文化散文有大局观，注重见识和灵性，给人妙趣横生、意趣盎然之感。还有一些散文不能归入历史文化散文，但文化内蕴丰厚，审美性和文学性得到彰显，如胡竹峰《墨书》将松枝、烟、墨、字帖、砚台、水等意象融在一起，呈现为诗化的人生哲学。

文学不仅要思考历史，更要面对时代，帮助人们及时感知时代变化，思考现实提出的问题。在散文创作领域，"跟上时代""记录时代""理解时代"的意识不断强化，关注时代发展和生活现实的散文渐多。南帆的散文紧随时代，写出机器、互联网、人工智能、数字化对人的深刻影响，《神秘的机器》《读数时代》《媒体时代的作家》都以深刻的前瞻意识关注社会进步和人类前途命运。冯骥才一直关注民间文化和环保问题，这在他的《民间灵气》《乡土精神》《世间生活》等散文集中都有体现。田鑫《和解》聚焦进城老年人精神生活和父子相处之道，主张用爱和包容巧妙化解父子间的心结。铁凝《珍重身上衣》、贾平凹《愿一生从容安宁》、郭文斌《寻找安详》等都蕴含现实人文关怀，聚焦人的精神世界，关乎心灵安放与幸福人生。

物质世界面貌一新，人类精神世界也在迅速调试。散文这种最贴近生活、最易于对话的文体更加聚焦瞬息万变的现实课题。为解答这些课题，作家们一面感知当下思考未来，一面观照历史获取启示，与时代脉搏一起跳动，以文学独特的敏感作前瞻性思考，体现散文作家自觉的使命担当。

聚焦人生，也聚焦天地万物

进入现代以来，中国文学迈入一个新阶段。文学不只关注私人和小我，更关注众人生于其间的人类社会和博大世界。近年来，散文精神格局走向阔大，宏大叙事得到张扬，伟大情感受到重视。

以深厚情感书写人生百态，有所拓展深化，成为近期散文一大亮点。例如，阎纲散文集《散文是同亲人谈心》从父女和母女之爱写到对他人对众生的温情。刘庆邦《听林斤澜说汪曾祺》与王月鹏《怀念烨园老师》都写师生情，突出知音之感。后者从相知相得中强调知音难觅，前者则从"不是知音的知音"下笔，二者都达到令人动容和深长思之的程度。彭学明长篇散文《娘》在复杂亲情和人性上有所开拓，提出"爱的教育"问题。蒋子龙《故事里的事故》在幽默中有生动，在平易中见新奇，在启示中有释然，满是对世界认识与人生智慧的高度提纯。

把视野从人生延伸到自然万物，散文放开手脚，更接地气，更加及物。张炜《读〈诗经〉》充满葱翠绿意，将大地的丰富柔美写得动人心魂；阿来散文集《大地的语言》写声音、树、草根、海螺声、星光、大海，有一种与天地对语的努力；鲍尔吉·原野《针》让一根针从母亲指间游走，带着线的思念穿行于厚厚的棉被和一个个长长的寂寞日子里；王剑冰《草木时光》沉入乡村节气与草木滋荣，也描写夜色的变幻与永恒……这些作品往往由近及远、以小见大、常中见奇、浅中有深，有着博大情怀和哲思。

一些年轻作家出手不凡，在物和物性中寓于自然之道，进入智慧书写。杜怀超在散文集《苍耳消失或重现》中说:"每一棵植物都是一盏灯,我们每个人都生活在它的光照里。"北乔《坚硬里的柔软》写戏台、雪、河流、水,在笔锋不断转换中突破思维定式。绿窗《击壤歌》写农事,感悟"根是大地的心灵"。吴佳骏《此岸和彼岸》不只从"人"的角度写"物",也不是简单拟人化看"物",而是由"物"出发,让人感受大自然的启示。这些作品突出特点是,强调自然生态于人类社会的重要意义,把这种天人合一的体验通过质感通透的语言传达出来,沁人心脾。

关注人生是现代以来散文重要传统,除此之外,随着经济社会发展进步,整个社会对自然生态的重视提升到新的水平,散文也与时俱进。在发挥人的主体性进行能动创造的同时,以谦卑之心、敬畏之意倾听万物之声,感受自然之道,才能获得更多智慧,建构好人与自然和谐共荣的社会文化。近年散文在这方面的新成就,既是这种社会文化孕育成长的自然产物,也是促进生态理念深入人心的化雨春风。

(资料来源:人民网,有改动)

一、分组任务

任务一:梳理上文前半部分中提到的文化散文作品及其作者。分组讨论,为什么文化散文要关注历史,更关注生活现实?

任务二:梳理上文后半部分中提到的散文作品及其作者。说说自己对"散文聚焦人生,也聚焦天地万物"这句话的理解,并进行小组讨论。

二、感想感言

【闯关答题】

1. 单项选择题

(1) 广义的散文是指( )。

　　A. 除诗歌、小说、戏剧以外的一种文学体裁

B. 用凝练、生动、优美的文学语言写成的文艺性文体

C. 叙事、记人、状物、写景、喻理的短小精悍的文体

D. 不讲究骈偶押韵的文体

(2) 散文最突出的特点是（　　）。

　　A. 语言优美

　　B. 记人叙事

　　C. 形散而神不散

　　D. 形不散而神散

(3) 以写人记事为主的散文属于（　　）。

　　A. 记叙散文　　　　　　　　B. 抒情散文

　　C. 哲理散文　　　　　　　　D. 短篇散文

(4) 属于先秦散文的是（　　）。

　　A.《过秦论》　　　　　　　B.《论语》

　　C.《史记》　　　　　　　　D.《师说》

(5) 提出"文以载道"口号的散文家是（　　）。

　　A. 韩愈　　　　　　　　　　B. 柳宗元

　　C. 刘禹锡　　　　　　　　　D. 白居易

(6) 鲁迅所著的议论性散文具有很高的思想价值，其作品包括（　　）。

　　A.《热风》　　　　　　　　B.《屐痕处处》

　　C.《湘西散记》　　　　　　D.《废园外》

2. 填空题

(1) 根据内容和性质的不同，散文可分为＿＿＿＿＿＿＿、＿＿＿＿＿＿＿、＿＿＿＿＿＿＿。

(2) "唐宋八大家"包括＿＿＿＿＿＿＿＿＿＿＿＿＿＿＿＿＿＿＿＿。

(3) 得道者多助，＿＿＿＿＿＿＿＿＿＿。

(4) 民为贵，＿＿＿＿＿＿＿＿＿＿。

(5) 人固有一死，＿＿＿＿＿＿＿＿＿＿＿＿＿＿＿＿。

3. 翻译题

请将下列句子翻译成现代汉语。

(1) 老吾老，以及人之老；幼吾幼，以及人之幼。

(2) 究天人之际，通古今之变，成一家之言。

4. 简答题

(1) 什么是散文？散文欣赏技巧有哪些？

(2) 简述中国古典散文的发展历程，并说出不同历史时期的代表作。

(3) 简述中国现当代散文的发展历程，并说出不同时期的代表作。

【学习成果评价】

表4-1 学习成果评价表

班级		组号		日期	
姓名		学号		指导教师	
学习成果		阅读鉴赏散文,提升综合素质			

评价维度	一级指标	二级指标	评价标准	分值	评分 自评	评分 师评
知识 30%	重难点知识	了解散文的定义、特点和分类	罗列5篇散文,并说出散文的类型	6		
			选定一篇散文,分析散文的艺术特征	6		
		熟悉散文的欣赏技巧	选定一篇古典散文,说说散文的语言特点	6		
			选定一篇古典散文,分析散文中的三要素	6		
		重点把握散文的思想内容	选定一篇现当代散文,结合自己的生活经验和阅读经历分析散文主旨,阐述自己对散文的理解	6		
能力 40%	自主学习能力	梳理能力	梳理我国散文的总体发展进程	4		
			梳理我国重要的散文家及其代表作	4		
		领悟能力	感受散文对现代生活的意义	4		
	创新能力	创新思维	列举散文中的经典场景	4		
			列举散文中的著名人物	4		
		创新成果	用散文中的话表达自己的感受	4		
	职业迁移能力	小组合作能力	小组完成散文推荐活动	4		
			小组完成趣味散文问答活动	4		
		沟通交流能力	上课积极发言	4		
			主动与同学讨论问题	4		
素质 30%	职业素质	改进意识	勤于思考,善于总结	10		
		团队精神	尊师爱友,团结奋进	10		
		文化自信	自觉弘扬优秀的传统文化	10		
合计				100		
总评	自评(30%)+师评(70%)=			教师(签名):		

项目五 戏如人生——戏剧欣赏

学习目标

完成一项学习目标后，请在对应的方框中打钩。

知识目标	☐	了解戏剧的定义和分类
	☐	熟悉戏剧的欣赏技巧
	☐	积极思考，梳理把握戏剧基调和思想内容的方法
技能目标	☐	选定一篇古典戏剧进行欣赏，感受戏剧中的艺术形象，把握戏剧的内涵
	☐	选定一篇现当代戏剧进行欣赏，结合自己的生活经验和阅读经历感受戏剧主旨，加深对戏剧的理解
素质目标	☐	认识我们引以为豪的戏剧文化资源，领略博大精深的传统优秀文化
	☐	树立正确的世界观、人生观、价值观和是非观，培育家国情怀

趣味模仿活动

请同学们搜集一些经典的戏剧人物图片，如程婴（京剧《赵氏孤儿》）、王昭君（戏剧《汉宫秋》）、杨贵妃（戏剧《长生殿》）、武则天（戏剧《武则天》）、李铁梅（京剧《红灯记》）、王利发（话剧《茶馆》）等，充分利用现有资源，发挥想象，模仿人物形象，并拍照。比一比，看谁模仿得最像。

思考题：

（1）除了模仿戏剧人物的服装、动作、神态，还可以从哪些方面进行模仿？

（2）通过参加模仿活动，你得到了哪些收获？

笔记

【知识共享】

一、戏剧的定义

戏剧是一种借助文学、音乐、舞蹈、美术等艺术手段塑造舞台艺术形象，揭示社会矛盾，反映现实生活的舞台艺术。它是由演员直接面向观众，在舞台上以模拟性动作和情感力量展示人生中的矛盾，表现人物的主观心态和人性内涵的艺术。

戏剧的基本元素包括剧本、演员、舞台和观众。而在特殊情况下，剧本可以没有，演员可以即兴表演；舞台不一定是正式的，演员进行艺术活动的地方就成了舞台。因此，有人演，有人观看，是戏剧存在的两大基本条件。

绝大多数的戏剧都要经历两个创作过程：剧本创作和舞台创作，也就是人们通常所说的一度创作和二度创作。一度创作可能只涉及编剧；二度创作则涉及导演、演员、舞美、音乐、灯光、音响等一系列要素。其中，导演、演员和舞美是最重要的，只有导演按照自己的构思协调演员，使其在精心设计的舞台上把剧本展现出来，才算完成了一出戏剧。

戏剧是一种综合性的舞台艺术，我们这里所讲的戏剧实际上是剧本，属于一种文学体裁。

二、戏剧的分类

戏剧的分类方法包括以下几种。

按表现形式不同，戏剧可分为戏曲、话剧（如《雷雨》）、歌剧（如《白毛女》）、舞剧（如《丝路花雨》）、哑剧等。

按剧情繁简和结构不同，戏剧可分为独幕剧、多幕剧。多幕剧依照分幕数目的多少，可分为三幕剧、四幕剧、五幕剧等。"幕"是指情节发展的一个大段落，一幕可分为几场，一场是指一幕中发生空间变换或时间隔开的情节。

按题材不同，戏剧可分为历史剧、现代剧、情节剧、哲理剧、寓言剧、童话剧等。

按矛盾冲突的性质不同，戏剧可分为悲剧（如《屈原》）、喜剧（如《威尼斯商人》）、正剧（如《暴风雨》）。

按演出场合不同，戏剧可分为舞台剧、广播剧、电视剧等。

三、戏剧欣赏技巧

（一）品评高度集中的戏剧冲突

常言道："没有冲突就没有戏剧。"也就是说，戏剧冲突是戏剧的核心。因此，在欣赏戏剧时，把握好戏剧冲突是至关重要的。

扫一扫

欣赏戏剧的意义

戏剧冲突主要包括所有人与环境之间的冲突、人与社会的冲突及人物内心的冲突。戏剧的情节结构一般包括开端、发展、高潮和结局四个部分，戏剧冲突贯穿于情节始终。只要理清了戏剧冲突的线索，即冲突的产生、性质及发展，就完整地掌握了戏剧作品的主要情节。

（二）品味丰富多彩的戏剧语言

戏剧语言是构建剧本的基础。在戏剧中，人物形象的刻画、戏剧情节的展开、主题思想的表现都是依靠戏剧语言来实现的。戏剧语言包括人物语言和舞台说明。

1. 人物语言

欣赏戏剧时，应着重品味人物语言。人物语言又称"台词"，包括对话、独白、旁白等，这是人物心理活动与行为动作的外观。在品味人物语言时要注意以下方面。

1）品味个性化的人物语言

所谓个性化，是人物指受年龄、身份、经历、教育、环境等影响而形成的个性特点。个性化的语言能准确表达人物的思想感情。戏剧中人物语言的个性化尤其重要，好的人物语言往往三言两语就能把人物个性展示出来。

2）品味内涵丰富的潜台词

所谓潜台词，就是话语字面意义之外的一种深层意义或言外之意。好的潜台词总是以少胜多，一句话代替十几句甚至几十句话，让人听到弦外之音，从而触及人物灵魂深处的隐秘，给观众广阔的想象空间。

3）品味富有动作性的人物语言

常言道："行由心指，言为心声。"意思是人物的内心活动必定通过言行表达出来，而人物的言行也必定出自人物内心。因此，富有动作性的人物语言能展示人物丰富的内心世界。

2. 舞台说明

舞台说明是对演出内容进行说明、叙述或描写的语言，是戏剧中不可或缺的组成部分，起辅助说明的作用。舞台说明的内容涉及面很广，有关于时间、地点、人物、布景的，有关于登场人物的动作、表情的，有关于登场人物上场、下场的，有关于开幕、闭幕的，等等。

（三）鉴赏性格迥异的人物形象

在鉴赏戏剧冲突、品味戏剧语言的基础上，不应忽视对戏剧人物形象的鉴赏。在鉴赏人物形象时要注意以下几个方面。

（1）欣赏戏剧中的人物形象，首先要关注人物的主要性格特征。同一个人物的性格是复杂的，不同的人物有不同的性格特征。因此，在欣赏人物形象时，要抓住主要的性格特征。

（2）揣摩人物语言。戏剧中的人物语言是刻画人物形象的重要手段，是塑造人物形象的最重要载体，也是走进人物内心世界的钥匙。

（3）顺着剧情发展的线索，理清人物的心路历程和性格变化，对人物形象进行全面的鉴赏。

模块一　欣赏中国古典戏剧

一、中国古典戏剧的发展历程

中国古典戏剧是由古代的宗教礼仪、巫术扮演、歌舞、伎艺（手艺或艺术表演）演变而来的，其形成过程相当漫长，到了宋元之际才得以成形。中国古典戏剧在漫长的发展过程中，曾先后出现了宋元南戏、元代杂剧、明清传奇、清代地方戏四种基本形式。

（一）宋元南戏

宋元南戏又称"戏文""南曲戏文""温州杂剧""永嘉杂剧"，大约产生于北宋末年和南宋初年浙江温州及福建泉州、福州一带。这些地区地处东南沿海，在宋代都是工商业发达、经济繁荣的地区。

南戏剧本一般篇幅很长，虽分段落，但不注明出数（一场戏为一出），往往牵连而下。一本戏长的可达五十多出，短的则为二三十出。现在全本留存的南戏剧本有《张协状元》《小孙屠》《荆钗记》《白兔记》等。

南戏的演唱方式较自由，上场角色皆可唱，还可独唱、接唱或合唱，演唱方式视剧情需要而定。南戏的角色通常为生、旦、净、丑、末、外、贴七种。剧情围绕生、旦来展开，其他角色皆为配角。

- 生：戏中的男主角，一般为书生、秀才、状元之类的人物。
- 旦：戏中的女主角，一般为青年女子。
- 净：性格突出的男性角色。
- 丑：该角色一般具有滑稽的动作和语言，插科打诨，引人发笑。
- 末：次要的男性角色。
- 外：老年男子或者老年妇女。
- 贴：次要的女子角色。

（二）元代杂剧

元代杂剧是元曲的重要组成部分，最早产生于金朝末年河北正定、山西平阳一带，盛行于元代。元代杂剧的剧本体制绝大多数是"四折一楔"。四折是四个情节的段落，像做文章一样讲究起承转合；楔子的篇幅短小，通常放在第一折之前，类似于"序幕"。元代杂剧的代表作有关汉卿的《窦娥冤》、马致远的《汉宫秋》、

扫一扫

元曲之美

郑光祖的《倩女离魂》、白朴的《墙头马上》、王实甫的《西厢记》等。

元代杂剧采用以歌唱为主、结合说白表演的艺术形式。每一折由同一个宫调（元代杂剧一共有五个宫调：正宫、中吕宫、南昌宫、仙吕宫、黄钟宫，分别相当于现在的C、D、E、G、A五个乐调）的若干支曲子连成一个套曲。全套只押一个韵，由男主角或女主角演唱。这种"一人主唱"的形式可以极大地发挥歌唱艺术的优势，酣畅淋漓地塑造主要人物。戏剧的念白部分常常是插科打诨，富于幽默趣味。元代杂剧将音乐结构和戏剧结构统一了起来，标志着我国古典戏剧艺术的成熟和完善，由此，元代杂剧也成为我国古典戏剧的典范。

（三）明清传奇

《牡丹亭》欣赏

传奇的本意是记述奇人奇事，唐人用以指小说，称为唐传奇。到了明清，传奇的意义发生了变化，主要指长篇戏曲。明清传奇是在宋元南戏的基础上发展起来的，明清传奇的剧本不断规范，剧本的民间性减少，文学性增加，此外，明清传奇的配乐逐渐格律化，角色分工更细致。明清传奇的代表作有汤显祖的《牡丹亭》、洪升的《长生殿》和孔尚任的《桃花扇》等。

（四）清代地方戏

清朝时，昆曲在宫廷皇室广受喜爱，称为雅部；以各地方言为基础的地方戏（如梆子、弦索、皮黄等）在民间广受喜爱，称为花部。于是清代形成了"花雅之争"，呈现了戏曲繁荣的局面。清代地方戏作品众多，取材广泛，代表作有描述日常生活的《张三借靴》，歌颂梁山义军的《神州擂》，赞美杨家将的《寡妇征西》，描写一代女性的《玉堂春》《王宝钏》等。

清代地方戏经过发展最终形成了360多个剧种，包括京剧、川剧、越剧、秦腔、黄梅戏等。这些剧种的差异主要源于地方语言、音乐曲调、分布地域的不同。

二、古典悲剧《窦娥冤》第三折

作品渊源

关汉卿，号已斋叟，金末元初大都（今北京）人，元代杂剧的代表作家，作品有《窦娥冤》《救风尘》《望江亭》《单刀会》等。在元代道教盛行的大背景下，许多文人热衷于写神仙鬼怪剧，而关汉卿却写了很多反映现实的作品，他说："我是个蒸不烂、煮不熟、捶不匾、炒不爆、响当当一粒铜豌豆。"他倔强的性格和高洁的气节可见一斑。

《窦娥冤》是元杂剧的代表性作品，共四折，这里选的是第三折。前两折的主要情节为窦娥的丈夫早逝，她与婆婆一同守寡。张驴儿父子逼迫她们，婆婆只得将张驴儿父子带回了家。张驴儿暗地下毒，想毒死窦娥的婆婆，强娶窦娥。不料，张驴儿的父亲误食有毒的羊肚儿汤，一命呜呼。窦娥不肯受张驴儿逼迫，也不愿意婆婆受刑，被屈打成招。第三折写窦娥被押赴法场。第四折写窦娥的父亲窦天章新任两淮提刑肃政廉访使，窦娥托梦与父亲，最终得以申冤昭雪。

文以载道

（外[1]扮监斩官上，云）下官[2]监斩官是也。今日处决犯人，着[3]做公的[4]把住巷口，休放往来人闲走。（净[5]扮公人，鼓三通，锣三下科[6]，刽子磨旗[7]、提刀、押正旦[8]带枷上，刽子云）行动些[9]，行动些，监斩官去法场上多时了。（正旦唱）

【正宫[10]】【端正好[11]】没来由犯王法，不提防遭刑宪[12]，叫声屈动地惊天。顷刻间游魂先赴森罗殿[13]，怎不将天地也生埋怨[14]。

【滚绣球】有日月朝暮悬，有鬼神掌着生死权。天地也！只合[15]把清浊分辨，可怎生糊突了盗跖、颜渊？为善的受贫穷更命短，造恶的享富贵又寿延[16]。天地也！做得个怕硬欺软，却原来也这般顺水推船！地也，你不分好歹何为地？天也，你错勘[17]贤愚枉做天！哎，只落得两泪涟涟。

《窦娥冤》片段欣赏

（刽子云）快行动些，误了时辰也。（正旦唱）

【倘秀才】则[18]被这枷纽的我左侧右偏，人拥的我前合后偃。我窦娥向哥哥行[19]有句言。（刽子云）你有甚么[20]话说？（正旦唱）前街里去心怀恨，后街里去死无冤，休推辞路远。

（刽子云）你如今到法场上面，有什么亲眷要见的，可教他过来，见你一面好。（正旦唱）

【叨叨令】可怜我孤身只影无亲眷，则落的吞声忍气空嗟怨。（刽子云）难道你爷娘家也没的？（正旦云）只有个爹爹，十三年前上朝取应[21]去了，至今杳无音信。（唱）早已是十年多不睹爹爹面。（刽子云）你适才要我往后街里去，是甚么主意？（正旦唱）怕则怕前街里被我婆婆见。（刽子云）你的性命也顾不得，怕他见怎的？（正旦云）俺婆婆若见我披枷带锁赴法场餐刀[22]去呵，（唱）枉将他气杀也么哥[23]，枉将他气杀也么哥。告哥哥，临危好与人行方便。

（卜儿[24]哭上科，云）天那，兀的[25]不是我媳妇儿！（刽子云）婆子靠后。（正旦云）既是俺婆婆来了，叫他来，待我嘱咐他几句话咱[26]。（刽子云）那婆子近前来，你媳妇要嘱咐你话哩。（卜儿云）孩儿，痛杀我也！（正旦云）婆婆，那张驴儿把毒药放在羊肚儿汤里，实指望药死了你，要霸占我为妻。不想婆婆让与他老子吃，倒把他老子药死了。我怕连累婆婆，屈招了药死公公，今日赴法场典刑[27]。婆婆，此后遇着冬时年节，月一十五[28]，有瀽[29]不了的浆水饭，瀽半碗儿与我吃；烧不了的纸钱，与窦娥烧一陌儿[30]。则是[31]看你死的孩儿面上。（唱）

【快活三】念窦娥葫芦提当罪愆[32]，念窦娥身首不完全，念窦娥从前已往干家缘[33]；婆婆也，你只看窦娥少爷无娘面。

【鲍老儿】念窦娥伏侍婆婆这几年，遇时节将碗凉浆奠；你去那受刑法尸骸上烈些纸钱，只当把你亡化的孩儿荐[34]。（卜儿哭科，云）孩儿放心，这个老身都记得。天那，兀的不痛杀我也。（正旦唱）婆婆也，再也不要啼啼哭哭，烦烦恼恼，怨气冲天。这都是我做窦娥的没时没运，不明不暗[35]，负屈衔冤。

（刽子做喝科，云）兀那婆子靠后，时辰到了也。（正旦跪科）（刽子开枷科）（正旦云）窦娥告监斩大人，有一事肯依窦娥，便死而无怨。（监斩官云）你有什么事？你说。（正旦云）要一领净席，等我窦娥站立，又要丈二白练，挂在旗枪上。若是我窦娥委实冤枉，刀过处头落，一腔热血休半点儿沾在地下，都飞在白练上者。（监斩官云）这个就依你，打甚么不紧[36]。（刽子做取席站科，又取白练挂旗上科）（正旦唱）

【耍孩儿】不是我窦娥罚[37]下这等无头愿，委实的冤情不浅。若没些儿灵圣与世人传，也不见得湛湛青天[38]。我不要半星热血红尘[39]洒，都只在八尺旗枪素练悬。等他四下里皆瞧见，这就是咱苌弘化碧[40]，望帝啼鹃[41]。

（刽子云）你还有甚的说话，此时不对监斩大人说，几时说那？（正旦再跪科，云）大人，如今是三伏天道，若窦娥委实冤枉，身死之后，天降三尺瑞雪，遮掩了窦娥尸首。（监斩官云）这等三伏天道，你便有冲天的怨气，也召不得一片雪来，可不胡说！（正旦唱）

【二煞】你道是暑气暄[42]，不是那下雪天；岂不闻飞霜六月因邹衍[43]？若果有一腔怨气喷如火，定要感的六出冰花[44]滚似绵，免着我尸骸现；要什么素车白马[45]，断送出[46]古陌荒阡？

（正旦再跪科，云）大人，我窦娥死的委实冤枉，从今以后，着这楚州亢旱三年。（监斩官云）打嘴！那有这等说话！（正旦唱）

【一煞】你道是天公不可期，人心不可怜，不知皇天也肯从人愿。做甚么三年不见甘霖降？也只为东海曾经孝妇冤[47]。如今轮到你山阳县，这都是官吏每[48]无心正法，使百姓有口难言。

（刽子做磨旗科，云）怎么这一会儿天色阴了也？（内[49]做风科，刽子云）好冷风也！（正旦唱）

【煞尾】浮云为我阴，悲风为我旋，三桩儿誓愿明提遍。（做哭科，云）婆婆也，直等待雪飞六月，亢旱三年呵，（唱）那其间才把你个屈死的冤魂这窦娥显。

（刽子做开刀，正旦倒科）（监斩官惊云）呀，真个下雪了，有这等异事！（刽子云）我也道平日杀人，满地都是鲜血，这个窦娥的血，都飞在那丈二白练上，并无半点落地，委实奇怪。（监斩官云）这死罪必有冤枉，早两桩儿应验了，不知亢旱三年的说话，准也不准？且看后来如何。左右，也不必等待雪晴，便与我抬她尸首，还了那蔡婆婆去罢。（众应科，抬尸下）

（选自《窦娥冤：关汉卿选集》，人民文学出版社，2018）

注释

[1] 外：角色名，这里是外末的简称，老年男性角色。[2] 下官：官吏自称的谦词。[3] 着（zhuó）：命令。[4] 做公的：官府里的公差。[5] 净：角色名，俗称"花脸"。[6] 科：舞台提示。[7] 磨旗：摇旗。[8] 正旦：女主角，一般为青年女性角色。[9] 行动些：走快些，表示催促。[10] 正宫：官调之一。[11] 端正好：和下文的"滚绣球""倘秀才""叨叨令""快活三""鲍老儿""耍孩儿""二煞""一煞""煞尾"都是曲牌名。

[12] 不提防遭刑宪：没想到遭受刑罚。[13] 森罗殿：迷信传说中的阎罗殿。[14] 怎不将天地也生埋怨：怎么不把天地呀深深地埋怨。[15] 只合：只应该。[16] 寿延：寿长。[17] 错勘：错误地判断。[18] 则：只。[19] 哥哥行：哥哥那边。[20] 甚么：同"什么"。[21] 上朝取应（yìng）：到京城里去应考。取应，参加科举考试。[22] 餐刀：吃刀，挨刀。[23] 也么哥：元曲中常用的句尾助词，没有实在意义。[24] 卜儿：角色名，扮演老妇人。[25] 兀的："这"的意思，带有惊讶的语气。[26] 咱：元曲中常用于句尾，表示祈使语气，相当于"吧"。[27] 典刑：这里指受死刑。[28] 冬时年节，月一十五：冬至和过年，初一和十五。[29] 㳠（jiǎn）：泼，倒。[30] 一陌儿：一叠。[31] 则是：只当是。[32] 念窦娥葫芦提当罪愆（qiān）：可怜我窦娥被官府糊里糊涂地判了死罪。葫芦提，当时的口语，糊涂的意思。愆，罪过。[33] 干家缘：操劳家务。[34] 荐：祭。[35] 不明不暗：糊里糊涂。[36] 打什么不紧：有什么要紧。[37] 罚：同"发"。[38] 也不见得湛（zhàn）湛青天：也不显出天理昭彰。湛湛，清明澄澈的样子。[39] 红尘：尘土。[40] 苌弘化碧：苌弘，周朝的贤臣。传说他无罪被杀，三年后，他的血变成青绿色的美玉。[41] 望帝啼鹃：望帝，古代神话中蜀王杜宇的称号。传说他因水灾让位给他的臣子，自己隐居山中，死后化为杜鹃，啼声非常悲戚。[42] 暄：暖。[43] 飞霜六月因邹衍：邹衍，战国人，相传他对燕惠王很忠心，燕惠王听信谗言把他囚禁。他入狱时，仰天大哭，正当夏天，竟然下起霜来。[44] 六出冰花：指雪花。雪的结晶一般有六角，所以叫"六出"。[45] 素车白马：指送葬的车马。[46] 断送出：发送往。断送，发送，指殡葬。[47] 东海曾经孝妇冤：传说汉朝东海有个年轻寡妇，对婆婆很孝顺，后来婆婆自缢身死，寡妇被诬告为杀人凶人，后被处死，她死后，东海一带大旱三年。[48] 每：同"们"。[49] 内：后台。

融会贯通

这里节选的是《窦娥冤》中的高潮部分，作者运用丰富的想象和大胆的夸张，设计了窦娥许下三桩誓愿的超现实情节，用浪漫主义的手法显示了正义、抗争的强大力量。全剧悲剧气氛浓烈，人物形象突出，故事情节生动，主题思想深刻，具有震撼人心的艺术力量。

学以致用

《窦娥冤》是我国十大古典悲剧之一，窦娥的形象壮美动人，具有深刻的社会意义和强烈的感染力量。组织《窦娥冤》品读会，探讨以下几个问题。

（1）窦娥的反抗精神表现在哪些方面？

（2）窦娥的三桩誓愿运用了哪些典故？这些典故起到了什么效果？

（3）假如窦娥生活在当今社会，她可以通过哪些渠道申诉自己的冤情？

三、古典爱情剧《西厢记》——长亭送别

作品渊源

王实甫,名德信,元代著名杂剧作家。其作品既吸收了唐诗宋词的精美语言,又吸收了元代民间生动活泼的口头语言。王实甫创作了文采璀璨的元曲作品,是中国戏曲史上文采派的杰出代表。

这段《长亭送别》的冲突集中在对科举功名的态度上:老夫人执意打发张生上京赴考,表现出一种毫无回旋余地的坚定立场;张生由于邂逅莺莺才滞留普救寺,现在爱情已获得,上京应考就是顺理成章的事;莺莺反对张生上京赴考,但她无力留住张生,内心十分痛苦。这一场戏中三个主人公对科举功名的不同态度,表现了礼教和爱情的对立,以及礼教对妇女的压迫。

文以载道

(夫人、长老上,云)今日送张生赴京,十里长亭,安排下筵席。我和长老先行,不见张生、小姐来到。

(旦、末、红同上)

(旦云)今日送张生上朝取应,早是离人伤感,况值那暮秋天气,好烦恼人也呵!悲欢聚散一杯酒,南北东西万里程。

(旦唱)

【正宫·端正好】碧云天,黄花地,西风紧,北雁南飞。晓来谁染霜林醉?总是离人泪。

【滚绣球】恨相见得迟,怨归去得疾。柳丝长玉骢[1]难系,恨不得倩疏林挂住斜晖。马儿迍迍[2]的行,车儿快快的随,却告了相思回避,破题儿又早别离。听得道一声"去也",松了金钏[3];遥望见十里长亭,减了玉肌[4]。此恨谁知!

(红云)姐姐今日怎么不打扮?

(旦云)你那知我的心里呵!

(旦唱)

【叨叨令】见安排着车儿、马儿,不由人熬熬煎煎的气;有甚么心情花儿、靥儿,打扮得娇娇滴滴的媚;准备着被儿、枕儿,只索昏昏沉沉的睡;从今后衫儿、袖儿,都揾做重重叠叠的泪。兀的不闷杀人也么哥?兀的不闷杀人也么哥?久已后书儿、信儿,索与我恓恓惶惶的寄。

(做到科)(见夫人科)

(夫人云)张生和长老坐,小姐这壁坐,红娘将酒来。张生,你向前来,是自家亲眷,不要回避。

俺今日将莺莺与你,到京师休辱末了俺孩儿,挣揣一个状元回来者。

(末云)小生托夫人余荫,凭着胸中之才,视官如拾芥[5]耳。

(洁[6]云)夫人主见不差,张生不是落后的人。

(把酒了,坐)(旦长吁科)

(旦唱)

【脱布衫】下西风黄叶纷飞,染寒烟衰草萋迷。酒席上斜签着坐的,蹙愁眉死临侵地。

【小梁州】我见他阁泪汪汪不敢垂,恐怕人知。猛然见了把头低,长吁气,推整素罗衣。

【幺篇】虽然久后成佳配,奈时间怎不悲啼。意似痴,心如醉,昨宵今日,清减了小腰围。

(夫人云)小姐把盏者!

(红递酒,旦把盏长吁科,云)请吃酒!

(旦唱)

【上小楼】合欢未已,离愁相继。想着俺前暮私情,昨夜成亲,今日别离。我谂知这几日相思滋味,却原来此别离情更增十倍。

【幺篇】年少呵轻远别,情薄呵易弃掷。全不想腿儿相挨,脸儿相偎,手儿相携。你与俺崔相国做女婿,妻荣夫贵,但得一个并头莲[7],煞强如状元及第[8]。

(夫人云)红娘把盏者!

(红把酒科)

(旦唱)

【满庭芳】供食太急,须臾对面,顷刻别离。若不是酒席间子母每当回避,有心待与他举案齐眉[9]。虽然是厮守得一时半刻,也合着俺夫妻每共桌而食。眼底空留意,寻思起就里,险化做望夫石。

(红云)姐姐不曾吃早饭,饮一口儿汤水。

(旦云)红娘,甚么汤水咽得下!

(旦唱)

【快活三】将来的酒共食,尝著似土和泥;假若便是土和泥,也有些土气息,泥滋味。

【朝天子】暖溶溶玉醅,白泠泠似水。多半是相思泪。眼面前茶饭怕不待要吃,恨塞满愁肠胃。蜗角虚名,蝇头微利[10],拆鸳鸯在两下里。一个这壁,一个那壁,一递一声长吁气。

(夫人云)辆起车儿,俺先回去,小姐随后和红娘来。

(下)(末辞洁科)

(洁云)此一行别无话儿,贫僧准备买登科录看,做亲的茶饭少不得贫僧的。先生在意,鞍马上保重者!从今忏无心礼,专听春雷第一声。(下)

(旦唱)

【四边静】霎时间杯盘狼藉,车儿投东,马儿向西,两意徘徊,落日山横翠。知他今宵宿在那里?在梦也难寻觅。

（旦云）张生，此一行得官不得官，疾便[11]回来。

（末云）小生这一去白夺一个状元，正是：青霄有路终须到，金榜无名誓不归。

（旦云）君行别无所赠，口占一绝，为君送行：弃掷今何在，当时且自亲。还将旧来意，怜取眼前人。

（末云）小姐之意差矣，张珙更敢怜谁？谨赓一绝，以剖寸心：人生长远别，孰与最关亲？不遇知音者，谁怜长叹人？

（旦唱）

【耍孩儿】淋漓襟袖啼红泪，比司马青衫更湿。伯劳东去燕西飞，未登程先问归期。虽然眼底人千里，且尽生前酒一杯。未饮心先醉，眼中流血，心内成灰。

【五煞】到京师服水土，趁程途节饮食，顺时自保揣身体。荒村雨露宜眠早，野店风霜要起迟！鞍马秋风里，最难调护，最要扶持。

【四煞】这忧愁诉与谁？相思只自知，老天不管人憔悴。泪添九曲黄河溢，恨压三峰华岳低。到晚来闷把西楼倚，见了些夕阳古道，衰柳长堤。

【三煞】笑吟吟一处来，哭啼啼独自归。归家若到罗帏里，昨宵个绣衾香暖留春住，今夜个翠被生寒有梦知。留恋你别无意，见据鞍上马，搁不住泪眼愁眉。

（末云）有甚言语嘱咐小生咱？

（旦唱）

【二煞】你休忧文齐福不齐[12]，我则怕你停妻再娶妻[13]。休要一春鱼雁无消息[14]！我这里青鸾[15]有信频须寄，你却休"金榜无名誓不归"。此一节君须记：若见了那异乡花草[16]，再休似此处栖迟。

（末云）再谁似小姐？小生又生此念？

（旦唱）

【一煞】青山隔送行，疏林不做美，淡烟暮霭相遮蔽。夕阳古道无人语，禾黍秋风听马嘶。我为甚么懒上车儿内，来时甚急，去后何迟？

（红云）夫人去好一会，姐姐，咱家去！

（旦唱）

【收尾】四围山色中，一鞭残照里。遍人间烦恼填胸臆，量这些大小车儿如何载得起？

（旦、红下）

（末云）仆童赶早行一程儿，早寻个宿处。泪随流水急，愁逐野云飞。（下）

（选自《西厢记》，人民文学出版社，2018）

注释

[1] 玉骢（cōng）：毛色青白相杂的马。[2] 迍迍（zhūn zhūn）：行动迟缓的样子。[3] 金钏（chuàn）：金子做的镯子。[4] 减了玉肌：人消瘦了。[5] 视官如拾芥：把考个功名看得就像拾根小草一样。[6] 洁：这里指长老、僧人。[7] 并头莲：并蒂莲，并排长在同一条茎上的两朵莲花，文学作品中用来比喻恩爱夫妻。[8] 及第：科举考试及格。

[9]举案齐眉:后汉梁鸿的妻子孟光给丈夫送饭时,总是把盘子高举至眉前以示恭敬。后形容夫妻相敬。[10]蜗角虚名,蝇头微利:形容微不足道的虚名小利。[11]疾便:早早地。[12]文齐福不齐:有文才而没有福气。[13]停妻再娶妻:撇下前妻再娶妻。[14]一春鱼雁无消息:一去就杳无音讯。[15]青鸾:古代传说中能报信的鸟。据说,汉武帝时西王母降临,青鸾先来报信。[16]异乡花草:他乡女子。

融会贯通

该作品辞藻华丽,感情细腻,既采用了富含生活气息的民间语言,又吸取了古典诗词的精华。例如,写莺莺无心打扮,"有甚么心情花儿、靥儿,打扮得娇娇滴滴的媚";写莺莺和张生的恩爱,"腿儿相挨,脸儿相偎,手儿相携";写莺莺的嘱托,"还将旧来意,怜取眼前人";写莺莺的伤心,"未饮心先醉,眼中流血,心内成灰""泪添九曲黄河溢,恨压三峰华岳低"等。

学以致用

科举时代的婚姻观念非常单一,可以简述为"不问出身,不问贵贱,但求功名",现在的婚姻观念比较多元。《2020青年"理想爱情"调查报告》显示,与古人"一日不见如隔三秋"的爱情观不同,当代年轻人的爱情观为"距离产生美"。近半数"00后"认为"想联系就联系"的状态最舒服。组织小组讨论会,说说自己是怎么理解距离和爱情的关系,以及自己具有什么样的婚姻观念。

模块二 欣赏中国现当代戏剧

一、中国现当代戏剧的发展历程

(一)现代戏剧的发展历程

中国现代戏剧始于19世纪末20世纪初,大致形成了两股创作潮流:一是20世纪初诞生后逐渐成长起来的现代话剧,二是从古典戏曲、西洋歌剧和话剧中吸取营养而形成的歌剧。二者在现代戏剧舞台上以不同的方式影响着读者和观众,其中,现代话剧在思想内涵、表现形式及创作成就等方面,始终居于主导地位。因此,本节主要讲述现代话剧的发展。

1. 现代戏剧萌芽期(1906—1914)

1906年年底,李叔同和曾孝谷在东京成立了春柳社,不久后他们就演出了法国小仲马的《茶花女》第三幕,接着又演出了由曾孝谷改编的《黑奴吁天录》,这是第一出由中国人创作并演出的话剧。在国内,先后出现了进化团、新剧同志会、春阳社等,演出了以辛亥革命为背景或题材的文明戏。文明戏的特点是内容上与时事政治、民事生活紧密相关,追求现场的宣传、鼓动效果;形式上弃除了歌舞,以人物对话为主。1914年,随着辛亥革命的失败，文明戏也逐渐走向衰落。

2. 现代戏剧发展期（1915—1929）

1919 年，胡适在《新青年》上发表剧作《终身大事》，这是中国现代文学史上最早的话剧剧本。1922 年，浦伯英联合陈大悲在北京创办了人艺戏剧专门学校（简称"人艺剧专"），聘请一些社会名流（如鲁迅等）担任校董。1923 年，上海戏剧协社演出了由洪深执导的《少奶奶的扇子》，获得了很大的成功。之后，戏剧创作的形式越来越多样，内容越来越丰富，现实剧、历史剧、悲剧、喜剧、独幕剧、多幕剧、诗剧、散文剧等都获得了不同程度的发展。

3. 现代戏剧成熟期（1930—1937）

这一时期，以话剧为代表的中国戏剧对艺术的追求不断提高，话剧的创作、演出、理论研究等各个领域也逐步实现专业化和正规化，最终形成了关键性突破，出现了一大批艺术上较为成熟的剧作，包括洪深的《五奎桥》，曹禺的《雷雨》《日出》《原野》，李健吾的《这不过是春天》，田汉的《回春之曲》，夏衍的《上海屋檐下》等。

4. 现代戏剧丰收期（1937—1949）

这一时期，戏剧创作和抗日救国、解放运动紧密结合，出现了众多以爱国主义为主题的历史剧、现实剧、讽刺喜剧。历史剧的代表作主要有郭沫若的《屈原》《棠棣之花》，阳翰笙的《李秀成之死》，陈白尘的《翼王石达开》，阿英的《碧血花》，于伶的《大明英烈传》等；现实剧的代表作主要有夏衍的《法西斯细菌》，于伶的《长夜行》，宋之的的《雾重庆》，吴祖光的《风雪夜归人》等；讽刺喜剧的代表作主要有陈白尘的《乱世男女》《升官图》等。

（二）当代戏剧的发展历程

1. 1949—1966 年

该时期戏剧创作呈现出规模大、数量多的特点。

就话剧而言，比较有名的作品有老舍的《茶馆》、田汉的《关汉卿》，以及其他剧作家的《胆剑篇》《蔡文姬》《赫哲人的婚礼》《甲午海战》《万水千山》《槐树庄》《霓虹灯下的哨兵》等。

就戏曲而言，传统戏改编作品和新编古代戏数量众多，有极高的艺术价值。比较有名的传统戏改编作品有京剧《白蛇传》《杨门女将》，黄梅戏《天仙配》，粤剧《搜书院》，川剧《拉郎配》，等等；比较有名的新编古代戏有越剧《红楼梦》、京剧《海瑞罢官》、高甲戏《连升三级》等。戏曲现代戏也不乏成功之作，如《罗汉钱》《李二嫂改嫁》《红灯记》《奇袭白虎团》等。

就歌剧而言，优秀作品有《江姐》《洪湖赤卫队》《刘三姐》等，多是历史题材剧。

就舞剧而言，优秀作品有《红色娘子军》《白毛女》等。

2. 1967—1976 年

这一时期的戏剧作品有《杜鹃山》《红色娘子军》《沙家浜》《平原作战》《智取威虎山》《龙江颂》《磐石湾》《海港》等。这些作品的内容覆盖了共产党领导革命和建设的各个阶段和重要方面，描绘了中国革命历史的壮丽画卷。

3. 1976年以后

20世纪80年代，改革开放和社会现实的巨大变化使剧作家的创作视野更为开阔。这一时期，戏剧作品多以国门开放和文艺探索潮为背景，有反映农村改革的《张灯结彩》《赵钱孙李》《高粱红了》《昨天、今天和明天》等；有反映城市改革的《血，总是热的》《四十不惑》等；有揭示人们在改革大潮中深层意识变化的《双人浪漫曲》《路》《黑色的石头》《大雪地》等。

同时，历史剧进一步发展，军旅戏剧开始崛起。无论是写中国古代或近代史迹的剧作《唐太宗与魏征》《松赞干布》《班禅东行》《詹天佑》等，写现代革命斗争的剧作《孙中山》等，还是写世界革命领袖的剧作《马克思流亡伦敦》等，在史剧观念、形象刻画和表现手法等方面都有新的突破。军旅戏剧写出了新时期人民军队新的风采和革命军人新的思想境界，如表现人民军队现实生活和历史斗争的剧作《决战淮海》《高山下的花环》等，以及拥军爱民、拥军优属题材的剧作《红白喜事》《正月十五雪打灯》等。

二、《茶馆》（第一幕）（老舍）

作品渊源

老舍（1899—1966），原名舒庆春，另有笔名絜青、鸿来、非我等，字舍予，北京人。1950年创作话剧《龙须沟》，获北京市人民政府授予"人民艺术家"称号。其代表作有小说《骆驼祥子》《四世同堂》，剧本《茶馆》《龙须沟》。

《茶馆》是20世纪中国戏剧的经典之作。作品以老北京裕泰茶馆为舞台，通过描绘茶馆里各色人物的生活变化来展现清末到民国半个世纪以来中国社会的沧桑变化。全剧分为三幕，这里选取的是该剧第一幕，主要通过众多角色的对话，自然形成戏剧冲突，展现人物之间及人物与时代的矛盾。

文以载道

第一幕

人物

王利发、刘麻子、庞太监、唐铁嘴、康六、小牛儿、松二爷、黄胖子、宋恩子、常四爷、秦仲义、吴祥子、李三、老人、康顺子、二德子、乡妇、茶客甲乙丙丁、马五爷、小妞、查房一二人。

时间

一八九八年（戊戌）初秋，康梁等的维新运动失败了。早半天。

地点

北京，裕泰大茶馆。

【幕启：这种大茶馆现在已经不见了。在几十年前，每城都起码有一处。这里卖茶，也卖简单的点心与菜饭。玩鸟的人们，每天在蹓够了画眉、黄鸟等之后，要到这里歇歇腿，喝喝茶，并使鸟儿表演歌唱。商议事情的，说媒拉纤的，也到这里来。那年月，时常有打群架的，但是总会有朋友出头给双方调解；三五十口子打手，经调人东说西说，便都喝碗茶，吃碗烂肉面（大茶馆特殊的食品，价钱便宜，作起来快当），就可以化干戈为玉帛了。总之，这是当日非常重要的地方，有事无事都可以来坐半天。】

【在这里，可以听到最荒唐的新闻，如某处的大蜘蛛怎么成了精，受到雷击。奇怪的意见也在这里可以听到，像把海边上都修上大墙，就足以挡住洋兵上岸。这里还可以听到某京戏演员新近创造了什么腔儿，和煎熬鸦片烟的最好的方法。这里也可以看到某人新得到的奇珍——一个出土的玉扇坠儿，或三彩的鼻烟壶。这真是个重要的地方，简直可以算作文化交流的所在。】

【我们现在就要看见这样的一座茶馆。】

【一进门是柜台与炉灶——为省点事，我们的舞台上可以不要炉灶；后面有些锅勺的响声也就够了。屋子非常高大，摆着长桌与方桌，长凳与小凳，都是茶座儿。隔窗可见后院，高搭着凉棚，棚下也有茶座儿。屋里和凉棚下都有挂鸟笼的地方。各处都贴着"莫谈国事"的纸条。】

【有两位茶客，不知姓名，正眯着眼，摇着头，拍板低唱。有两三位茶客，也不知姓名，正入神地欣赏瓦罐里的蟋蟀。两位穿灰色大衫的——宋恩子与吴祥子，正低声地谈话，看样子他们是北衙门的办案的（侦缉）。】

【今天又有一起打群架的，据说是为了争一只家鸽，惹起非用武力解决不可的纠纷。假若真打起来，非出人命不可，因为被约的打手中包括善扑营的哥儿们和库兵，身手都十分厉害。好在，不能真打起来，因为在双方还没把打手约齐，已有人出面调停了——现在双方在这里会面。三三两两的打手，都横眉立目，短打扮，随时进来，往后院去。】

【马五爷在不惹人注意的角落，独自坐着喝茶。】

【王利发高高地坐在柜台里。】

【唐铁嘴趿拉着鞋，身穿一件极长极脏的大布衫，耳上夹着几张小纸片，进来。】

王利发　唐先生，你外边蹓蹓吧！

唐铁嘴　（惨笑）王掌柜，捧捧唐铁嘴吧！送给我碗茶喝，我就先给您相相面吧！手相奉送，不取分文！（不容分说，拉过王利发的手来）今年是光绪二十四年，戊戌。您贵庚是……

王利发　（夺回手去）算了吧，我送给你一碗茶喝，你就甭卖那套生意口啦！用不着相面，咱们既在江湖内，都是苦命人！（由柜台内走出，让唐铁嘴坐下）坐下！我告诉你，你要是不戒了大烟，就永远交不了好运！这是我的想法，比你的更灵验！

【松二爷和常四爷都提着鸟笼进来，王利发向他们打招呼。他们先把鸟笼子挂好，找地方坐下。松二爷文绉绉的，提着小黄鸟笼；常四爷雄赳赳的，提着大而高的画眉笼。茶房李三赶紧过来，沏上盖碗茶。他们自带茶叶。茶沏好，松二爷、常四爷向邻近的茶座让了让。】

松二爷　您喝这个！（然后，往后院看了看）

常四爷　您喝这个！（然后，往后院看了看）

《茶馆》片段欣赏

松二爷　好像又有事儿？

常四爷　反正打不起来！要真打的话，早到城外头去啦；到茶馆来干吗？

【二德子，一位打手，恰好进来，听见了常四爷的话。】

二德子　（凑过去）你这是对谁甩闲话呢？

常四爷　（不肯示弱）你问我哪？花钱喝茶，难道还教谁管着吗？

松二爷　（打量了二德子一番）我说这位爷，您是营里当差的吧？来，坐下喝一碗，我们也都是外场人。

二德子　你管我当差不当差呢！

常四爷　要抖威风，跟洋人干去，洋人厉害！英法联军烧了圆明园，尊家吃着官饷，可没见您去冲锋打仗！

二德子　甭说打洋人不打，我先管教管教你！（要动手）

【别的茶客依旧进行他们自己的事。王利发急忙跑过来。】

王利发　哥儿们，都是街面上的朋友，有话好说。德爷，您后边坐！

【二德子不听王利发的话，一下子把一个盖碗搂下桌去，摔碎。翻手要抓常四爷的脖领。】

常四爷　（闪过）你要怎么着？

二德子　怎么着？我碰不了洋人，还碰不了你吗？

马五爷　（并未立起）二德子，你威风啊！

二德子　（四下扫视，看到马五爷）喝，马五爷，您在这儿哪？我可眼拙，没看见您！（过去请安）

马五爷　有什么事好好地说，干吗动不动地就讲打？

二德子　嗻！您说的对！我到后头坐坐去。李三，这儿的茶钱我付啦！（往后面走去）

常四爷　（凑过来，要对马五爷发牢骚）这位爷，您圣明，您给评评理！

马五爷　（立起来）我还有事，再见！（走出去）

常四爷　（对王利发）邪！这倒是个怪人！

王利发　您不知道这是马五爷呀？怪不得您也得罪了他！

常四爷　我也得罪了他？我今天出门没挑好日子！

王利发　（低声地）刚才您说洋人怎样，他就是吃洋饭的。信洋教，说洋话，有事情可以一直地找宛平县的县太爷去，要不怎么连官面上都不惹他呢！

常四爷　（往原处走）哼，我就不佩服吃洋饭的！

王利发　（向宋恩子、吴祥子那边稍一歪头，低声地）说话请留点神！（大声地）李三，再给这儿沏一碗来！（拾起地上的碎瓷片）

松二爷　盖碗多少钱？我赔！外场人不做老娘们事！

王利发　不忙，待会儿再算吧！（走开）

【纤手刘麻子领着康六进来。刘麻子先向松二爷、常四爷打招呼。】

刘麻子　您二位真早班儿！（掏出鼻烟壶，倒烟）您试试这个！刚装来的，地道英国造，又细又纯！

常四爷　唉！连鼻烟也得从外洋来！这得往外流多少银子啊！
刘麻子　咱们大清国有的是金山银山，永远花不完！您坐着，我办点小事！（领康六找了个座儿）

【李三拿过一碗茶来。】

刘麻子　说说吧，十两银子行不行？你说干脆的！我忙，没工夫专伺候你！
康　六　刘爷！十五岁的大姑娘，就值十两银子吗？
刘麻子　卖到窑子去，也许多拿一两八钱的，可是你又不肯！
康　六　那是我的亲女儿！我能够……
刘麻子　有女儿，你可养活不起，这怪谁呢？
康　六　那不是因为乡下种地的都没法子混了吗？一家大小要是一天能吃上一顿粥，我要还想卖女儿，我就不是人！
刘麻子　那是你们乡下的事，我管不着。我受你之托，教你不吃亏，又教你女儿有个吃饱饭的地方，这还不好吗？
康　六　到底给谁呢？
刘麻子　我一说，你必定从心眼里乐意！一位在宫里当差的！
康　六　宫里当差的谁要个乡下丫头呢？
刘麻子　那不是你女儿的命好吗？
康　六　谁呢？
刘麻子　庞总管！你也听说过庞总管吧？侍候着太后，红得不得了，连家里打醋的瓶子都是玛瑙作的！
康　六　刘大爷，把女儿给太监做老婆，我怎么对得起人呢？
刘麻子　卖女儿，无论怎么卖，也对不起女儿！你糊涂！你看，姑娘一过门，吃的是珍馐美味，穿的是绫罗绸缎，这不是造化吗？怎样，摇头不算点头算，来个干脆的！
康　六　自古以来，哪有……他就给十两银子？
刘麻子　找遍了你们全村儿，找得出十两银子找不出！在乡下，五斤白面就换个孩子，你不是不知道！
康　六　我，唉！我得跟姑娘商量一下！
刘麻子　告诉你，过了这个村可没有这个店，耽误了事别怨我！快去快来！
康　六　唉！我一会儿就回来！
刘麻子　我在这儿等着你！
康　六　（慢慢地走出去）
刘麻子　（凑到松二爷、常四爷这边来）乡下人真难办事，永远没个痛痛快快！
松二爷　这号生意又不小吧？
刘麻子　也甜不到哪儿去，弄好了，赚个元宝！
常四爷　乡下是怎么了？会弄得这么卖儿卖女的！
刘麻子　谁知道！要不怎么说，就是一条狗也得托生在北京城里嘛！

常四爷　刘爷,您可真有个狠劲儿,给拉拢这路事!

刘麻子　我要不分心,他们也许找不到买主呢!(忙岔话)松二爷,(掏出个小时表来)您看这个!

松二爷　(接表)好体面的小表!

刘麻子　您听听,咯噔咯噔地响!

松二爷　(听)这得多少钱?

刘麻子　您爱吗?就让给您!一句话,五两银子!您玩够了,不爱再要了,我还照数退钱!东西真地道,传家的玩意儿!

常四爷　我这儿正咂摸这个味儿:咱们一个人身上有多少洋玩意儿啊!老刘,就看你身上吧:洋鼻烟,洋表,洋缎大衫,洋布裤褂……

刘麻子　洋东西可是真漂亮呢!我要是穿一身土布,像个乡下脑壳,谁还理我呀!

常四爷　我老觉乎着咱们的大缎子、川绸,更体面!

刘麻子　松二爷,留下这个表吧,这年月,戴着这么好的洋表,会教人另眼看待!是不是这么说,您哪?

松二爷　(真爱表,但又嫌贵)我……

刘麻子　您先戴两天,改日再给钱!

【黄胖子进来。】

黄胖子　(严重的沙眼,看不清楚,进门就请安)哥儿们,都瞧我啦!我请安了!都是自己弟兄,别伤了和气呀!

王利发　这不是他们,他们在后院哪!

黄胖子　我看不大清楚啊!掌柜的,预备烂肉面。有我黄胖子,谁也打不起来!(往里走)

二德子　(出来迎接)两边已经见了面,您快来吧!

【二德子同黄胖子入内。】

【茶房们一趟又一趟地往后面送茶水。老人进来,拿着些牙签、胡梳、耳挖勺之类的小东西,低着头慢慢地挨着茶座儿走;没人买他的东西。他要往后院去,被李三截住。】

李三老　大爷,您外边蹓蹓吧!后院里,人家正说和事呢,没人买您的东西!(顺手儿把剩茶递给老人一碗)

松二爷　(低声地)李三!(指后院)他们到底为了什么事,要这么拿刀动杖的?

李　三　(低声地)听说是为一只鸽子。张宅的鸽子飞到了李宅去,李宅不肯交还……唉,咱们还是少说话好,(问老人)老大爷您高寿啦?

老　人　(喝了茶)多谢!八十二了,没人管!这年月呀,人还不如一只鸽子呢!唉!(慢慢走出去)

【秦仲义,穿得很讲究,满面春风,走进来。】

王利发　哎哟!秦二爷,您怎么这样闲在,会想起下茶馆来了?也没带个底下人?

秦仲义　来看看,看看你这年轻小伙子会做生意不会!

王利发　唉，一边作一边学吧，指着这个吃饭嘛。谁叫我爸爸死得早，我不干不行啊！好在照顾主儿都是我父亲的老朋友，我有不周到的地方，都肯包涵，闭闭眼就过去了。在街面上混饭吃，人缘儿顶要紧。我按着我父亲遗留下的老办法，多说好话，多请安，讨人人的喜欢，就不会出大岔子！您坐下，我给您沏碗小叶茶去！

秦仲义　我不喝！也不坐着！

王利发　坐一坐！有您在我这儿坐坐，我脸上有光！

秦仲义　也好吧！（坐）可是，用不着奉承我！

王利发　李三，沏一碗高的来！二爷，府上都好？您的事情都顺心吧？

秦仲义　不怎么太好！

王利发　您怕什么呢？那么多的买卖，您的小手指头都比我的腰还粗！

唐铁嘴　（凑过来）这位爷好相貌，真是天庭饱满，地阁方圆，虽无宰相之权，而有陶朱之富！

秦仲义　躲开我！去！

王利发　先生，你喝够了茶，该外边活动活动去！（把唐铁嘴轻轻推开）

唐铁嘴　唉！（垂头走出去）

秦仲义　小王，这儿的房租是不是得往上提那么一提呢？当年你爸爸给我的那点租钱，还不够我喝茶用的呢！

王利发　二爷，您说的对，太对了！可是，这点小事用不着您分心，您派管事的来一趟，我跟他商量，该长多少租钱，我一定照办！是！嗻！

秦仲义　你这小子，比你爸爸还滑！哼，等着吧，早晚我把房子收回去！

王利发　您甭吓唬着我玩，我知道您多么照应我，心疼我，决不会叫我挑着大茶壶，到街上卖热茶去！

秦仲义　你等着瞧吧！

【乡妇拉着个十来岁的小妞进来。小妞的头上插着一根草标。李三本想不许她们往前走，可是心中一难过，没管。她们俩慢慢地往里走。茶客们忽然都停止说笑，看着她们。】

小　妞　（走到屋子中间，立住）妈，我饿！我饿！

【乡妇呆视着小妞，忽然腿一软，坐在地上，掩面低泣。】

秦仲义　（对王利发）轰出去！

王利发　是！出去吧，这里坐不住！

乡　妇　哪位行行好？要这个孩子，二两银子！

常四爷　李三，要两个烂肉面，带她们到门外吃去！

李　三　是啦！（过去对乡妇）起来，门口等着去，我给你们端面来！

乡　妇　（立起，抹泪往外走，好像忘了孩子；走了两步，又转回身来，搂住小妞吻她）宝贝！宝贝！

王利发　快着点吧！

【乡妇、小妞走出去。李三随后端出两碗面去。】

王利发　（过来）常四爷，您是积德行好，赏给她们面吃！可是，我告诉您：这路事儿太多了，太多了！谁也管不了！（对秦仲义）二爷，您看我说的对不对？

常四爷　（对松二爷）二爷，我看哪，大清国要完！

秦仲义　（老气横秋地）完不完，并不在乎有人给穷人们一碗面吃没有。小王，说真的，我真想收回这里的房子！

王利发　您别那么办哪，二爷！

秦仲义　我不但收回房子，而且把乡下的地，城里的买卖也都卖了！

王利发　那为什么呢？

秦仲义　把本钱拢在一块儿，开工厂！

王利发　开工厂？

秦仲义　嗯，顶大顶大的工厂！那才救得了穷人，那才能抵制外货，那才能救国！（对王利发说而眼看着常四爷）唉，我跟你说这些干什么，你不懂！

王利发　您就专为别人，把财产都出手，不顾自己了吗？

秦仲义　你不懂！只有那么办，国家才能富强！好啦，我该走啦。我亲眼看见了，你的生意不错，你甭再耍无赖，不涨房钱！

王利发　您等等，我给您叫车去！

秦仲义　用不着，我愿意溜达溜达！

【秦仲义往外走，王利发送。】

【小牛儿搀着庞太监走进来。小牛儿提着水烟袋。】

庞太监　哟！秦二爷！

秦仲义　庞老爷！这两天您心里安顿了吧？

庞太监　那还用说吗？天下太平了，圣旨下来，谭嗣同问斩！告诉您，谁敢改祖宗的章程，谁就掉脑袋！

秦仲义　我早就知道！

【茶客们忽然全静寂起来，几乎是闭住呼吸地听着。】

庞太监　您聪明，二爷，要不然您怎么发财呢！

秦仲义　我那点财产，不值一提！

庞太监　太客气了吧？您看，全北京城谁不知道秦二爷！您比做官的还厉害呢！听说呀，好些财主都讲维新！

秦仲义　不能这么说，我那点威风在您的面前可就施展不出来了！哈哈哈！

庞太监　说得好，咱们就八仙过海，各显其能吧！哈哈哈！

秦仲义　改天过去给您请安，再见！（下）

庞太监　（自言自语）哼，凭这么个小财主也敢跟我逗嘴皮子，年头真是改了！（问王利发）刘麻子在这儿哪？

王利发　总管，您里边歇着吧！

【刘麻子早已看见庞太监，但不敢靠近，怕打搅了庞太监、秦仲义的谈话。】

刘麻子　喝，我的老爷子！您吉祥！我等了您好大半天了！（搀庞太监往里面走）

【宋恩子、吴祥子过来请安，庞太监对他们耳语。】

【众茶客静默了一阵之后，开始议论纷纷。】

茶客甲　谭嗣同是谁？

茶客乙　好像听说过！反正犯了大罪，要不，怎么会问斩呀！

茶客丙　这两三个月了，有些做官的，念书的，乱折腾乱闹，咱们怎能知道他们捣的什么鬼呀！

茶客丁　得！不管怎么说，我的铁杆庄稼又保住了！姓谭的，还有那个康有为，不是说叫旗兵不关钱粮，去自谋生计吗？心眼多毒！

茶客丙　一份钱粮倒叫上头克扣去一大半，咱们也不好过！

茶客丁　那总比没有强啊！好死不如赖活着，叫我去自己谋生，非死不可！

王利发　诸位主顾，咱们还是莫谈国事吧！

【大家安静下来，都又各谈各的事。】

庞太监　（已坐下）怎么说？一个乡下丫头，要二百两银子？

刘麻子　（侍立）乡下人，可长得俊呀！带进城来，好好地一打扮、调教，准保是又好看，又有规矩！我给您办事，比给我亲爸爸做事都更尽心，一丝一毫不能马虎！

【唐铁嘴又回来了。】

王利发　铁嘴，你怎么又回来了？

唐铁嘴　街上兵荒马乱的，不知道是怎么回事！

庞太监　还能不搜查搜查谭嗣同的余党吗？唐铁嘴，你放心，没人抓你！

唐铁嘴　嚷，总管，您要能赏给我几个烟泡儿，我可就更有出息了！

【有几个茶客好像预感到什么灾祸，一个个往外溜。】

松二爷　咱们也该走了吧！天不早啦！

常四爷　嗻！走吧！

【二灰衣人——宋恩子和吴祥子走过来。】

宋恩子　等等！

常四爷　怎么啦？

宋恩子　刚才你说"大清国要完"？

常四爷　我，我爱大清国，怕它完了！

吴祥子　（对松二爷）你听见了？他是这么说的吗？

松二爷　哥儿们，我们天天在这儿喝茶。王掌柜知道：我们都是地道老好人！

吴祥子　问你听见了没有？

松二爷　那，有话好说，二位请坐！

宋恩子　你不说，连你也锁了走！他说"大清国要完"，就是跟谭嗣同一党！

松二爷　我，我听见了，他是说……

宋恩子　（对常四爷）走！

常四爷　上哪儿？事情要交代明白了啊！

宋恩子　你还想拒捕吗？我这儿可带着"王法"呢！（掏出腰中带着的铁链子）

常四爷　告诉你们，我可是旗人！

吴祥子　旗人当汉奸，罪加一等！锁上他！

常四爷　甭锁，我跑不了！

宋恩子　量你也跑不了！（对松二爷）你也走一趟，到堂上实话实说，没你的事！

【黄胖子同三五个人由后院过来。】

黄胖子　得啦，一天云雾散，算我没白跑腿！

松二爷　黄爷！黄爷！

黄胖子　（揉揉眼）谁呀？

松二爷　我！松二！您过来，给说句好话！

黄胖子　（看清）哟，宋爷，吴爷，二位爷办案哪？请吧！

松二爷　黄爷，帮帮忙，给美言两句！

黄胖子　官厅儿管不了的事，我管！官厅儿能管的事呀，我不便多嘴！（问大家）是不是？

众　　　嗻！对！

【宋恩子、吴祥子带着常四爷、松二爷往外走。】

松二爷　（对王利发）看着点我们的鸟笼子！

王利发　您放心，我给送到家里去！

【常四爷、松二爷、宋恩子、吴祥子同下。】

黄胖子　（唐铁嘴告以庞太监在此）哟，老爷在这儿哪？听说要安份儿家，我先给您道喜！

庞太监　等吃喜酒吧！

黄胖子　您赏脸！您赏脸！（下）

【乡妇端着空碗进来，往柜上放。小妞跟进来。】

小　妞　妈！我还饿！

王利发　唉！出去吧！

乡　妇　走吧，乖！

小　妞　不卖妞妞啦？妈！不卖啦？妈！

乡　妇　乖！（哭着，携小妞下）

【康六带着康顺子进来，立在柜台前。】

康　六　姑娘！顺子！爸爸不是人，是畜生！可你叫我怎么办呢？你不找个吃饭的地方，你饿死！我不弄到手几两银子，就得叫东家活活地打死！你呀，顺子，认命吧，积德吧！

康顺子　我，我……（说不出话来）

刘麻子　（跑过来）你们回来啦？点头啦？好！来见见总管！给总管磕头！

康顺子　我……（要晕倒）
康　六　（扶住女儿）顺子！顺子！
刘麻子　怎么啦？
康　六　又饿又气，昏过去了！顺子！顺子！
庞太监　我要活的，可不要死的！
【静场。】
茶客甲　（正与乙下象棋）将！你完啦！

（选自《茶馆》，人民文学出版社，2002）

融会贯通

　　《茶馆》第一幕描绘了戊戌变法失败、维新派人物谭嗣同被杀害的那个黑暗时代的社会生活，逼真地勾勒出帝国主义扩张渗透、吃洋教的流氓地痞横行、农民破产、宫廷生活腐败荒淫、爱国者横遭迫害的真实图景。

　　常四爷、秦仲义、王利发是第一幕中刻画得最为鲜明的人物。常四爷是爱国者，他痛恨洋人，痛恨腐败无能的清王朝。他对穷人、弱者慷慨相助，对特务、爪牙、地痞流氓充满蔑视，勇于抗争。他敢于憎，敢于怒，敢于当众宣布"大清国要完"，是个有血气的硬汉子，是正义和反抗力量的代表。秦仲义是民族资产阶级的代表，他财大气粗，自命不凡，对穷苦人缺少同情，试图走实业救国之路。在与庞太监的对话中，他软中有硬，绵里藏针，体现了新兴阶级的锐气。王利发在第一幕里也成功地展示了自己的性格特征，他精明能干，能说会道，八面玲珑。在强者面前，他忍气吞声；在弱者面前，他虽无害人之心，却也没有多少同情心，是圆滑自私的小业主的代表。

　　该作品的语言简洁明快，幽默含蓄，富有个性化，具有浓郁的北京地方文化色彩。作者不愧为语言艺术大师，三言两语就刻画出了人物的性格特征，充分显示了深厚的艺术功力。

学以致用

　　有人说："戏剧是生活的裂缝，光从那里照进来。"的确，戏剧对于现代生活依然具有重要的意义。组织《茶馆》讨论会，为《茶馆》第一幕中的每一个角色都找出一句"最能体现其性格的台词"，欣赏人物的个性特点，感受戏剧对人生的启示。

三、《暗恋桃花源》（节选）（赖声川）

作品渊源

　　赖声川，江西会昌人，1954年10月25日出生于美国华盛顿。《暗恋桃花源》讲述了一个乌龙又蕴含深意的故事："暗恋"和"桃花源"本是两个不相干的剧组，由于他们同时与剧场签订了场地使用合同，双方互不相让，加上演出在即，他们不得不同时在剧场中彩排，遂成就了一出古今悲喜交错的舞台奇观。

> 文以载道

【灯光渐亮。《暗恋》病房，舞台上同于第六场。《桃花源》的大背景山水画已经画好了，明亮地挂在后方，成为《暗恋》的背景。】

【江太太和护士服侍着江上轮椅坐好，推着往舞台前方假想窗户走。】

江滨柳　这里没你的事，你回去吧！

江太太　我回去干什么？我留在这里陪陪你嘛。

【江摇摇手，表示不用。】

我帮你买了你最爱吃的玫瑰酥糖，我给你拿来。

【江又摇手，江太太停顿。江指床头的柜子。】

江滨柳　美如，抽屉里……有一个信封是给你的。

话剧《暗恋桃花源》片段赏析

【江太太打开抽屉，拿出大信封袋，交给江，江戴上老花眼镜，取出信封内容。】

（慢慢交代）这上面写得明明白白的。（指文件）打这个电话给陈律师，赶快把我们房地产的名字过户到你的名字去。（换了一份）这个单子是……

江太太　你现在讲这个干什么？

江滨柳　不是，你不懂！这一张你不知道，这是我的一张保险单，15年到期，还差两年就满了。到时候凭这张单子你就可以领钱。

【江太太站在旁边默默不语。】

（又翻开一张）这是我东北老家的地址……这是两张机票。等我走了你跟儿子就……一起帮我回去看看……

【江太太强压下所有的哀伤，抢过文件和信封。】

江太太　你好好地养病，你说这些干什么？你这个人就是这个样子，把事情想得这么复杂。你只要安心好好养病，一切都会没事的。

【江太太把东西放在病床上，回过头来推轮椅。】

江滨柳　这儿没你事，你就先回去吧。

江太太　我推你走走嘛。（推往右边）

江滨柳　你回去吧！让我一个人在这儿静静，你快去把该办的办了！

【《桃花源》中饰「老陶」的演员换上便装，走上台来，本要穿越舞台，被戏吸引住，在舞台左前方角落席地而坐，观赏。】

江太太　（不理会江）我没有什么好办的，我来就是要陪你嘛。趁着现在还有点太阳，我推你去走走。

【江太太推着轮椅又走，江强拉停，回身推开江太太双手。】

江滨柳　你不要来，你不要来，谁都不要来，好不好？让我自己一个人安安静静地坐一坐，好不好？用不着人在这陪我！

【江完全不理会江太太，自顾自地转动轮椅到一旁去。江太太不管江的反应，硬要推轮椅出去。陌生女子静静地坐到右舞台前方角落阴影中。】

江太太　你不要这样固执，你根本不会照顾自己，不要像小孩一样！你听我最后一次好不好！

江滨柳　（暴躁地）美如！你让我一个人静静行不行？

【江太太激动欲泣。护士也不知如何插手。】

【敲门声，三人惊。停顿。】

【护士去开门。门开，暮年的云之凡站在那里，穿着整齐、体面，手里提着一袋礼盒。她老了，但仍然保有当年的一种光彩，她头发短了、白了，驼着背，不大自然地站在门口。】

云之凡　（轻声）请问……有没有一位……江滨柳先生？

【护士回头望着尴尬的江先生、江太太。】

【江呆望着云。】

【江太太回过身来，不由自主地走到江身后，双手握在江身上。】

【护士呆滞地请云入。云站在门口，看着江。】

【沉默。】

护　士　江太太，我现在陪你去把药钱缴了吧！

江太太　我可以明天去缴！我……（想一想）好。

【江太太拿着皮包，无言地从云的身旁过去。护士、江太太从门下。】

【江和云终于面对面，江坐轮椅，云站着。沉默。】

【《暗恋》导演不由自主地站在舞台右侧台口，忍不住地近看他自己剧本的高潮，也就是他自己亲身经历而未完成的事件的结尾。导演助理跟在一旁。】

云之凡　（打破沉默）我是看到报纸来的。

江滨柳　（指沙发）坐！

【沉默。】

云之凡　我给你带了点水果。

【云把礼盒放在地上，坐在江太太平时坐的沙发上。两人隔着房间对看。】

【沉默。】

　　　　　你的身体是……

【江不语，一直望着云。】

江滨柳　我不知道你一直在台湾。

云之凡　我也不知道……

【沉默。云看到江身上的围巾。】

　　　　　（指）这围巾是……？

江滨柳　（微笑）这些年天冷了，我一直披在身上。

【沉默。】

云之凡　你一直住在台湾？

江滨柳　1949年年初就来了。

　　　　　我写信到昆明给你，都没有消息……

【沉默。】

云之凡　49年……（慢慢回想）我重庆的大哥大嫂就决定把我带出来。我们从滇缅公路到泰国……经过河内到香港。过了两年我们到台湾就住下来了。

【沉默。】

江滨柳　什么时候看到报纸的？

云之凡　啊？

江滨柳　什么时候看到报纸的？

云之凡　今（停顿）……登的那天就看到了。

【沉默。】

江滨柳　你身体还好？

云之凡　还好。去年动了一个手术。没什么，年纪大了。我前年做了外婆了。

江滨柳　我记得你留的两条辫子……

云之凡　结婚第二年就剪了。好久了。

【沉默。】

　　　　　你住在台北什么地方？

江滨柳　一直住在景美。

【停顿。】

云之凡　我本来住在中和。后来搬到天母。

江滨柳　我前几年搬到内湖去。

【长沉默。】

（感伤地）好大的上海，我们还能在一起，想不到……小小的台北把我们给难倒了。

【沉默。云之凡看看手表。】

云之凡　我该走了。我儿子还在下面等我。

【云慢慢起身，往门口缓缓走去。开门，正要出去。】

江滨柳　之凡……

【云停住，背对着江。】

（慢慢地）这些年……你有没有想过我？

【长沉默。】

【云一直在门口站着，终于转身，低头，感性地道出心中的感受。】

云之凡　我写了好多信到上海去……好多信……

【停顿。】

后来我大哥说：不能再等了。（停顿）再等……就要老了。

【长沉默。】

（回头看江）我先生人很好。他真的很好。

【江默默地伸出手来。】

【云望着江，然后慢慢走到江轮椅侧面，轻轻地拉着江的手。】

【长沉默，两人手握得紧紧的。】

扫一扫

《暗恋桃花源》片段欣赏

【云放开江的手，抬起头来。】

【轻声地】我真的要走了。

【云慢慢走出病房门，下。江在轮椅上，呆看前方。】

【门开，江太太上，回首望了一下门，上前安慰江，江竟是拒绝她的手，继续呆看前方。江太太无奈地站在江身旁。】

【江手伸向空中，江太太望着江的手，默默地拉住他，江把头倚在江太太的怀里。】

【门开，护士上，站在门口观看这生命中的小片段。】

【灯光渐暗。】

（选自《赖声川剧场（第一辑）——暗恋桃花源——红色的天空》，东方出版社，2007）

融会贯通

《暗恋》中江滨柳与云之凡在上海的那段感情纯粹而真诚，也正是这个原因，让江滨柳怀恋终身。以至于不顾妻子的感受，病重之后登报寻人。然而与梦中人重逢，却发现时过境迁，物是人非。

学以致用

现实生活中有多少人因为难舍初恋，而对自己的身边人冷漠以对，又有多少人得到了却不珍惜，总以为在婚外恋中才能得到所谓的爱情。殊不知与其执着守望、朝三暮四，不如守望身边人。你所拥有的平凡的日子就是你的"桃花源"。以小组为单位，演绎《暗恋桃花源》片段，体会"桃花源"的真正含义。

模块三　欣赏外国戏剧

一、外国戏剧的发展历程

（一）古希腊戏剧

古希腊戏剧起源于酒神祭典，包括悲剧和喜剧。其中，悲剧盛极一时，出现了三大悲剧诗人，分别是埃斯库罗斯、索福克勒斯和欧里庇德斯。埃斯库罗斯被称为"古希腊悲剧之父"，他的代表作有《被缚的普罗米修斯》《波斯人》《七将攻忒拜》等；索福克勒斯被称为"戏剧中的荷马"，他的代表作有《俄狄浦斯王》《埃阿斯》《安提戈涅》等，其中《俄狄浦斯王》被亚里士多德誉为悲剧典范；欧里庇德斯的代表作有《安德洛玛克》《美狄亚》《疯狂的赫拉克勒斯》等。

古希腊喜剧作品主要有"喜剧之父"阿里斯托芬的《公民大会妇女》、米南德的《恨世者》《萨摩斯女子》等。

（二）文艺复兴戏剧

文艺复兴时期各国剧作家都取得了一定的戏剧成就。其中，意大利剧作家马基维理的《曼陀罗花》通过青年卡里马科愚弄贵族而得到自己意中人的故事，讽刺了封建贵族。西班牙成就最高的剧作家是洛卜·德·维伽，他的代表作是《羊泉村》，与他同时期的西班牙剧作家还有塞万提斯、莫里纳等。英国著名的剧作家很多，有莎士比亚、约翰·李利、乔治·皮尔、本·琼生等，最突出的是莎士比亚，本·琼生曾以"莎士比亚不属于一个时代，而属于所有的世纪"来评价他。莎士比亚的喜剧代表作有《仲夏夜之梦》《威尼斯商人》《温莎的风流娘儿们》等，悲剧代表作有《哈姆雷特》《奥赛罗》《李尔王》《麦克白》等。

（三）古典主义戏剧

法国古典主义剧作家的代表主要有高乃依、拉辛、莫里哀。高乃依的代表作为悲剧《熙德》《贺拉斯》等，拉辛的代表作为悲剧《昂朵马格》《费得尔》，莫里哀的代表作为喜剧《伪君子》《悭吝人》等。

（四）启蒙和浪漫主义戏剧

启蒙运动时期的重要剧作家有法国的狄德罗、博马舍，德国的莱辛、席勒，意大利的哥尔多尼等。其中，狄德罗的代表作是《私生子》《一家之主》，博马舍的代表作是以费加罗为主人公的三部喜剧《有罪的母亲》《塞维勒的理发师》《费加罗的婚姻》；席勒的代表作是《强盗》《阴谋与爱情》等。

浪漫主义思潮作为启蒙运动的延续，其主要体现在小说和诗歌方面，浪漫主义剧作家较少，比较突出的是雨果。他提出了浪漫主义戏剧的主张，创作了浪漫主义戏剧《欧那尼》。

（五）现实主义戏剧

现实主义剧作家取得了举世瞩目的艺术成就。其中，亨利·易卜生是19世纪挪威杰出的剧作家，他的代表作有《玩偶之家》《人民公敌》等。萧伯纳是英国现代伟大的剧作家，他的代表作有《鳏夫的房产》《华伦夫人的职业》《武器与人》《卖花女》等。

二、《哈姆雷特》（节选）[英]（莎士比亚）

作品渊源

莎士比亚（1564—1616），英国著名剧作家、诗人，被马克思称为"人类最伟大的天才之一"。代表作有悲剧《罗密欧与朱丽叶》《哈姆雷特》《奥赛罗》《李尔王》《麦克白》，喜剧《仲夏夜之梦》《威尼斯商人》《皆大欢喜》《第十二夜》等。《哈姆雷特》是他最有代表意义的作品，共五幕二十场，这里节选的第三幕第一场。《哈姆雷特》讲述的是克劳狄斯把自己的哥哥毒死，登上王位并迎娶嫂子，失去父亲的王子哈姆雷特回国复仇的故事。

文以载道

（国王[1]、王后、波洛涅斯、奥菲利娅、罗森格兰兹[2]及吉尔登斯吞上）

国　　王　你们不能用迂回婉转的方法，探出他[3]为什么这样神魂颠倒，让紊乱而危险的疯狂困扰他的安静的生活吗？

罗森格兰兹　他承认他自己有些神志不清，可是绝口不肯说为了什么缘故。

吉尔登斯吞　他也不肯虚心接受我们的探问；当我们想要引导他吐露他自己的一些真相的时候，他总是用假作痴呆的神气故意回避。

王　　后　他对待你们还客气吗？

罗森格兰兹　很有礼貌。

吉尔登斯吞　可是不大自然。

罗森格兰兹　他很吝惜自己的话，可是我们问他话的时候，他回答起来却是毫无拘束。

王　　后　你们有没有劝诱他找些什么消遣？

罗森格兰兹　娘娘，我们来的时候，刚巧有一班戏子也要到这儿来，给我们赶过了；我们把这消息告诉了他，他听了好像很高兴。现在他们已经到了宫里，我想他已经吩咐他们今晚为他演出了。

波洛涅斯　一点儿不错，他还叫我来请两位陛下同去看看他们演得怎样哩。

国　　王　那好极了。我非常高兴听见他在这方面感兴趣。请你们两位还要更进一步鼓起他的兴味，把他的心思移转到这种娱乐上面。

罗森格兰兹　是，陛下。（罗森格兰兹、吉尔登斯吞同下）

国　　王　亲爱的乔特鲁德[4]，你也暂时离开我们；因为我们已经暗中差人去唤哈姆雷特到这儿来，让他和奥菲利娅见见面，就像他们偶然相遇一般。她的父亲跟我两人将要权充一下密探，躲在可以看见他们，却不能被他们看见的地方，注意他们会面的情形，从他的行为上判断他的疯病究竟是不是因为恋爱上的苦闷。

王　　后　我愿意服从您的意旨。奥菲利娅，但愿你的美貌果然是哈姆雷特疯狂的原因；更愿你的美德能够帮助他恢复原状，使你们两人都能安享尊荣。

奥菲利娅　娘娘，但愿如此。（王后下。）

波洛涅斯　奥菲利娅，你在这儿走走。陛下，我们就去躲起来吧。（向奥菲利娅）你拿这本书去读，他看见你这样用功，就不会疑心你为什么一个人在这儿了。人们往往用至诚的外表和虔敬的行动，掩饰一颗魔鬼般的内心，这样的例子是太多了。

国　　王　（旁白）啊，这句话是太真实了！它在我的良心上抽了多么重的一鞭！涂脂抹粉的娼妇的脸，还不及掩藏在虚伪的言辞后面的我的行为更丑恶。难堪的重负啊！

波洛涅斯　我听见他来了，我们退下去吧，陛下。（国王及波洛涅斯下。）

（哈姆雷特上）

哈姆雷特　生存还是毁灭，这是一个值得考虑的问题。默然忍受命运的暴虐的毒箭，或是挺身反抗人世的无涯的苦难，通过斗争把它们扫清，这两种行为，哪一种更高贵？死了；睡着了；什么都完了；要是在这一种睡眠之中，我们心头的创痛，以及其他无数血肉之躯所不能避免的打击，都可以从此消失，那正是我们求之不得的结局。死了；睡着了；睡着了也许还会做梦；嗯，阻碍就在这儿：因为当我们摆脱了这一具朽腐的皮囊以后，在那死的睡眠里，究竟将要做些什么梦，那不能不使我们踌躇顾虑。人们甘心久困于患难之中，也就是为了这个缘故；谁愿意忍受人世的鞭挞和讥嘲、压迫者的凌辱、傲慢者的冷眼、被轻蔑的爱情的惨痛、法律的迁延、官吏的横暴和费尽辛勤所换来的小人的鄙视，要是他只要用一柄小小的刀子，就可以清算他自己的一生？谁愿意负着这样的重担，在烦劳的生命的压迫下呻吟流汗，倘不是因为惧怕不可知的死后，惧怕那从来不曾有一个旅人回来过的神秘之国，是它迷惑了我们的意志，使我们宁愿忍受目前的折磨，不敢向我们所不知道的痛苦飞去？这样，重重的顾虑使我们全变成了懦夫，决心的赤热的光彩，被审慎的思维盖上了一层灰色，伟大的事业在这一种考虑之下，也会逆流而退，失去了行动的意义。且慢！美丽的奥菲利娅！——女神，在你的祈祷之中，不要忘记替我忏悔我的罪孽。

奥菲利娅　我的好殿下，您这许多天来贵体安好吗？

哈姆雷特　谢谢你，很好，很好，很好。

奥菲利娅　殿下，我有几件您送给我的纪念品，我早就想把它们还给您；请您现在收回去吧。

哈姆雷特　不，我不要；我从来没有给你什么东西。

奥菲利娅　殿下，我记得很清楚您把它们送给了我，那时候您还向我说了许多甜言蜜语，使这些东西格外显得贵重；现在它们的芳香已经消散，请您拿回去吧，因为在有骨气的人看来，送礼的人要是变了心，礼物虽贵，也会失去了价值。拿去吧，殿下。

哈姆雷特　哈哈！你贞洁吗？

奥菲利娅　殿下！

哈姆雷特　你美丽吗？

奥菲利娅　殿下是什么意思？

哈姆雷特　要是你既贞洁又美丽，那么你的贞洁应该断绝跟你的美丽来往。

奥菲利娅　殿下，难道美丽除了贞洁以外，还有什么更好的伴侣吗？

项目五　戏如人生——戏剧欣赏

哈姆雷特　嗯，真的。因为美丽可以使贞洁变成淫荡，贞洁却未必能使美丽受它自己的感化。这句话从前像是怪诞之谈，可是现在时间已经把它证实了。我的确曾经爱过你。

奥菲利娅　真的，殿下，您曾经使我相信您爱我。

哈姆雷特　你当初就不应该相信我，因为美德不能熏陶我们罪恶的本性；我没有爱过你。

奥菲利娅　那么我真是受了骗了。

哈姆雷特　进尼姑庵去吧，为什么你要生一群罪人出来呢？我自己还不算是一个顶坏的人；可是我可以指出我的许多过失，一个人有了那些过失，他的母亲还是不要生下他来的好。我很骄傲，有仇必报，富于野心，我的罪恶是那么多，连我的思想也容纳不下，我的想象也不能给它们形象，甚至于我都没有充分的时间可以把它们实行出来。像我这样的家伙，匍匐于天地之间，有什么用处呢？我们都是些十足的坏人，一个也不要相信我们。进尼姑庵去吧。你的父亲呢？

奥菲利娅　在家里，殿下。

哈姆雷特　把他关起来，让他只好在家里发发傻劲。再会！

奥菲利娅　哎哟，天哪！救救他！

哈姆雷特　要是你一定要嫁人，我就把这一个诅咒送给你做嫁奁[5]：尽管你像冰一样坚贞，像雪一样纯洁，你还是逃不过谗人的诽谤。进尼姑庵去吧，去；再会！或者要是你必须嫁人的话，就嫁给一个傻瓜吧；因为聪明人都明白你们会叫他们变成怎样的怪物。进尼姑庵去吧，去，越快越好。再会！

奥菲利娅　天上的神明啊，让他清醒过来吧！

哈姆雷特　我也知道你们会怎样涂脂抹粉；上帝给了你们一张脸，你们又替自己另外造了一张。你们烟视媚行[6]，淫声浪气，替上帝造下的生物乱取名字，卖弄你们不懂事的风骚。算了吧，我再也不敢领教了；它已经使我发了狂。我说，我们以后再不要结什么婚了；已经结过婚的，除了一个人以外，都可以让他们活下去；没有结婚的不准再结婚，进尼姑庵去吧，去。（下）

奥菲利娅　啊，一颗多么高贵的心是这样陨落了！朝臣的眼睛、学者的辩舌、军人的利剑、国家所瞩望的一朵娇花；时流的明镜、人伦的雅范、举世瞩目的中心，这样无可挽回地陨落了！我是一切妇女中间最伤心而不幸的，我曾经从他音乐一般的盟誓中吮吸芬芳的甘蜜，现在却眼看着他的高贵无上的理智，像一串美妙的银铃失去了谐和的音调，无比的青春美貌，在疯狂中凋谢了。啊！我好苦，谁料过去的繁华，变作今朝的泥土！

（国王及波洛涅斯重上）

国　　王　恋爱！他的精神错乱不像是为了恋爱；他说的话虽然有些颠倒，也不像是疯狂。他有些什么心事盘踞在他的灵魂里，我怕它也许会产生危险的结果。为了防止万一，我已经当机立断，决定了一个办法：他必须立刻到英国去，向他们追索延宕[7]未纳的贡物；也许他到海外各国游历一趟以后，时时变换的环境，可以替他排解去这一桩使他神思恍惚的心事。你看怎么样？

波洛涅斯 那很好，可是我相信他的烦闷的根本原因，还是为了恋爱上的失意。啊，奥菲利娅！你不用告诉我们哈姆雷特殿下说些什么话，我们全都听见了。陛下，照您的意思办吧。可是您要是认为可以的话，不妨在戏剧终场以后，让他的母后独自一人跟他在一起，恳求他向她吐露他的心事。她必须很坦白地跟他谈谈，我就找一个所在听他们说些什么。要是她也探听不出他的秘密来，您就叫他到英国去，或者凭着您的高见，把他关禁在一个适当的地方。

国　　王 就这样吧，大人物的疯狂是不能听其自然的。（同下）

（选自《莎士比亚全集》第五卷，人民文学出版社，1994）

注　释

[1] 国王：指克劳狄斯。[2] 罗森格兰兹：与吉尔登斯吞均为剧中的朝臣。[3] 他：指哈姆雷特。[4] 乔特鲁德：王后的名字。[5] 嫁奁（lián）：陪嫁的财物。奁，古代妇女梳妆用的镜匣，也指陪嫁的衣物等。[6] 烟视媚行：迷眼看，慢慢走。这里形容扭捏不自然的样子。烟视，眯着眼看。媚行，徐行。[7] 延宕（dàng）：拖延。

融会贯通

哈姆雷特被称为"忧郁的王子"，他的内心充满矛盾，常被深沉的无力感和幻灭感笼罩。他怀有高贵的理想，却不得不面对人性堕落、良知泯灭的黑暗现实，并与之进行殊死抗争。本文用"生存还是毁灭"这段著名独白，集中揭示了哈姆雷特的内心冲突，表现了他复杂的内心世界。

学以致用

哈姆雷特不是一个立刻行动的、单纯的暴力复仇者，而是面对自我设置的人性与道德两难的永恒的生命孤独者。以小组为单位，演绎"哈姆雷特"片段，体会他对生命及人生的思考和叩问。

传播优秀戏剧文化

 活动描述

戏剧艺术历史悠久，博大精深。戏剧的发展与人类社会的发展密不可分，与小说、诗歌、散文等多种文学艺术的潮流相激相荡，相汇相融。现如今，戏剧又将自己的生命延伸到电影、电视剧和卡通动漫中，成为这些新兴艺术门类的血脉。因此，了解一些戏剧艺术的基础知识，学会从戏剧经典中洞察社会与人生，对于提高我们的思想与艺术修养无疑是必要的和有益的。

请以小组为单位，选取知名戏剧作品中的经典片段或者极具特色的戏剧作品，在班级内进行表演，并谈一谈自己对所选戏剧作品的理解与感悟。

 活动分工

全班学生分成若干小组，各组选出一名组长。组长组织小组成员讨论和选定所要表演的戏剧作品，并进行任务分工（如脚本编写、角色分配等），然后将小组成员及分工情况填入表 5-1 中。

表 5-1　小组成员及分工情况

班级		组号		指导教师	
任务内容					
小组成员	姓名		学号	任务分工	
组长					
组员					

 活动准备

（1）小组指定成员根据选定的戏剧作品编写脚本。

（2）熟悉脚本及戏剧相关的背景知识，进行排练和预演。注意，各组可根据排练和预演过程中出现的问题，对脚本或表演方式等进行适当的调整。

 活动实施

各组轮流在班级内进行戏剧表演，具体要求如下：

（1）所选取的戏剧作品具有一定的欣赏价值，所表演的戏剧片段结构完整，具有鲜明的矛盾冲突。

（2）准备充分，对所选取戏剧作品的创作背景、主题思想和主线剧情等十分熟悉。

（3）在台词、神态、表情和动作等方面表现到位，能够塑造出所扮演人物的鲜明个性。

表演完毕，小组各成员谈一谈自己对所表演的戏剧作品的理解与感悟。

【闯关答题】

1. 单项选择题

（1）戏剧是一种（　　）。
　　A．音乐艺术　　　B．舞蹈艺术　　　C．文学艺术　　　D．舞台艺术

（2）一度创作是指（　　）。
　　A．剧本创作　　　B．舞台创作　　　C．导演创作　　　D．演员创作

（3）按矛盾冲突的性质不同，戏剧可分为（　　）。
　　A．悲剧、喜剧、正剧　　　　　　B．舞台剧、广播剧、电视剧
　　C．话剧、歌剧、舞剧、哑剧　　　D．独幕剧、多幕剧

（4）下列属于喜剧的是（　　）。
　　A．《屈原》　　　　　　　　　　B．《威尼斯商人》
　　C．《窦娥冤》　　　　　　　　　D．《暴风雨》

（5）戏剧的核心是（　　）。
　　A．戏剧冲突　　　B．人物语言　　　C．舞台说明　　　D．人物形象

（6）宋元南戏的特点包括（　　）。
　　A．剧本一般篇幅很长，虽分段落，但不注明出数
　　B．剧本体制绝大多数是"四折一楔"
　　C．剧本的民间性减少，文学性增加
　　D．以独唱为主

2. 填空题

（1）南戏的角色通常为_____、_____、_____、_____、_____、_____、_____七种。

（2）明清传奇的代表作有的_____《牡丹亭》、_____的《长生殿》和的_____《桃花扇》等。

（3）莎士比亚是_____时期_____国著名剧作家、诗人。

3. 翻译题

请将下列句子翻译成现代汉语。

（1）我不要半星热血红尘洒，都只在八尺旗枪素练悬。

（2）晓来谁染霜林醉？总是离人泪。

（3）青山隔送行，疏林不做美，淡烟暮霭相遮蔽。

4. 简答题

（1）什么是戏剧？戏剧欣赏技巧有哪些？

（2）简述中国古典戏剧的发展历程，并说出不同历史时期的代表作。

（3）简述中国现当代戏剧的发展历程，并说出不同时期的代表作。

【学习成果评价】

表 5-2 学习成果评价表

班级			组号			日期	
姓名			学号			指导教师	
学习成果			鉴赏戏剧,提升综合素质				
评价维度	一级指标	二级指标	评价标准		分值	评分	
						自评	师评
知识 30%	重难点知识	了解戏剧的定义和分类	罗列5篇戏剧,并说出戏剧的类型		6		
			选定一篇戏剧,分析戏剧的艺术特征		6		
		熟悉戏剧的欣赏技巧	选定一篇古典戏剧,说说戏剧的语言特点		6		
			选定一篇古典戏剧,分析戏剧中的三要素		6		
		重点把握戏剧的思想内容	选定一篇现当代戏剧,结合自己的生活经验和阅读经历分析戏剧主旨,阐述自己对戏剧的理解		6		
能力 40%	自主学习能力	梳理能力	梳理我国戏剧的总体发展进程		4		
			梳理我国重要的剧作家及其代表作		4		
		领悟能力	感受戏剧对现代生活的意义		4		
	创新能力	创新思维	列举戏剧中的经典场景		4		
			列举戏剧中的经典人物		4		
		创新成果	用戏剧中的话表达自己的感受		4		
	职业迁移能力	小组合作能力	小组完成戏剧推荐活动		4		
			小组完成趣味戏剧问答活动		4		
		沟通交流能力	上课积极发言		4		
			主动与同学讨论问题		4		
素质 30%	职业素质	改进意识	勤于思考,善于总结		10		
		团队精神	尊师爱友,团结奋进		10		
		文化自信	自觉弘扬优秀的传统文化		10		
			合计		100		
总评	自评(30%)+师评(70%)=				教师(签名):		

项目六 成长实践专题活动

专题一　热爱祖国，弘扬爱国精神

 实训目标

知识目标

（1）广泛阅读爱国主题的诗歌、小说、散文、戏剧等，体会这些文学作品的思想内容和艺术特色。

（2）了解中国革命过程中涌现出的英雄人物和事迹，感受其大无畏的革命气概，体会中国共产党人的初心和使命。

能力目标

（1）提高团队合作能力、沟通能力和实践能力。

（2）提高语言运用能力、思维能力和审美鉴赏能力。

素质目标

（1）学习爱国志士及广大群众英勇奋斗、百折不挠的爱国精神和崇高品质。

（2）树立正确的世界观、人生观、价值观和是非观，培育家国情怀。

（3）具备社会担当和"祖国利益高于一切"的历史责任感，激发爱国主义热情，弘扬社会正能量，为中华民族的伟大复兴而奋斗。

 任务分配

本实训包含以下两个任务。

任务一：

扫一扫

爱土地、爱人民、爱文化

在中华民族五千多年的悠久历史和灿烂文化中，爱国是亘古不变的精神支柱和精神财富。从先秦到当代，数不胜数的华彩篇章展现出爱国主义的动人画卷。爱国主义，是诸葛亮的"鞠躬尽瘁，死而后已"，是范仲淹的"先天下之忧而忧，后天下之乐而乐"，是顾炎武的"天下兴亡，匹夫有责"，是林则徐的"苟利国家生死以，岂因祸福避趋之"。爱国主义是中华民族精神的核心，它同为国奉献、对国尽责紧紧地联系在一起。我们每个人都可以用自己的忠诚、担当、智慧、才能和奉献，谱写一曲爱国赞歌。

广泛阅读爱国主题的诗歌、小说、散文、戏剧等，编写读书提要。要求条理清晰，重点突出，将作品的主要内容完整地概括出来，并分析作品的主旨。组织读书报告会，以小组为单位进行汇报。

任务二：

在物质生活极度贫乏的年代，中国人曾经豪情万丈，斗志冲天，但在衣食无虞、一切应有尽有的今天，许多人尤其是我们年轻一代，却产生了前所未有的彷徨与空虚。我们身上缺少对信念的坚守、对理想的执着、对光明的向往，以及革命英雄身上所体现出来的集体主义、爱国主义、勇于奉献、敢于牺牲等崇高品质。

阅读鲁迅杂文、毛泽东诗词、红色经典剧本等反映中国近现代历史的优秀革命传统作品。例如，阅读"鲁迅文学奖""中国政府出版奖"获得者王树增的战争系列作品《1901》《1911》《长征》《解放战争》《抗日战争》等，了解1840年以来中国人民经历的苦难与抗争的历程，从而砥砺志向，陶冶心性，熔铸品格。又如，阅读老舍的《四世同堂》、都梁的《亮剑》及茅盾文学奖获奖作品《黄河东流去》《野葫芦引》等，了解宁死不屈的英雄、忧国忧民的知识分子和勇敢坚强的人民，感受他们大无畏的革命精神，从而增强担当意识和社会责任感。

《长征（节选）》朗读

从这些文学作品中选取一个人物、一个事件等进行复述，要求既忠实于原文，又突出作品主旨；组织读书报告会，以小组为单位进行汇报。

全班学生以 3～5 人为一组，各组选出组长，从上述两项任务中任选其一并进行任务分工，将小组成员及分工情况填入表 6-1 中。

表 6-1　小组成员及分工情况

班级		组号		指导教师	
任务内容					
小组成员	姓名		学号	任务分工及时间安排	
组长					
组员					

◆ 实训准备

（1）熟悉权威的文学奖项，收藏知名的文学网站。

（2）掌握常用的信息检索方法和文学作品分析方法。

◆ 实施过程

将实训任务的具体完成情况记录在表 6-2 中。

表 6-2　实施步骤

时间安排	实施步骤
	1. 拆解任务，认识任务的重难点，包括： （1）_____ （2）_____ （3）_____ （4）_____
	2. 确定本组使用的信息检索方法，包括： （1）_____ （2）_____ （3）_____ （4）_____
	3. 记录本组搜集的文学作品及内容，包括： （1）_____ （2）_____ （3）_____ （4）_____
	4. 记录本组使用的文学作品分析方法及得到的体会，包括： （1）_____ （2）_____ （3）_____ （4）_____
	5. 确定本组使用的成果展示方法，包括但不限于 PPT 展示、讨论结论、个人展示 （1）_____ （2）_____ （3）_____ （4）_____
	6. 小组内进行成果展示，讨论并改进
	7. 在全班同学面前进行展示

评价反馈

各组在班级内轮流展示。展示完毕，小组各成员谈一谈自己的感悟。教师与其他小组对该组的表现进行评价，并将评价结果填写在表 6-3 中。

表 6-3 考核评价表

项目名称	评价内容	分值	评价分数		
			自评	互评	师评
素养评价 20%	掌握爱国主题的诗歌、小说、散文、戏剧的思想内容和艺术特色	6			
	具备团队精神,能够积极与他人合作	6			
	积极、认真参加实践任务	8			
技能评价 30%	熟练应用各种信息检索方法	10			
	能选出具有代表性的文学作品	10			
	按时完成实践任务	10			
成果评价 50%	成果展示重点突出,详略得当,准确概括文学作品的思想内容和艺术特色	30			
	讲解时口齿清晰,仪态大方	10			
	PPT 制作精美,图文并茂	10			
合计		100			
总评	自评(20%)+互评(20%)+师评(60%)=	综合等级:	教师(签名):		

专题二　学无止境,坚定文化自信

实训目标

知识目标

(1)了解我国的文化资源,我国对人类文明做出的卓越贡献,感受中国精神和中国价值。

(2)了解近年来我国在哲学历史、文艺影视、科学技术等方面的文化创新活动,感受中国力量。

能力目标

(1)提高团队合作能力、沟通能力和实践能力。

(2)提高语言运用能力、思维能力和审美鉴赏能力。

素质目标

(1)明白学习是生活中必不可少的,学习可以增强我们的见识,充实我们的精神世界。

(2)掌握互联网时代的学习方法,在学习过程中提高人生感悟力,并在职业生涯规划中加以运用。

任务分配

本实训包含以下两个任务。

任务一：

在五千年的漫长岁月中，我们的先人创造、建构了庞大的文化体系，为今人积累了丰美而深厚的文化资源。其中既有严谨朴实、情礼交融的日常生活信条，意境高远、笔触深沉的文艺作品；也有究天人之际、通古今之变的历史巨著，深邃广阔、精义入神的哲学理论；更有存在于佛道、中医、武术、气功之中的生命科学技术体系；以及在近现代艰苦卓绝的斗争中形成的忠勇无畏、团结奋战的革命精神。

按照历史巨著、哲学理论、中医、武术等类别梳理我国的文化资源，并分类列举，概述我国对人类文明做出的卓越贡献；组织文化宣讲会，以小组为单位进行汇报。

扫一扫

坚定文化自信

任务二：

近几年，我们一直在进行大规模、全方位的文化创造活动。从哲学历史到文艺影视再到科学技术，我国文化发展规模始终位于世界前列。例如，在科学技术发展方面，从2010年到2015年，在全球超级计算机500强榜单中，我国的"天河二号"超级计算机曾连续六次称雄。2017年6月19日，全球超级计算机500强榜单公布，中国"神威·太湖之光"和"天河二号"第三次携手夺得前两名。同样，经过多年的积累发展，我国文艺影视在国际产生了越来越重要的影响。近年来，我国文化产业发展较快，但这仅是"小荷才露尖尖角"，未来我国还将取得巨大的文化发展成就。

按照科学技术、文艺影视等类别梳理我国的先进成就，概述我国在新时代条件下激发出的文化创造能力及获得的成果；组织文化宣讲会，以小组为单位进行汇报。

全班学生以3～5人为一组，各组选出组长，从上述两项任务中任选其一并进行任务分工，将小组成员及分工情况填入表6-4中。

表6-4 小组成员及分工情况

班级		组号		指导教师	
任务内容					
小组成员	姓名		学号	任务分工及时间安排	
组长					
组员					

实训准备

(1) 浏览人民日报、科技日报等主流媒体网站,了解先进人物事迹、民生改善成就、生态治理成就、文化科技成果等。

(2) 掌握常用的信息检索方法和分类整理方法。

 实施过程

将实训任务的具体完成情况记录在表 6-5 中。

表 6-5　实施步骤

时间安排	实施步骤
	1. 拆解任务,认识任务的重难点,包括: (1) _____ (2) _____ (3) _____ (4) _____
	2. 确定本组使用的信息检索方法,包括: (1) _____ (2) _____ (3) _____ (4) _____
	3. 记录本组搜集的我国文化资源和先进成就,包括: (1) _____ (2) _____ (3) _____ (4) _____
	4. 记录本组使用的分类整理方法及得到的体会,包括: (1) _____ (2) _____ (3) _____ (4) _____
	5. 确定本组使用的成果展示方法,包括但不限于 PPT 展示、讨论结论、个人展示 (1) _____ (2) _____ (3) _____ (4) _____
	6. 小组内进行成果展示,讨论并改进
	7. 在全班同学面前进行展示

项目六　成长实践专题活动

评价反馈

各组在班级内轮流展示。展示完毕，小组各成员谈一谈自己的感悟。教师与其他小组对该组的表现进行评价，并将评价结果填写在表 6-6 中。

表 6-6　考核评价表

项目名称	评价内容	分值	评价分数		
			自评	互评	师评
素养评价 20%	了解中国精神、中国价值和中国力量	6			
	具备团队精神，能够积极与他人合作	6			
	积极、认真参加实践任务	8			
技能评价 30%	熟练应用各种信息检索方法	10			
	能选出具有代表性的文化资源和先进成就	10			
	按时完成实践任务	10			
成果评价 50%	成果展示重点突出，详略得当	30			
	讲解时口齿清晰，仪态大方	10			
	PPT 制作精美，图文并茂	10			
	合计	100			
总评	自评（20%）+互评（20%）+师评（60%）=	综合等级：	教师（签名）：		

专题三　认识对联，学习优秀传统文化

 实训目标

知识目标

（1）了解对联的演变历程和基本特点。

（2）掌握对联的文化内涵。

能力目标

（1）提高沟通能力、实践能力和审美鉴赏能力。

（2）掌握撰写对联的方法和欣赏对联的方法。

素质目标

（1）提升对中华优秀传统文化的认同感、自豪感，增强文化自信。

（2）传承中华优秀传统文化习俗，弘扬中华优秀传统文化。

◆ **任务分配**

对联是我国特有的一种传统文学样式,它与古代桃符、骈文、律诗等关系密切,形成于两宋,盛行于明清,千百年来为广大群众所喜闻乐见。你了解对联的相关知识吗?请根据下面要求,完成任务。

（1）查阅对联的相关知识,并留心收集景区名胜、社区住户张贴的对联,以及历史名联,与同学们分享。

（2）为自己家的庭院、居室、书房各写一副对联。

（3）春联是春节时贴在门上的对联,属于喜庆类对联。请尝试写一副春联,要求突出春节的欢乐气氛。

（4）与同学合作,给对方出上联,要求其对出下联。

扫一扫

对联的基本特点

全班学生以 3~5 人为一组,各组选出组长进行任务分工,将小组成员及分工情况填入表 6-7 中。

表 6-7 小组成员及分工情况

班级		组号		指导教师	
任务内容					
小组成员	姓名		学号	任务分工及时间安排	
组长					
组员					

◆ **实训准备**

（1）熟悉对联的基本知识。

（2）掌握撰写对联的方法和欣赏对联的方法。

◆ **实施过程**

将实训任务的具体完成情况记录在表 6-8 中。

表 6-8　实施步骤

时间安排	实施步骤
	1．拆解任务，认识任务的重难点，包括： （1）_____ （2）_____ （3）_____ （4）_____
	2．记录本组搜集的对联，包括： （1）_____ （2）_____ （3）_____ （4）_____
	3．记录本组撰写的对联及得到的体会，包括： （1）_____ （2）_____ （3）_____ （4）_____
	4．确定本组使用的成果展示方法，包括但不限于照片展示、PPT 展示、个人展示 （1）_____ （2）_____ （3）_____ （4）_____
	5．小组内进行成果展示，讨论并改进
	6．在全班同学面前进行展示

评价反馈

各组在班级内轮流展示。展示完毕，小组各成员谈一谈自己的感悟。教师与其他小组对该组的表现进行评价，并将评价结果填写在表 6-9 中。

表 6-9　考核评价表

项目名称	评价内容	分值	评价分数		
			自评	互评	师评
素养评价 20%	掌握对联的文化内涵	6			
	具备团队精神，能够积极与他人合作	6			
	积极、认真参加实践任务	8			
技能评价 30%	熟练应用各种信息检索方法	10			
	掌握撰写对联的方法和欣赏对联的方法	10			
	按时完成实践任务	10			

续表

项目名称	评价内容	分值	评价分数		
			自评	互评	师评
成果评价 50%	成果展示精彩，所写对联对仗工整，具有一定的思想性	30			
	准确概括对联的思想内容和艺术特色	10			
	讲解时口齿清晰，仪态大方	10			
	合计	100			
总评	自评（20%）+互评（20%）+师评（60%）=	综合等级：	教师（签名）：		

专题四　匠心筑梦，树立崇高职业理想

 实训目标

知识目标

（1）阅读《喜看稻菽千重浪——记首届国家最高科技奖获得者袁隆平》《从医学人文到人文医学——钟南山院士访谈录》等职业主题的文学作品。

（2）体会职业精神、工匠精神、劳动精神的内涵。

能力目标

（1）学习一技之长，提高职业素养。

（2）提高语言运用能力、思维能力和实践能力。

素质目标

（1）学习坚持原则、不畏困难、勇敢前行的精神，培养职业道德。

扫一扫

工匠精神

（2）树立远大的理想信念，并积极付诸实践，使自己成为国家和社会需要的有用之才。

 任务分配

本实训包含以下两篇阅读材料。

阅读材料1：喜看稻菽千重浪——记首届国家最高科技奖获得者
　　　　　袁隆平　沈英甲

沈英甲，1948年生，《世界知识》杂志编辑，著有长篇小说《前尘》《探求宇宙之谜》《经营之神》《探索自然》《终极诊断》《生存方式》等。袁隆平（1930—2021），中国杂交水稻育种专家，中国研究与发展杂交水稻的开创者。本文为人物通讯，用四个小标题把内容分成四个部分，分别从四个方面揭示出农业科学家袁隆平的精神品质，刻画了"杂交

水稻之父"的光辉形象。

曾记否，到中流击水

2001年春节过后的第二天，湖南长沙马坡岭笼罩在薄雾之中，空中不时飘下雨点。袁隆平眯起双眼，出神地打量着这片几百亩试验田，然后跨过水渠，迈步走进田间。他蹲下身子翻看着土壤。

我跟随在他身后不禁产生了瞬间的错觉：这难道就是几天后就要赴京，领取由国家主席亲自签署、颁发的国家最高科技奖的科学家吗？他看上去更像一个地道的湖南农民，这使我想起了农民送给他的"泥腿子专家""泥腿子院士"的称谓。

挽起裤腿走下稻田，是人们从播种到收获季节见到的袁隆平最标准的"形象"。人们常提出的一个疑问是：中国的稻田里如何走出了袁隆平这样一位世界级的农业科学家？

中国在现在和将来相当长的岁月里，都是一个农业大国，"民以食为天"的说法自古流传。到了当代，农民出身的毛泽东说，世界上什么事情最大，吃饭的事情最大。

二十世纪五六十年代我国普遍发生的饥馑给袁隆平留下了刻骨铭心的印象。那时在湖南一所偏僻山村农校——湘西雪峰山麓的安江农校任教的青年袁隆平便下定决心，拼尽毕生精力用农业科技战胜饥饿。他在1961年发现"天然杂交稻株"的往事，注定要成为世界农业史上的经典事例。

那是1961年7月的一天，下课铃声响过之后，袁隆平拍去身上的粉笔灰尘，掖着讲义夹，匆匆来到校园外的早稻试验田。采用常规法培育出来的早稻常规品种正在勾头撒籽，呈现一派丰收景象。袁隆平把讲义夹放在田埂上，走下稻田一行行地观察起来。突然，他那敏锐的目光停留在一蔸①形态特异、鹤立鸡群的水稻植株上。他屏气静神地伸出双手，欣喜地抚摸着那可爱的稻穗，激动得几乎要喊出声来！

这是一株奇特的稻禾，株形优异，穗大粒多，足有十余穗，每穗有壮谷一百六七十粒。袁隆平用布条扎上记号，从此格外精心地照顾这蔸稻禾。收获季节他得到了一把金灿灿的稻种。第二年春天，袁隆平把这些种子播种到试验田里，期待收获有希望的新一代稻种。可是当秧苗长高之后，袁隆平发现，它们高的高，矮的矮，成熟得也很不一致，迟的迟，早的早，没有哪一蔸的性状超过它们的前代。

一种失望的情绪掠过袁隆平心头，但是对孟德尔②、摩尔根③遗传学有着深入研究的袁隆平进而想到，从遗传学的分离律观点看，纯种水稻品种的第二代是不会有分离的，只有杂种第二代才会出现分离现象。今年它的后代既然发生分离，那么可以断定去年发现的性

---

① 蔸（dōu）：相当于"棵"或"丛"。
② 孟德尔：奥地利遗传学家，遗传学奠基人。
③ 摩尔根：美国胚胎学家，遗传学家。

状优异稻株是一株"天然杂交稻"的杂种第一代。

他返回试验田对那些出现分离的稻株进行研究，高的、矮的、早熟、迟熟……一一做了详尽记录。经过反复统计计算，袁隆平证明，这次发现完全符合孟德尔的分离规律。

袁隆平的实践让他发现了真理：只要探索出其中规律，就一定能培育出人工杂交稻，也就一定能把这种优势应用到生产上，从而大幅度提高水稻的产量。

后面我们将看到，袁隆平对真理的发现，使他不可避免地要向国际知名的权威和他们的权威结论发起挑战，这种挑战之艰难往往使挑战者身心俱疲，落荒而去。

创新是科学家的灵魂和本质

有人说，袁隆平具有敢于挑战的勇气和信心。在他决定选择水稻杂种优势利用作为自己的攻关方向时，并不知道世界上已有美国、日本等国的科学家从事过研究，但没有成功。这无疑是一道世界难题。况且，他还得顶着研究水稻杂种优势利用是"对遗传学的无知"等权威学者的指责和压力。他根据自己的实践，以科学家的胆识和眼光断定杂交水稻研究具有光辉的前景，他决心义无反顾地坚持研究。

因为水稻是自花授粉作物，"自花授粉作物自交不退化，因而杂交无优势"的论断明白无误地写在美国著名遗传学家辛诺特和邓恩的经典著作、20世纪五六十年代美国大学教科书《遗传学原理》中，由此有人嘲笑"提出杂交水稻课题是对遗传学的无知"。

在理论与事实发生矛盾时，袁隆平的态度是尊重权威但不崇拜权威，不能跟在权威后面亦步亦趋，不敢越雷池一步。他不迷信权威的每一个观点。他知道，自己直接观察到的一些事实表明水稻具有杂交优势，"无优势论"是没有试验依据的推论，这一推论与自交系的杂交优势现象相矛盾，袁隆平坚信搞杂交水稻研究有前途，勇敢地向"无优势论"这一传统观念挑战，从而拉开了我国水稻杂种优势利用的序幕。

袁隆平认为，水稻的杂种优势利用只有两条路可走：一条是进行人工去雄①，如果用人工去雄杂交，就得一朵花一朵花进行，产生的种子数量极为有限，不可能在生产上推广应用；再一条路就是培育出一个雄蕊不育的"母稻"，即雄性不育系，然后用其他品种的花粉去给它授粉杂交，产生出用于生产的杂交种子。然而国内外都没有这一先例，甚至有学者断言这"不可能"。还有学者认为，像水稻这样一朵花只结一粒种子的"单颖果作物"，利用杂种优势必然制种困难，无法应用于生产。在独立开展杂交水稻研究很长时间之后，袁隆平才从国外资料中了解到，早在1926年，美国的琼斯就发现了水稻杂种优势现象。最早开展这项研究的是日本的科学家，时为20世纪50年代。此外美国、菲律宾的科学家也相继开始了这项研究。尽管实验手段先进，但都因这项研究难度确实太大，无法在生产中得到应用。

袁隆平不打算退却，他很清楚他拥有的有利条件是其他国家科学家少有的：进行这项研究，中国有中国的有利条件，中国是古老的农业国，又是最早种植水稻的国家之一，有众多的野生稻和栽培稻品种，蕴藏着丰富的种质资源；有辽阔的国土和充足的光温条件，海南岛是理想的天然温室，育种者的乐园；更重要的是我们有优越的社会主义制度，可以

---

① 去雄：植物有性杂交的工作步骤之一，即除去或杀死母本花朵中雄蕊的措施。

组织科研协作攻关；有党的正确领导，任何困难都可以组织力量克服。袁隆平一直对为攻克杂交水稻难关在全国13个省区的18个科研单位进行的科研大协作感慨不已，认为没有这样的大协作，杂交水稻研究绝不会取得今天这样世界瞩目的成果。

1964年7月5日，"泥腿子专家"袁隆平又走进了安江农校的稻田，去寻找水稻的天然雄性不育株。他头顶烈日脚踩淤泥弯腰驼背去寻找这种天然雄性不育株，已是第14天了。突然他的目光停留在一株雄花不开裂、性状奇特的植株上，这正是退化了的雄蕊。他马上把这株洞庭早籼①天然雄性不育株用布条标记。袁隆平欣喜异常，水稻雄性不育植株，终于找到了。

两年后，袁隆平的一篇论文《水稻雄性的不孕性》发表，它宣示了袁隆平培育杂交水稻的理论设想和实现途径，开创了水稻研究的新纪元。

事实是科学家的空气

科学家是真理的侍者，是事实的追随者。袁隆平坚信实践能发现事实，发现真理，并能验证真理。他对中国亿万农民怀有深厚的感情，在国家杂交水稻工程技术研究中心的稻田中，他一边甩去手上的泥巴一边对我说，农民不富裕谈不到现代化，单产上不去农民就富不起来。现在我们试验田种的杂交稻每亩产700千克，农民种的亩产能达到800千克甚至更高，因为他们大量采用有机肥。还有比这更令他欣慰的事吗？

凡是涉及不顾农民利益，无视事实的事，他都能挺身而出毫不含糊地阐明事实，至于是不是得担风险，袁隆平在所不计。

前些年一家有影响的报纸在头版刊登了一篇贬斥杂交稻的文章，说杂交稻是"三不稻"——"米不养人，糠不养猪，草不养牛"。这种不顾事实的说法给农业科研人员和广大农民心头蒙上了阴影。袁隆平写了一封信寄给了《人民日报》，凭着他杰出的学识和无与伦比的实践，用事实说明"杂交稻既能高产又能优质"。1992年6月18日，《人民日报》在第二版刊登了袁隆平的来信。

信中，袁隆平用平和的语气、无可辩驳的事实说，最近社会上流传杂交稻米质太差，有人贬杂交稻为"三不稻"，说什么"米不养人，糠不养猪，草不养牛"。果真是这样吗？我想用事实来回答：我国是世界上第一个在生产上利用水稻杂种优势的国家，杂交稻比一般水稻每亩增产100千克左右。1976年—1991年全国累计种植杂交稻19亿多亩，增产粮食近2 000亿千克。由此可见，杂交水稻的推广，对解决我国11亿人口的温饱问题发挥了极其重要的作用。目前，全国种植面积最大、产量最高的一个水稻良种"汕优63"是杂交稻。近几年的年种植面积都超过一亿亩，平均亩产稳定在500千克左右，不仅产量高而且品质好，被评为全国优质籼稻米。的确，在我国南方生产的稻谷中，有相当一部分米

---

① 洞庭早籼（xiān）：籼稻早稻品种之一。籼，指籼稻，水稻的一类。

质较差，这主要是双季早稻。目前积压的稻谷以及历年来粮店出售的大米，大多数为这种早籼稻。他写道，双季晚稻和一季中稻一般品质较好，粮店偶尔出售这种稻米时，则出现排长队争购的现象。而杂交稻则占双季晚稻和中稻面积的 80%左右，产量占 90%以上。因此，说杂交稻属劣质米与事实不符。

袁隆平进而写道，其实，杂交稻、常规稻与任何其他农作物一样，品种不同，产量和品质是有差别的，有的甚至很悬殊。一般地说，大多数杂交稻品种的米质属于中等，其中也有个别杂交稻品种的米质较差，但绝不能以个别品种的优劣来概括一般。就这样，袁隆平捍卫了事实，也捍卫了真理。

饥饿的威胁在退却

在一次电视台举办的活动上，主持人问作为特邀嘉宾参加活动的袁隆平是不是也做梦，梦见过什么。

袁隆平是一位世界级的伟大科学家，同时也是一个凡人，当然要做梦。他高兴地回答：他曾经梦见水稻长得像高粱那么高，稻穗像扫帚那么大。真是日有所思夜有所梦，不过这极具夸张的梦想，正在走向现实。

1986 年，袁隆平在总结国内外水稻杂种优势利用经验的基础上，根据已掌握的新材料，提出了杂交水稻育种的战略设想。在他的著名论文《杂交水稻育种的战略设想》中他提出，若将杂交稻的强优势固定下来，就可以免除年年制种，成为一系法杂交稻。

作为世界公认的"杂交水稻之父"，袁隆平客观地分析了现阶段培育的杂交稻的缺点，并把这些缺点概括为"三个有余，三个不足"：前劲有余，后劲不足；分蘖①有余，成穗不足；穗大有余，结实不足。他主持的"两系法亚种间杂种优势利用"研究课题通过了国家"863 计划"论证，正式立项开展研究，袁隆平担任了国家"863-101-01"专题的责任专家。1995 年，两系杂交稻基本研究成功，被中国科学院、中国工程院评为 1996 年全国十大科技进展新闻，并列为榜首。

1997 年，袁隆平发表了《杂交水稻超高产育种》重要论文。1998 年 8 月在北京召开的第 18 届国际遗传学大会上和 9 月在埃及开罗召开的第 19 届国际水稻会议上，袁隆平发言：由于采取了形态改良与杂种优势利用有机结合的技术路线，中国在培育超级稻方面已走在世界前列。经过中国许多科学家 10 多年的协作研究，目前技术上的难题已基本解决。袁隆平预计，亚种间超级杂交稻将在近几年内应用于生产，并将在 21 世纪初大面积生产中发挥巨大的增产作用。

有人统计过，由于杂交水稻的研究成功，开辟了粮食大幅度增产的新途径，大面积的推广给我国水稻生产带来了一次飞跃，杂交稻比常规稻增产 20%左右，为从根本上解决我国粮食自给自足难题做出了重大贡献。1976 年—1999 年，年增产的稻谷可以养活 6 000 万人口。

1997 年，袁隆平提出了超级杂交稻选育的指标、株型模式和技术路线，选育出一批具有超高产潜力、米质优良的亚种间苗头组合，小面积最高产量达每亩 1 139 千克（每公

---

① 分蘖（niè）：稻、麦、甘蔗等植物发育的时候，在幼苗靠近土壤的茎节上生出分枝。

顷日产107.4千克），达到了日产量100千克/公顷的超级稻产量指标。如果按年推广2亿亩计，年增粮食可养活7 000多万人口。袁隆平对我说，这是对看上去表情显得十分深沉的美国经济学家布朗"未来谁来养活中国"疑问的有说服力的回答。

美国学者唐·帕尔伯格在他《走向丰衣足食的世界》一书中写道：袁隆平使"饥饿的威胁在退却，袁正引导我们走向一个营养充足的世界。"

在各国水稻科研工作者心目中，位于长沙马坡岭的国家杂交水稻工程技术研究中心已成为圣地。

近十几年来，杂交水稻不断走向世界，已在20多个国家和地区引种推广，这项技术是我国转让给美国的第一项农业科技专利。

袁隆平是在世界上最有影响的中国科学家之一，他正在引导一场新的"绿色革命"。

（选自2001年2月22日《科技日报》）

阅读材料2：从医学人文到人文医学——钟南山院士访谈录

访谈录，就是访问交谈记录，可以是文字记录，可以是录音，也可以是视频录像。本文是采访钟南山院士的访谈录，采访以医学人文和人文医学为主题，钟南山院士就此发表了自己的观点。

李恩昌：尊敬的钟院士，您好！您曾在有关会议上讲到对医学人文精神的几个看法，得到了学术界的认同。这些观点有：医学人文精神是调动患者积极性、解决患者痛苦的重要组成部分；健康的医学人文精神是实现现代化医学模式的促进剂；医学人文精神核心不是"态度好"，而是想方设法治好病，防好病。您在和余秋雨的一次谈话中说，您正在全力建立一门人文医学。我认为这是非常必要的，也是完全可行的。因为，从学科的角度来讲，医学人文是人文科学，而人文医学是医学科学，而医学科学就要直接面对人的疾病和健康。您所讲的以上三个方面，都具有了人文医学的含义，因为它们都能直接治疗人的疾病和恢复病人的健康。这也是当前医学界最迫切需要的学科。不知我这样理解是否妥当？

钟南山院士：是的，医学人文精神更重要的体现为调动患者的积极性，解决患者痛苦等方面。我再提一下我经历的实际病例。

这位患者是我的好朋友戚先生。他曾打破100米蛙泳世界纪录，成为中国第一个游泳世界纪录的创造者。1989年，戚先生出现哮喘症状，但因工作忙，没有规范治疗。此后病情逐渐加重，需要依靠口服激素来维持。1998年，戚先生来广州找我就诊，从一楼爬到我所在的3楼竟用了20分钟。当时，戚先生对自己的康复完全没有信心。我反复给他做心理疏导，告诉他是可以治疗的。同时为他制定了规范的用药方案，他逐渐从绝望中走出来，积极配合治疗。3个月后，激素用量逐渐减少，直到完全不用，看到希望的戚先生开始体育锻炼，并坚持每天记录身体状况，他恢复的还比较快。近10年来，他每天都能坚持游泳1 000米。2015年3月25日，他给我发来了一封邮件说：我已经82岁，对疾病治疗的经验有三条：第一，有病早就医，和医生密切配合，找准病源、对症下药、心平气和、不烦躁、有耐心、准时服药;第二,做好病情必有反复的心理准备,不可能一帆风顺,要以平常心对待,和疾病作持久战;第三,人类天生就有极佳的自我修补机能,而豁达开朗,排除一切精神压力,天不怕地不怕的大无畏精神,又会反过来促进和增强人类天生的自我康复能力。

从我的角度体会,良好的医学人文精神给病人会带来乐观的情绪、战胜疾病的信心,对治疗的积极配合,有时会取得比较好的甚至意想不到的疗效,这是我的深刻感受。因为,大的层面是物质决定精神,但精神会反作用于物质。在小的层面,病情决定心情,心情又会回过来改变病情。病情越不好的人心情也不好,这是一般规律,但是假如能够改变这个规律,通过我们医生的努力,使病人心情改变,对疾病康复很有利。我很相信这个。

李恩昌:您讲这些说明,医学人文与人文医学没有严格的界限。您刚提到案例就是很好的证明。

钟南山院士:讲到这里,还要强调一点,健康的医学人文精神是实现现代医疗模式的促进剂。以前的生物医学模式就病看病,就机体看机体,就器官看器官,现在对人的健康规律有了新认识。现在的医学是"4P",即预测性(predictive)、预防性(preventive)、个体化(personalized)、参与性(participatory),所有的疾病倾向于早期预防、早期治疗,但是作为一个临床医生,这样不够,我加了一个"P",叫作 pre-symptomatic,即早干预,很多病早期干预就能解决问题。可以这样说,现代医学模式的核心就是对疾病的早发现、早诊断、早干预。

我们搞医学人文的人应该关心什么?大家知道,血压升高的人很普通,它会引起一系列病如脑卒中、冠心病外周血管病的增加,假如我们能够在平常患高血压的时候,把高压平均降低 12 mmHg(1.60 kPa),低压降低 4 mmHg(0.53 kPa),这个很容易做到,脑卒中可以减少 35%~40%,心肌梗死可以减少 1/5~1/4,心力衰竭可以减少一半。老百姓不知道这个,医生知道的也不多,我们如果能够早期干预的话,可以减少很多这样的事件。糖尿病也是这样,只要严格控制血糖,高血压、冠心病、白内障、视网膜病变等都能够明显减少。

中日友好医院在大庆进行了长达 20 年的研究观察,对于糖耐量异常的人群进行干预,分两种干预,一种进行饮食的调节,减少糖淀粉的摄入,另外,参加一些运动,同时进行饮食干预,即饮食加运动干预。另设一个对照组。干预期观察 6 年,然后在连续观察 20 年。结果:健康生活方式组糖尿病发病率较对照组低 51%(在 6 年干预期)和 43%(在 20 年观察期),二级预防可使近半数糖耐量损伤的病人不发展为糖尿病。

这启发我们,对疾病进行早期干预、早期预防和出现疾病再抢救所需的医疗费用的差别是很大的,所以干预和预防应当是医学工作者应高度注意的问题。及早干预和预防,我们国家的医疗费用会明显下降。这当然涉及医疗体制、社区医疗问题,但目前,重视的人不多。

从患者角度而言,一般来说,病情越重,预后越差,患者此时求治的积极性及迫切性越大，治疗依从性也更强。此时，人文精神主要体现为医生的关注、同情及尽力而为；相反，病情越轻，预后越好，病人求治的主动性和迫切性却越差，治疗的依从性也更差。比如，在临床中会遇到一些慢阻肺患者，肺功能测定显示肺功能已经下降，但尚未出现症状，医生苦口婆心劝对方早点吃药控制，不要等气促得很厉害时再来看，但一些患者总是不太愿意。此时，人文精神则应体现为医生的预测忠告及规劝，需要医生站在为患者着想的角度上，去耐心劝说。所以，促进医学模式转变，医学人文精神的体现更有效，更节约，但是更难实践。换句话说，没有良好的医学人文精神支撑，没有对医学目的的深刻认识，现代医学模式不可能实现。而在当前医院市场化运作的大环境下，部分医院并不注重早防早治，甚至会认为病人越多越好，病情越重越好，这样收入才会增加。这是不可取的，作为研究医学人文精神和人文医学的同道、专家，我们的战略思想应当对此有所考虑。

在"5P"医学模式的实现中，医学人文有很多事情要去做，应对未发生的疾病风险进行提前预防，预测疾病的发生和发展，针对每个病人的心态进行个体化诊治倡导每个人都应对自身健康尽责，全民参与健身，一旦发现高血压、糖尿病、慢阻肺病、肿瘤等，应早发现、早治疗。医学人文不仅要把关注的焦点放在下游的治疗环节，还应更多地去关注上游的预防和干预。

我常常在想，1873年美国医生特鲁多留下了"有时去治愈，常常去帮助，总是去安慰"的墓志铭。过了100多年，我们是否还是这样讲？我觉得，特鲁多的墓志铭没有错，但内涵应该有所改变。过了这么多年，医学发展到今天这么高的水平，医学模式也在发生深刻的变化，为什么不能将"常常去帮助"变为"常常去治愈"？如果我们可以做到早防早治的话，这是完全可以实现的，主要看我们如何去做。

另外，当前医疗情况下，弘扬医学人文精神的内涵是什么？应是把医学人文精神转化为人文医学、医学人文精神的核心体现不是"态度好"，而是"想方设法治好病，防好病"。

现在的医疗环境，一是大医院的体制基本上是国有民营制；二是公众到医院看病，是一个消费和购买的概念，那种医患合作共同战胜疾病的使命感削弱了；三是候诊长、看病短、沟通少、疗效差，医患关系紧张；四是举证倒置，医生怕负责任而导致的大检查、大处方、不敢"冒险"；五是大部分医生在医改中还处于被动、观望、彷徨的状态。既然选择做一名医生，就应始终牢记，人文精神是医者的品质和社会责任，无论置身于怎样的环境都不能放弃爱心、责任心和进取心。

医生不只是技术的产物，也是情感的产物，行医不是交易，而是使命，只有让医学走出商业交易和技术崇拜的误区，医患关系才能回归常态，医生被称为上天赐给人们的礼物，一个不懂得尊重并感恩医生劳动的患者是不懂得生命的尊严和价值的，医患之间必须合作才能共同战胜疾病。

李恩昌：您讲的这些，生动、深刻。人文医学的确能够为患者治病和治好病，请您再概括地讲一下其中的原理。

钟南山院士： 为什么人文精神的发挥可以促进防病治病的人文医学的发展呢？其实很多人都知道其中的道理。

北京市有一组随机对照调查的资料，发现癌症病人的生活经历中，曾经有不良心理刺激的高达 76%，而一般病人中有明显不良心理刺激的只有 32%。这些事实说明，长期的精神紧张、情绪压抑、心情苦闷、悲观失望等不良心理状态，是一种强烈的促癌剂。人体每天都生成癌细胞，多数人身上并未生成真正的癌，就是因为癌细胞刚出现便被及时杀灭了。但精神神经免疫学研究发现一个规律，自然杀伤细胞的战斗力与情绪休戚相关，不良情绪会削弱其战斗力，而乐观、自信等良好情绪能激发它们的活力。据测试，情绪低落时人体自然杀伤细胞活性可下降 20% 以上，从而降低了它们的杀伤作用，抵御癌细胞的能力也就大大降低了。医者的责任就是用人文医学去改变病人情绪，让其拥有一个积极健康的心理状态。

李恩昌： 钟院士，您讲得很好。这个道理虽然不少人也多少懂一些，但要深刻理解，非要有一定的人文医学知识不可，而要做到做好，就更难了。目前，我国学术界对建设医学人文和人文医学的热情很高，但人们对医学人文与人文医学的学科定义、研究对象、作用和地位并不统一，对建立这些学科的目的是什么，一些人并不是十分清楚。您讲的这些深刻机理和生动的病例，相信会对人们准确认识医学人文与人文医学的学科定义研究对象、作用和地位，促进我国医学人文和人文医学的发展起到重要的推动作用。而医学人文与人文医学这些学科的建立，必将加快我国医学模式从生物模式转变为生物社会模式的步伐，提高我国医疗服务水平，造福于广大患者。

全班学生以 3～5 人为一组，搜集袁隆平和钟南山的相关资料，结合上述阅读材料，深入了解两位时代偶像，并演绎袁隆平和钟南山的职业故事。各组选出组长进行任务分工，将小组成员及分工情况填入表 6-10 中。

表 6-10　小组成员及分工情况

班级		组号		指导教师	
任务内容					
小组成员	姓名		学号	任务分工及时间安排	
组长					
组员					

实训准备

（1）熟悉袁隆平和钟南山的生平。
（2）掌握常用的信息检索方法。

 实施过程

将实训任务的具体完成情况记录在表 6-11 中。

表 6-11 实施步骤

时间安排	实施步骤
	1. 拆解任务，认识任务的重难点，包括： （1）_____ （2）_____ （3）_____ （4）_____
	2. 确定本组使用的信息检索方法，包括： （1）_____ （2）_____ （3）_____ （4）_____
	3. 记录本组搜集的内容，包括： （1）_____ （2）_____ （3）_____ （4）_____
	4. 记录本组选取的职业故事及得到的体会，包括： （1）_____ （2）_____ （3）_____ （4）_____
	5. 小组内进行职业故事演绎，讨论并改进
	6. 在全班同学面前进行展示

 评价反馈

各组在班级内轮流展示。展示完毕，小组各成员谈一谈自己的感悟。教师与其他小组对该组的表现进行评价，并将评价结果填写在表 6-12 中。

表 6-12　考核评价表

项目名称	评价内容	分值	评价分数		
			自评	互评	师评
素养评价 20%	熟悉袁隆平和钟南山的生平	6			
	具备团队精神，能够积极与他人合作	6			
	积极、认真参加实践任务	8			
技能评价 30%	熟练应用各种信息检索方法	10			
	能选出具有代表性的职业故事	10			
	按时完成实践任务	10			
成果评价 50%	故事演绎精彩，情节生动，触动人心	30			
	演绎者口齿清晰，仪态大方	10			
	团队协调配合，演绎流程顺畅	10			
	合计	100			
总评	自评（20%）+互评（20%）+师评（60%）=	综合等级：	教师（签名）：		

项目六　成长实践专题活动

参考文献

[1] 王秀梅译注. 诗经 [M]. 北京：中华书局，2015.

[2] 林家骊译注. 楚辞 [M]. 北京：中华书局，2015.

[3] 仇兆鳌译注. 杜诗详注 [M]. 北京：中华书局，2015.

[4] 曹操. 曹操集 [M]. 北京：中华书局，1974.

[5] 王毅. 革命烈士诗歌选读 [M]. 北京：人民文学出版社，2018.

[6] 舒婷. 双桅船 [M]. 上海：上海文艺出版社，1982.

[7] 戴望舒. 戴望舒诗选 [M]. 北京：人民文学出版社，2018.

[8] [法] 普希金. 普希金诗选 [M]. 高莽，译. 北京：人民文学出版社，2015.

[9] [俄] 拜伦. 雅典的少女 [M]. 穆旦，译. 北京：人民文学出版社，2008.

[10] 施耐庵，罗贯中. 水浒传 [M]. 北京：人民文学出版社，1997.

[11] 曹雪芹. 红楼梦 [M]. 北京：人民文学出版社，2008.

[12] 鲁迅. 呐喊 [M]. 北京：人民文学出版社，2018.

[13] 路遥. 平凡的世界 [M]. 北京：北京十月文艺出版社，2017.

[14] 钟基，李先银，王身钢译注. 古文观止（上）[M]. 北京：中华书局，2016.

[15] 方勇译注. 孟子 [M]. 北京：中华书局，2015.

[16] 梁启超. 饮冰室合集 [M]. 北京：中华书局，2015.

[17] 朱自清. 朱自清散文 [M]. 北京：人民文学出版社，2013.

[18] [法] 阿尔贝特·施韦泽. 敬畏生命：五十年来的基本论述 [M]. 陈泽环，译. 上海：上海人民出版社，2016.